U0495618

唐诗中国

唐诗中的修身智慧

王士祥　著

中原出版传媒集团
中原传媒股份公司
大象出版社
·郑州·

图书在版编目(CIP)数据

唐诗中的修身智慧 / 王士祥著. — 郑州 : 大象出版社, 2019. 12 (2024. 7 重印)
(唐诗中国)
ISBN 978-7-5711-0417-7

Ⅰ. ①唐… Ⅱ. ①王… Ⅲ. ①唐诗-诗歌欣赏-通俗读物②道德修养-中国-古代-通俗读物 Ⅳ. ①I207. 227. 42-49 ②B825-49

中国版本图书馆 CIP 数据核字(2019)第 259825 号

唐诗中国

唐诗中的修身智慧

TANGSHI ZHONG DE XIUSHEN ZHIHUI

王士祥　著

出 版 人 汪林中
策　　划 张前进　管　昕
责任编辑 张　琰
责任校对 牛志远
书籍设计 王莉娟

出版发行 大象出版社(郑州市郑东新区祥盛街 27 号　邮政编码 450016)
发行科　0371-63863551　总编室　0371-65597936
网　　址 www. daxiang. cn
印　　刷 北京汇林印务有限公司
经　　销 各地新华书店经销
开　　本 720 mm×1020 mm　1/16
印　　张 14
字　　数 179 千字
版　　次 2019 年 12 月第 1 版　2024 年 7 月第 3 次印刷
定　　价 35. 00 元
若发现印、装质量问题,影响阅读,请与承印厂联系调换。
印厂地址　北京市大兴区黄村镇南六环磁各庄立交桥南 200 米(中轴路东侧)
邮政编码　102600　　电话　010-61264834

出版说明

众所周知，中国是诗的国度，唐诗更是世界文苑中一颗熠熠生辉的明珠。王静安先生曾在其《人间词话》中将“唐之诗”作为有唐的“一代文学”，更使唐诗树起了独领风骚的大旗。

唐诗之所以成就独出，宋人严羽在其《沧浪诗话》中认为科举使然。无可否认，科举打破了学在官府的局限，促进了教育的多层次化；同时，“以诗取士”作为改革制度成为选拔官人的举措，从而让诗歌创作的参与者表现出多层次性特征，而作者的多层次性必然会带来诗歌内容的丰富性和诗歌艺术的多姿多彩。

唐诗题材广泛，或反映社会状况、阶级矛盾、民族关系、国际交流，或书写男女情爱、离愁别绪、家风家教、爱国情怀，或记录节日风俗、四季轮转、锦绣山川。我们从唐诗中可以感受历史纵深处的文化积淀，与三皇五帝以及唐前的历史人物进行跨时空交流；可以品味当时生活的林林总总，随着文人墨客笔下那浅吟低唱的文字展开联想，为成功者而歌，亦为失意者而叹。总之，唐诗可以带给我们丰富的艺术感受和生命体验。

当前，文化自信深入人心，中国优秀传统文化以多种传播形式走进了人们的视野，中央电视台的《中国诗词大会》《经典咏流传》以及各地方电视台的诗词类节目，皆努力通过经典的魅力提升人们的生活品质、审美情趣。

在这种时代背景下，出版行业更应当积极有为。我社经过反复论证，决定推出“唐诗中国”系列丛书，引导读者探寻中国历史，了解中国故事，保持对中国文化的温情和敬意。换言之，“唐诗中国”系列丛书旨在通过专题化、故事化的呈现，系统解读唐诗的文化意蕴，抉发唐诗的诗教功能和当代价值，从而在继承优秀传统文化、助力国家文明建设中略尽绵薄之力。这也是加强对中华优秀传统文化古为今用、推陈出新的具体转化。

作为全国优秀社会科学普及专家，郑州大学文学院教授王士祥老师长期致力于唐诗的研究和宣教工作，在学术走出书斋、走向大众、走向通俗普及方面造诣颇深。其在我社出版的《名人妙对》《唐诗趣谈》《隋唐科场风云》等文化读物，语言妙趣横生且充满智慧，受到读者的普遍好评。由此，我们邀请王士祥老师以一人之力担承整套丛书的写作任务，在我社滚动出版，并展开针对性营销，对于整合和打造品牌书系大有裨益。本套丛书的出版，王士祥老师会精心选择紧扣当下时代要求和社会热点的主题，在写作中保持一贯的通俗、幽默、生动的风格，让读者在轻松的阅读中接受唐诗精神的熏陶，感受中国优秀传统文化的魅力。这是我们的品牌保证！

王老师开讲了！

大象出版社

2019 年 11 月

前言

唐诗是中华民族璀璨的文化宝库，多维度体现了李唐王朝的政治、经济、文化状况，体现了当时的社会百态，是我们了解那个时代的重要途径。通过唐诗，我们不仅可以看到李白、孟浩然的潇洒风神，而且可以听到王维、杜甫的浅吟低唱；不仅能感受到安史之乱和黄巢起义的风起云涌，而且可以从中撷取自己所需要的养分。

我在读唐诗的时候，经常会冒出一些怪异的想法。比如读杜甫的《醉为马坠，诸公携酒相看》，诗句“何必走马来为问，君不见嵇康养生遭杀戮”，让我马上想到了《颜氏家训》中的“夫养生者先须虑祸，全身保性，有此生然后养之，勿徒养其无生也”。于是，“养生”这个词在我脑海中总是闪现。后来又读到王维的《终南别业》“行到水穷处，坐看云起时”和白居易的《寄张十八》“饥止一箪食，渴止一壶浆。出入止一马，寝兴止一床。此外无长物，于我有若亡”，好像一下子让我看到了唐诗中的另一个世界。这不就是修身智慧吗？！

静下心来，想想自己曾经读过的那些经典唐诗，还有哪些修身智慧？战国四公子之一孟尝君率领他的“鸡鸣狗盗”通过胡曾的《函谷关》走到了我的笔下。原本总是把他当成一个历史故事读，可是仔细品味却让我体会到了广交友朋的智慧。如果没有那些“鸡鸣狗盗”之徒，或许孟尝君早就命丧秦国，更不会有如此光彩。咏史诗人经常会设“历史门”，我能不能从中选取几个大家熟知的、唐诗中的历史人物进行思考呢？看看他们能为我们今天的人带来怎样的启示。就这样，“一叶翩翩在五湖”的范蠡、“偶成汉室千年业”的张良、“上蔡东门去自迟”的李斯、“已为功名少退身”的韩信、“傲尽公卿归九泉”的祢衡、“愚徒死恋色和财”的董卓，纷纷在我眼前闪现。这些人物从正面或反面向我讲述着历史的智慧。

每当想到范蠡带着西施姑娘泛舟五湖的时候，眼前总是一幅令人向往的画面。或许，对大自然的憧憬是每个人与生俱来的情结，我也不例外。我喜欢虫声唧唧的原野，多次与朋友相约在山林间流连，一起听风听雨，一起感受“白云回望合，青霭入看无”的意境。有时候遇到让人心动的句子，就会让朋友帮着书写出来或者画下来，挂在书房，累了就去静静品味，那是神游，更是养心。在我的书房挂着一幅张志和《渔歌子》的诗意图：粉艳的桃花、清澈的流水、肥美的鳜鱼，每当抬头看到这幅画时，脑海中便会浮现出西塞山灵动的画面。我仿佛明白了王维“晚家南山陲”的用意，理解了杜甫“惯看宾客儿童喜，得食阶除鸟雀驯”的幸福，自然也对白乐天诗中的“松排山面千重翠，月点波心一颗珠。碧毯线头抽早稻，青罗裙带展新蒲”越发心向往之。每次从神游中醒过神来，浑身都很舒服，仿佛自己真的陪着这些诗坛大咖畅游了古今。

我在郑州大学讲授唐宋诗词，通过多年的研读与讲授，尽可能去了解每一首诗背后的故事。这些故事透视出了诗人为人处世的态度和方法，有的留给我们的是智慧，有的则是教训。比如，刘禹锡心胸开阔，虽然多次被贬，依然充满了斗志，就连萧飒的秋天他都能写出“晴空一鹤排云上，便引诗情到碧霄”的精气神。或许也正是这股心劲儿，让他能够长寿。但与他有着“二十年来万事同”的柳宗元就是另一番景象了。柳宗元被贬到永州，写下了“千万孤独”的《江雪》，甚至最后死在了柳州任上。两个人心态不同，诗歌格调不同，命运结局不同，这是很值得细细品味的。再有如“初唐四杰”、杜甫的爷爷杜审言、写《登幽州台歌》的陈子昂、七岁便名扬天下的李贺、极具文艺范儿的杜牧、多愁善感的李商隐等，他们又会为读者留下哪些启示呢？

依旧是那些熟悉的故事，依旧是那些经典的诗歌，我尝试着打破常规的思考，从修身的角度去重新理解它们，以期带给读者不同的感悟。这也是我对常规唐诗课堂实践能力提升的具体践行。

王士祥

2019 年 7 月

目录

历史智慧

山水养心

名人为鉴

口舌精神

历史智慧

下客未必无良策

有人交朋友眼睛喜欢往上看，非富即贵，好像这样显得自己也与众不同了。其实交友不能只看出身，不能觉得别人不如我，我就不和他来往，毕竟“三人行必有我师”，说不定你认为高大上的朋友关键时候帮不上忙，但那些你平时看不上的朋友却是你生命中的贵人。

历史上便有一个人物，交友不分贵贱，养着门客三千，有的人平时一无用处，但到了关键时刻，没用的人却有了大用，帮他保住了性命。这个人物就是赫赫有名的孟尝君田文。孟尝君田文、平原君赵胜、信陵君魏无忌、春申君黄歇被称为“战国四公子”。这四人在战火纷飞的战国时期，礼贤下士，广招宾客。这些门客中有的人是纯粹混吃混喝，有的人是有真才实学，并且在关键时候派上了用场。孟尝君就是在关键时刻通过下等门客不仅三次保住了性命，还给我们留下了“鸡鸣狗盗”“狡兔三窟”“高枕无忧”等成语故事。

鸡鸣狗盗

我们下面就通过这些历史故事学习一下他的交友和修身智慧。先看唐朝诗人胡曾的《函谷关》：

寂寂函关锁未开，田文车马出秦来。

朱门不养三千客，谁为鸡鸣得放回？[①]

据《史记·孟尝君列传》记载，孟尝君好交朋友，广开招贤纳士之门，招纳各种人做门客，号称宾客三千。他对来投奔自己的人从来是来者不拒，有才能的上等门客能让他们各尽其能，没有才能的下等门客也为之提供食宿。有一次，孟尝君率领门客出使秦国。秦昭王将他留下，承诺让他当相国，那可是一人之下万人之上的职位，加上当时秦国实力很强，孟尝君不敢得罪秦昭王，只好答应留下来。

可是没过多长时间，有大臣就向秦昭王进谗言说："大王留下孟尝君对秦国可不是一件好事啊，他出身王族，在齐国本就有封地、有家人，怎么可能会一心一意为我们秦国办事出力呢？"秦昭王觉得有理，于是改变了主意，把孟尝君和他手下的门客软禁起来，想着找个什么借口把他们杀掉。

秦昭王有个宠妃，是秦昭王的心肝宝贝，妃子说一，秦昭王绝不说二，而且还整天围着她转。孟尝君派人去求妃子帮忙搭救。妃子倒是很爽快地答应了，但条件是必须拿齐国那件天下无双的狐白裘作为答谢。狐白裘是用白色狐狸腋下的皮毛做成的皮衣，价值千金。这可让孟尝君为难了，因为他已经把这件狐白裘作为国礼献给秦昭王了。哪有一件礼物送两个人的？这不等于一女二嫁吗？这可怎么办呢？

就在这个时候，有一个门客说："不用担心，我能把狐白裘找来！"孟尝君问他为什么这么有信心，这个门客说："我的特长是善于钻狗洞偷东西。"说完就走了。他先摸清情况，知道秦昭王特别喜爱那件狐白裘，一时舍不得穿，放在宫中的精品贮藏室里。于是他便借着月光，逃过巡逻人的眼睛，轻易地钻进贮藏室把狐白裘偷了出来。妃子见到狐白裘高兴极了，想方设法说服秦昭王放弃了杀孟尝君的念头，

---

① 彭定求等：《全唐诗》，北京：中华书局，1960年4月，第7422页。以下所引诗歌出自该书的仅在正文中加注书名及页码。

并准备过两天为他饯行，送他回齐国。孟尝君一想，能保住性命已经很不错了，还等您抽时间送行？夜长梦多，迟则生变，赶紧逃命要紧！说啥也不等秦昭王为自己送行，立马带上门客溜之乎也。

可是跑到函谷关正好是半夜，还没有到开关时间呢，这就是诗中所说的第一句“寂寂函关锁未开”。按照秦国的规定，函谷关每天必须在鸡叫的时候才能开关放行人进出。这可怎么办呢？孟尝君那个着急啊，这要是再被发现逮回去可就真没好果子吃了！天无绝人之路，一个门客站出来说：“我会学鸡叫。只要我一叫，能把真鸡气死。”亏着孟尝君有门客三千，能人异士会啥的都有，前面那个会钻狗洞，这个会学鸡叫，看来掌握一门技艺是多么重要啊。

孟尝君很高兴：“这回你有施展才能的机会了，别耽误事，赶紧叫吧。”就见这个门客伸长脖子“喔喔喔”叫了起来，跟真鸡叫的简直一模一样。他这一叫不打紧，关内关外的大公鸡们听到全争先恐后忙活起来了。函谷关这个地方是陕西、山西、河南三省交界处，是秦国东境的关塞，所以这一通叫，参与的可不是一个国家的公鸡。这下把守函谷关的士兵闹迷糊了，还没睡踏实呢怎么就该开关了？哎，没办法，谁让这么规定呢，开就开吧。守关士兵虽然觉得奇怪，但还是把关打开了。就这样，孟尝君一行逃离了险地。等到秦昭王发现追到函谷关时，孟尝君早已出关多时，转危为安了。这就是《史记》中所说的：“孟尝君至关，关法鸡鸣而出客，孟尝君恐追至，客之居下坐者有能为鸡鸣，而鸡齐鸣，遂发传出。”[①] 直到今天，河南三门峡灵宝函谷关还有鸡鸣台。

唐朝诗人崔道融写过一首七言绝句《关下》：“百二山河壮帝畿，关门何事更开迟。应从漏却田文后，每度闻鸡不免疑。”（《全唐诗》，第 8208 页）诗歌也写到了当年田文骗关的历史故事，而且说自从田文

① 司马迁：《史记》，北京：中华书局，1959年6月，第2354页。

骗关之后，再听到鸡叫都不相信是真的了，可见那位门客的本事多具有欺骗性。

你看，在这个故事中，孟尝君两次差点儿丢了性命。第一次如果没有那个钻狗洞偷东西的门客，就得不到狐白裘，得不到狐白裘，妃子就不会帮他脱离牢狱之灾，恐怕他早已成了刀下鬼。跑到函谷关如果没有那个会学鸡叫的门客帮他，守关的人就不会开关，如果硬生生等到天亮再走，孟尝君说不定就会被追兵赶上抓回去，再次面临生命危险。我们一说“鸡鸣狗盗”往往是个贬义词，用来形容微不足道的本领或偷偷摸摸的行为，但就是这样不起眼的本领却保住了孟尝君的命。《史记》中说：“始孟尝君列此二人于宾客，宾客尽羞之，及孟尝君有秦难，卒此二人拔之。自是之后，客皆服。”

狡兔三窟

汪遵也曾经写过一首《函谷关》，其中说：

脱祸东奔壮气摧，马如飞电毂如雷。
当时若不听弹铗，那得关门半夜开。

（《全唐诗》，第 6916 页）

前两句写出孟尝君一行人匆忙奔逃的情形，那种紧张的场面如在眼前。后两句非常耐人寻味，从孟尝君这次脱险总结出了重视人才的重要性。“弹铗”指的是孟尝君和冯谖之间的故事。冯谖是孟尝君的门客，智慧超群，可是刚开始时没人了解他，他被分到了最低等的门客里，吃的饭菜很粗劣。没过多久，他拍着宝剑说：“宝剑啊，我们走吧，饭菜太差了，连个鱼都没有。”按照当时的规定，最下等的门客只能吃一个菜，那就是干肉，高级的门客可以享受三鼎待遇，也就是三个菜，分别是乳猪、鱼肉、干肉，所以冯谖才会说“食无鱼”。孟尝君听说后给他改善了伙食，提高了他的待遇。

又过了一段时间，冯谖又拍着宝剑说："宝剑啊，回去吧！我出门没有马车。"那个时候能有辆车绝对是身份的象征，别人都笑话冯谖：你什么水平啊？还老要求提高待遇，还觍着脸要专车？可是孟尝君不顾别人笑话，又为冯谖配备了专车，冯谖整天坐着车出去嘚瑟。又过了一段时间，冯谖再次拍着宝剑说："宝剑啊，回去吧！没有办法养家！"大家都很厌恶冯谖，觉得他得寸进尺、贪得无厌，可是孟尝君却让人问冯谖是否有父母需要赡养。冯谖说："有个老母亲。"孟尝君于是派人给老人送去吃穿用度，从此冯谖再也不抱怨了。

一天，孟尝君发布了一个通告，询问各位门客："你们有谁能替我到薛邑去收债？"其他人还没有响应，冯谖就表示自己能，并且把名字签到了通告上。当孟尝君得知是那位动不动就唱"长铗归来"的门客时，感觉很意外，笑着对别人说："看来他果真有才能啊，我对不起他，以前也没有接见过他。"于是特意把冯谖请来，向他道歉说："对不起，我整天忙得头蒙眼花的，没有时间和您见面，您不仅不觉得我慢待了您，还愿意替我到薛邑去收债，真是太感谢了！"冯谖收拾停当，带着借据出发前问孟尝君："收债完成后，需不需要买些什么回来？"孟尝君说："你看我家里缺少什么就买些什么回来吧。"

冯谖到了薛邑后，派官吏把欠债的老百姓都召集过来，核对借据。借据核对过后，冯谖站起身来，假托孟尝君的命令，把借据一把火烧了，也就是说大家的借款都一笔勾销了。无债一身轻，老百姓们高兴地欢呼雀跃。

冯谖直接赶回齐国都城，大清早就求见孟尝君。孟尝君对他回来得这么快感到惊讶，穿戴整齐来接见他，问："借款收齐了吗？怎么回来得这么快呀？"冯谖答道："收完了。"孟尝君又问："买了什么回来？"冯谖说："您说缺什么买什么，我看您珍宝堆积如山，珍禽异兽也不少，美女就更不用说了。我觉得，您缺少的只是‘义’罢了，我就用债款给您买了‘义’。”孟尝君不解地问：“买‘义’是怎么回事？”冯谖回答说：“薛邑是您的封地，您不把那里的人民看作自己的子女，对他们爱护有加，反而趁机在他们身上谋取私利。老百姓会怎么看您？我假托您的命令，把债款取消了，把借据也烧了，老百姓高兴得不得了，对您感恩戴德，这就是我用来给您买‘义’的方式。”孟尝君听了很不高兴。

过了一年，齐王对孟尝君说：“我不敢用先王的臣子做我的臣子。”那意思是，我对你不信任，你下岗吧。孟尝君便到他的封地薛邑去了。离那里还有一百里路呢，老百姓就扶老携幼，在路上迎接他。孟尝君回头看着冯谖说：“先生给我买‘义’的道理，今天才算见到了。”冯谖说：“狡兔三窟，才能避免死亡。现在您只有一窟，还不能高枕无忧啊。请让我替您再凿两个洞穴吧。”

孟尝君给了冯谖五十辆车和五百斤金，让他去按照自己的想法做。冯谖往西到魏国去游说，他对魏惠王说：“齐国把孟尝君放逐到诸侯国来，诸侯国中首先迎接他的，就会国富兵强。”于是魏惠王马上采取行动，把相位空出来，把原来的相国另作安排，派遣使者带一千斤黄金、一百辆车，去聘请孟尝君。冯谖早一步赶回齐国，提醒孟尝君说：“一千斤金，是很厚重的聘礼，一百辆车，是显赫的使节。齐国该听说这情况了。”魏国的使者往返三次，孟尝君坚决推辞不去。

齐王听到这些情况，惊慌害怕起来，马上派遣太傅送一千斤黄金、两辆彩车、一把佩剑给孟尝君，向孟尝君道歉说：“我以前的决定是听信谗言，没有从国家大局考虑，这是我昏庸无能，看在祖宗的面子上，你还回来做相国吧！”冯谖提醒孟尝君说：“希望您向齐王请来先王传下的祭器，在薛地建立宗庙。”齐王为了挽留孟尝君，自然有求必应。宗庙建成了，冯谖对孟尝君说：“您现在是狡兔三窟，可以高枕无忧，安心享乐了！”孟尝君之后在齐国做了几十年相国，没有一点祸患，都是因为冯谖的计谋。

唐朝咏史诗人周昙写过一首《再吟》，其中说：

门下三千各自矜，频弹剑客独无能。
田文不厌无能客，三窟全身果有凭。

（《全唐诗》，第 8344 页）

就是因为孟尝君“不厌无能客”，才能高枕无忧。所以周昙又在《田文》一诗中说：“下客常才不足珍，谁为狗盗脱强秦。秦关若待鸡鸣出，笑杀临淄土偶人。”（《全唐诗》，第 8344 页）这些事情虽是政治事件，但仔细品味，其中也蕴含着修身智慧。

退休便是养生方

李斯和韩信是鼎鼎有名的历史人物，他们的失败和不能急流勇退有关系。胡曾埋怨李斯“功成不解谋身退”（《上蔡》，《全唐诗》，第7430页），许浑埋怨韩信“已为功名少退身”（《韩信庙》，《全唐诗》，第6139页）。看来功成身退是修身养生的重要法门。司空图在《华下》一诗中有这么两句话“不用名山访真诀，退休便是养生方”（《全唐诗》，第7250页），这话说得很好。春秋的范蠡和西汉的张良就是这么做的。范蠡功成名就之后，“迹高尘外功成处，一叶翩翩在五湖”（周昙《范蠡》，《全唐诗》，第8348页），活了88岁；张良帮着刘邦建立汉朝后，便“功成谢人间，从此一投钓”（李白《翰林读书言怀呈集贤诸学士》，《全唐诗》，第1865页），退居二线，是“汉初三杰”中去世最晚的。

迹高尘外功成处

我们先从范蠡说起吧。来看一首诗，周昙的《范蠡》：

西子能令转嫁吴，会稽知尔啄姑苏。

迹高尘外功成处，一叶翩翩在五湖。

（《全唐诗》，第8348页）

范蠡的功劳和吴越争霸分不开，越王勾践之所以后来能够逆袭成功，很大程度上得益于范蠡的帮助。范蠡是春秋时期楚国宛人，也就是今天的河南南阳人，出身贫贱，但是博学多才。范蠡与楚宛令文种交情很深，二人后来一起投奔越国，辅佐越王勾践。

公元前496年，吴王阖闾攻打越国，大败，因伤势过重，不久便死去。阖闾临死前告诉儿子夫差："一定要为我报仇雪恨！"公元前494年，越王勾践听说吴国日夜演练士兵，准备向越国报仇，于是打算先发制人。范蠡见勾践志得意满的样子，极力劝谏不要轻敌出兵，但勾践被上一次的胜利冲昏了头脑，听不进范蠡的劝谏，结果遭遇会稽山大败，这就是不听劝的代价。范蠡劝勾践，不管吴国提什么条件都要答应，目的就是先保住性命再说，只要能活着以后就有翻盘的机会。

按照两个国家的议和条件，越王勾践要带着老婆孩子到吴国当奴仆。勾践想带着文种一同前往，范蠡也表示愿意同行，因为范蠡觉得处理国内的事文种是一把好手，但在外交方面文种不如自己。在吴国做人质期间，吴王夫差看中了范蠡的才能，希望他能够跟着自己建功立业，但范蠡初心不改。范蠡告诉勾践，在吴王面前要表现得低三下四，最好能引起吴王的怜悯。本来就是阶下囚了，勾践自然也不可能像在越国那样为所欲为，所以在吴国他表现得很恭顺，不是喂马，就是为吴王牵马坠镫，真的让吴王很感动。这样过了两年，吴王误以为勾践真心归顺了他，就放勾践回国了。

吴越大战之后，越国受到很大的创伤，经济几乎跌到了谷底。所以，要想复国，必须先发展经济，还不能大张旗鼓被吴国发现。范蠡建议勾践注重农业生产，多储备粮食，不随意打乱老百姓的耕作时间；推行亲民政策，做老百姓喜欢的事情。就这样，有人生病了，勾践亲自去慰问；有人去世了，勾践亲自去吊唁；谁家里有变故，勾践就下令免除徭役。一系列的亲民措施，使越国百姓得到安定，勾践赢得了老百姓的大力支持。为了提高军事力量，越国重视军队训练，组织了敢死队，通过最高奖励提高士气。

为了进一步迷惑吴王，范蠡还用了美人计。范蠡在全国挑选美女，找到了“秀色掩今古，荷花羞玉颜”（李白《西施》，《全唐诗》，第 1845 页）的西施。经过专门的歌舞训练之后，西施被送到了吴宫，成为吴王的宠妃，这就是王维《西施咏》中所说的“朝仍越溪女，暮作吴宫妃”（《全唐诗》，第 1251 页）。西施明白自己的身份，为了自己的国家，她极尽魅惑之能事，“西施醉舞花艳倾，妒月娇娥恣妖惑”（李绅《姑苏台杂句》，《全唐诗》，第 4826 页），最终成功使吴王沉湎女色而不理朝政，走向亡国丧生的结局。晚唐诗人皮日休在《馆娃宫怀古》诗中说：“绮阁飘香下太湖，乱兵侵晓上姑苏。越王大有堪羞处，只把西施赚得吴。”（《全唐诗》，第 7096 页）吴王还没有从幸福的睡梦中醒来，越国的军队已经到城下了。

公元前 476 年，反攻复仇的机会终于成熟了。当时，吴王倾全国之力北上中原争霸，使国力严重消耗，后方只有老弱残兵与太子留守。而越国经过近 20 年的低调发展，已经变得国力强大，所以范蠡建议勾践立即趁着吴国后方空虚出兵攻打。在如此局势下，吴国失败是没有任何悬念的。吴王逃到姑苏台上固守，同时派出使者向勾践乞和，祈求勾践也能像 20 年前自己对他那样宽容，允许保留吴国社稷，而自己也会像当年的勾践一样反过来做牛做马。勾践也起了恻隐之心，这时范蠡站了出来，提醒勾践：“你是怎么打败吴国的，不就是因为夫差没有杀你才有了反攻的机会吗？”一句话点醒梦中人，吴王只能蒙面自杀。当年，越国战败的时候，伍子胥坚决不同意留着勾践的性命，吴王不听，没想到自己却死在了勾践的手中。吴王悔恨自己当初没有听伍子胥的话，觉得到了阴间也没脸见他，所以自杀的时候蒙着脸。

在勾践复国的过程中，范蠡的功劳是显而易见的。就在大摆庆功宴的时候，范蠡带上西施乘着小船悄悄地离开了。李白在《悲歌》中说："范子何曾爱五湖，功成名遂身自退。"（《全唐诗》，第 313 页）范蠡还提醒过自己的好朋友文种："飞鸟尽，良弓藏；狡兔死，走狗烹。越王为人长颈鸟喙，可与共患难，不可与共乐。子何不去？"建议文种功成之后马上离开勾践。文种虽然称病不上朝，但这在勾践看来是对自己的不忠，加上有人进谗言说文种谋反，所以最后勾践赐死了文种。陆龟蒙在《范蠡》诗中说："平吴专越祸胎深，岂是功成有去心。勾践不知嫌鸟喙，归来犹自铸良金。"（《全唐诗》，第 7220 页）可见范蠡看得还是很准的。离开勾践之后，范蠡的生活逍遥自在，高适在《古乐府飞龙曲留上陈左相》中说："天地庄生马，江湖范蠡舟。逍遥堪自乐，浩荡信无忧。去此从黄绶，归欤任白头。风尘与霄汉，瞻望日悠悠。"（《全唐诗》，第 2234 页）楚惠王四十一年（前 448），范蠡去世，享年 88 岁。

留侯抛却帝王师

张良是刘邦的谋臣，汉朝开国元勋之一，汉朝建立后被封留侯。张良是韩国之后，祖先五世相韩，虽然张良没有做过韩国的官，但在韩国被秦国所灭之后，张良还是想尽办法复仇。张良在沧海君那里遇到一位勇猛无敌的大力士，于是决定在博浪沙锤击秦始皇，结果一锤砸偏了，没有砸中秦始皇的车子。在刺杀秦始皇失败后，张良逃到下邳，在一座小桥上遇到黄石公。黄石公经过对张良反复考察，觉得他是个可造之材，于是送给他一本《太公兵法》，这为张良后来成为刘邦的重要帮手打下了很好的基础。温庭筠在《简同志》诗中赞叹"留侯功业何容易，一卷兵书作帝师"（《全唐诗》，第 6762 页）。

张良遇见刘邦也是机缘巧合，他本来是要去投靠景驹的，半路上遇见了刘邦。刘邦让张良做了厩将，即负责车马后勤工作。自从跟了刘邦，张良多次用《太公兵法》为刘邦出谋划策，刘邦总是言听计从，张良觉得这就是天意，自己就该跟着刘邦。张良在刘邦麾下建立了不朽的功勋，多次在关键时候帮了刘邦，我们来看几个例子。

在进入咸阳之前，张良的才能已经表现出来了。在峣关，张良劝刘邦不要强攻，他说："峣关的守将是个屠夫的儿子，这种市侩小人，只要舍得花钱就能解决问题。您可以派先遣部队，预备五万人的粮饷，并在四周山上增设大量军队的旗号，虚张声势，作为疑兵。然后再派郦食其多带珍宝财物去劝诱秦将，事情就可能成功了。"刘邦依计而行，峣关守将果然献关投降，并表示愿意和刘邦联合进攻咸阳。刘邦大喜，张良却认为不可。他冷静地分析道："这只不过是峣关的守将想叛秦，他部下的士卒未必服从。如果士卒不从，后果将不堪设想。不如乘秦兵懈怠之际消灭他们。"于是，刘邦率兵向峣关发起突袭，结果秦军大败，刘邦的军队这才进入咸阳。

刘邦率领军队首先进入咸阳，之后就成了项羽最大的竞争对手。虽然后来在樊哙和张良的建议下刘邦还军灞上，但项羽依旧想置刘邦于死地，于是设了鸿门宴。鸿门宴上险象环生，亚父范增时刻在寻找杀掉刘邦的机会。关于鸿门宴，还有一个歇后语"项庄舞剑——意在沛公"。张良为了刘邦的安全左右周旋，最后总算让刘邦活着回到了军营。如果这一次刘邦不能活着离开，那就没有建立汉朝的机会了。所以胡曾在《鸿门》一诗中说："项籍鹰扬六合晨，鸿门开宴贺亡秦。樽前若取谋臣计，岂作阴陵失路人。"（《全唐诗》，第 7435 页）

汉高祖三年（前 204），项羽的部队把刘邦围困到了荥阳。刘邦粮草匮乏，就问大家有什么解围的办法，郦食其说："当年商汤灭了夏桀，把他的后代封到了杞；武王灭了商纣王，把他的后代封到了宋。秦王把六国都灭了，您能不能重新把六国的后代封起来，这样大家会对您感恩戴德的。"刘邦也觉得这个办法不错，于是马上制作大印开始分封。张良知道这件事之后，连着问了八个问题，刘邦才知道郦食其这个办法等于饮鸩止渴，古今时势不一样，以前的方法不能照搬照抄，于是赶紧叫停了。

汉朝刚刚建立时，对有功之人一时还没有封赏完，有些人就有点等不及了，还担心刘邦抓住以前某件事的小辫子公报私仇，于是三五成群议论纷纷。刘邦看到这种情况有些担忧，就向张良寻求帮助。张良让刘邦先封自己最讨厌的人，因为这样大家会觉得皇帝那么讨厌的人都有如此好的待遇，自己肯定错不了。当时有个叫雍齿的人，仗着是王陵（西汉初年大臣，刘邦以兄事之）的朋友，经常惹刘邦不高兴。刘邦采纳张良的建议，封雍齿为什邡侯。大家看到这个结果，议论很快就平息了。

再比如，迁都长安后，刘邦想把太子废掉，立赵王如意为太子。大臣们自然是不愿意的，因为废长立幼容易引起动乱，可是谁劝刘邦都不听。吕雉没有办法，托人找到了张良，张良说："皇帝一直很尊重商山四皓，但是这几个人嫌皇帝对人不够尊重，所以一直隐居。如果能把这几个人请出来，事情就成功了。"吕雉派人拿着重礼和谦卑的书信请出了四位老先生。当刘邦知道是商山四皓在辅佐太子时，对戚夫人说："太子已经羽翼丰满了，换不了了。"张良这又是大功一件，因为这件事，吕雉一直很感激张良。

这几个例子足以证明张良的功劳了。刘长卿在《归沛县道中晚泊留侯城》一诗中夸赞张良"运筹风尘下，能使天地开"（《全唐诗》，第1542页），崔涂在《读留侯传》一诗中不无夸张地说"偶成汉室千年业，只读圯桥一卷书"（《全唐诗》，第7782页），所以刘邦在说到"汉初三杰"时，是把张良排在第一位的。第一位就得有与之相匹配的封赏，刘邦决定在齐地封他为三万户侯，这是让很多人眼红的封赏，可是张良却不接受。他说："始臣起下邳，与上会留，此天以臣授陛下。陛下用臣计，幸而时中，臣愿封留足矣，不敢当三万户。”[①] 张良的意思是，我没什么本事，是您用人英明，是您成就了我，为了纪念你我相遇，就把陈留封给我就行了。齐国没有经过太大的战争，破坏小，人口多，经济发达，张良放着齐国不去，非要去陈留，这是一般人做不到的。

张良一向体弱多病，自从刘邦定都关中后，他便托辞多病闭门不出。随着刘邦皇位慢慢稳固，张良逐步改变了自己的身份，由原来的“帝者师”退居到“帝者宾”的地位，遵循着可有可无、时进时止的处事原则。这就是张良的智慧。《史记·留侯世家》中有这么一段话，很耐人琢磨：“家世相韩，及韩灭，不爱万金之资，为韩报仇强秦，天下振动。今以三寸舌为帝者师，封万户，位列侯，此布衣之极，于良足矣。愿弃人间事，欲从赤松子游耳。”[②] 赤松子是传说中的神仙，也就是说，张良想远离朝廷去学修身了。他是这么说的，也是这么做的，《史记》中说他“乃学辟谷，道引轻身”[③]。这就是徐夤《忆旧山》诗中所说的“留侯抛却帝王师”（《全唐诗》，第 8154 页）。也正是这样的选择，张良与萧何、韩信相比，才有了一个相对的善始善终。

范蠡和张良都是功成身退的人，都有很好的结局，毕竟不在世俗中耗费心神本身就是修身养生，这一点是值得很多人学习的。

---

① 司马迁：《史记》，北京：中华书局，1959年9月，第2042页。

② 司马迁：《史记》，北京：中华书局，1959年9月，第2048页。

③ 司马迁：《史记》，北京：中华书局，1959年9月，第2048页。

养生何不轻名利

每个人在生活中恐怕都绕不开“名利”这两个字，只是有些人看得比较淡，得到也不会表现得手舞足蹈，失去更不会要死要活；有些人就不行了，为了名利搜肠刮肚绞尽脑汁，可以说是无所不用其极。如果我们留意的话，会发现求名者为名所累，求利者为利所伤，甚至还可能会付出生命的代价。下面就通过唐诗来认识两个历史人物——李斯和韩信。

李斯何事忘南归

先来看一首诗，韦庄的《题李斯传》，这是一首咏史绝句：

蜀魄湘魂万古悲，未悲秦相死秦时。

临刑莫恨仓中鼠，上蔡东门去自迟。

（《全唐诗》，第 8013 页）

李斯本来只是上蔡的一个小吏，因有感于厕中鼠和仓中鼠而奋发有为，慢慢成为秦王嬴政身边的红人，可是后来在名利面前失去了底线，最终被推上了刑场，临死前发出了想回老家过自由生活的浩叹。

据《史记·李斯列传》记载，李斯生于战国末年，是楚国上蔡（今河南驻马店）人，年轻时做过掌管文书的小吏。李斯是个很用心的人。

有一次，他在厕所看到一只老鼠在吃粪便，一看到有人进来，吓得匆忙逃跑。还有一回，他在粮仓中也看到一只老鼠，这只老鼠在自由自在地偷吃粮食，丝毫没有害怕人的样子。李斯看到这种情景，联想到了现实生活中的人，感慨道："人之贤不肖，譬如鼠矣，在所自处耳！"[①]那意思是说，所处环境不一样，人的格局和境界也是不一样的。这就是处处留心皆学问。

有感于老鼠的不同境遇，李斯决心要干出一番事业来。为了达到建功立业的目的，李斯辞去原来的工作，到齐国拜荀子为师。荀子是当时著名的儒学大师，他研究的学问是"帝王之术"。经过刻苦学习，李斯学业有成，在反复考察之后，他发现楚国不行，而六国势力也比较薄弱，自己到那里很难建功立业，于是李斯决定到秦国去实现自己的宏伟抱负。临出发之前，他对老师荀子说："干事业应该抓住时机，现在天下大乱，各国争雄，这正是成就功名的好机会。秦国雄心勃勃，有一统天下的大志，我到那里可以施展抱负。人生在世，卑贱是最大的耻辱，穷困是莫大的悲哀。一个人总处于卑贱穷困的境地，那是会令人讥笑的。不爱名利，无所作为，并不是读书人的想法。"

李斯到了秦国以后，很快得到吕不韦的器重，吕不韦和秦王嬴政关系亲密，于是他便有了接近秦王的机会。一次，李斯对秦王说："凡是干成事业的人，都必须要抓住时机。过去秦穆公时虽然很强，但没有能够完成统一大业，原因是时机还不成熟。自秦孝公以来，周天子力量衰落下来，各诸侯国之间连年战争，秦国才乘机强大起来。现在秦国力量强大，大王您又贤德，消灭六国并不是一件难事，现在是完成帝业统一天下的最好时机，千万不能错过。"李斯的话正中秦王下怀，于是得到了秦王的赏识，秦王对李斯几乎是言听计从。

正当秦王下决心统一六国的时候，郑国渠的秘密被发现了。原来

① 司马迁：《史记》，北京：中华书局，1959年9月，第2539页。

韩国怕被秦国灭掉，派水工郑国到秦鼓动修建水渠，目的是想靠大工程削弱秦国的人力和物力，牵制秦国东进。这时，秦国发现宾客里有不少是其他国家派来的间谍，于是有人建议把这些人撵出去，这就是著名的“逐客令”。当然，李斯也在被逐之列。李斯为此写了一篇《谏逐客书》，向秦王嬴政掰开揉碎地讲道理，劝秦王收回成命。李斯的这篇文章言辞恳切，从秦国历史和现状打动了秦王，于是秦王果断地采纳了李斯的建议，李斯仍然受到重用，被封为廷尉。由于李斯的建议确实是为秦国考虑，所以受到秦王的赏识，不仅他自己官运亨通，而且子女们也跟着享尽荣华富贵。虽然他还记得当年荀子提醒的“物忌太盛”，自己也有过物盛则衰的担心，但是他依旧没有能够急流勇退。

秦国统一天下后，秦始皇又是修长城，又是修骊山陵墓，完全不把老百姓的死活当回事。老百姓生活在水深火热之中，他的暴政激起了各地人民的奋力反抗。为了加强对全国的控制，秦始皇先后进行了五次远途巡游。第五次巡游的时候，秦始皇带着丞相李斯和小儿子胡亥。也就是在这次巡游途中，秦始皇驾崩了。李斯怕引起动乱，一直瞒着大家，每天依旧让人好生伺候着，像往常一样奏事。

宦官赵高曾经是胡亥的老师，他希望胡亥称帝，可是按照规定应该是嫡长子扶苏接替秦始皇的位子。他找李斯商量改由胡亥继位的事，李斯开始不答应，认为这是亡国的做法。但赵高口才很好，又对李斯的心态了如指掌，就说：“君侯自料能孰与蒙恬？功高孰与蒙恬？谋远不失孰与蒙恬？无怨于天下孰与蒙恬？长子旧而信之孰与蒙恬？”什么意思呢？赵高的言外之意是，你李斯在才能、功劳、谋略、无怨于天下及和扶苏的关系方面，都不能与蒙恬相比，如果扶苏继承了帝位，他肯定会用蒙恬为丞相，你不就白忙活了吗？这话戳到了李斯的敏感处，经过激烈的思想斗争，李斯最终和赵高站到了一起，助胡亥当上了皇帝。

胡亥比秦始皇还残暴。李斯感觉到了秦王朝的危机，但是为了保住自己的既得利益，也不敢规劝，甚至还出现了随波逐流的情况。秦二世变得更加胡作非为，天下怨声载道，全国的反抗风起云涌。为了统治阶层的利益，李斯建议胡亥减轻老百姓的负担，结果惹怒了胡亥，被打入大牢。赵高借机说李斯与儿子谋反，经过严刑拷打，李斯被迫承认，被腰斩于咸阳。行刑前，李斯对儿子说："吾欲与若复牵黄犬俱出上蔡东门逐狡兔，岂可得乎？"[①] 我想带着你们到老家上蔡东门打猎，还能做到吗？命都快没了，这不是明知故问吗？这就是韦庄诗中所说的"上蔡东门去自迟"。

胡曾写过一首题为《上蔡》的咏史诗，也是写的李斯这件事，他说："上蔡东门狡兔肥，李斯何事忘南归。功成不解谋身退，直待云阳血染衣。"（《全唐诗》，第 7430 页）李白也在《悲歌行》中说："悲来乎，悲来乎，秦家李斯早追悔，虚名拨向身之外。"（《全唐诗》，第 313 页）在李白和胡曾看来，只有放下名利功成身退才能够"牵黄犬俱出上蔡东门逐狡兔"。

已为功名少退身

接下来看看韩信。李白在《猛虎行》中说"张良未遇韩信贫，刘项存亡在两臣"（《全唐诗》，第 223 页）。韩信是"汉初三杰"之一，刘邦曾经称赞韩信说："连百万之众，战必胜，攻必取，吾不如韩信。"[②] 可见韩信是刘邦身边的红人，楚汉时期被誉为"国士无双""功高无二，略不世出"，被后人奉为"兵仙""神帅"。

韩信原本是项羽手下的执戟郎，本想建功立业，却没有得到展示

① 司马迁：《史记》，北京：中华书局，1959年9月，第2562页。

② 司马迁：《史记》，北京：中华书局，1959年9月，第381页。

军事才华的机会。后来，韩信“脱身归汉王”，这才有了“时来名位彰”的转机。我们都知道有个“萧何月下追韩信”的故事，萧何对韩信是有知遇之恩的。在萧何的劝说下，刘邦拜韩信为大将军，总领全军。韩信确实为刘汉王朝的建立立下了汗马功劳，败章邯，占咸阳，降司马欣和董翳，退楚军，擒魏王豹，击代国，擒赵王，说燕王，这些功劳足可以让韩信躺在功劳簿上睡大觉了。

但是接下来韩信办了一件让刘邦心里很窝火的事情，就是李绅在《却过淮阴吊韩信庙》诗中写到的“假王徼福犯龙鳞”（《全唐诗》，第 5488 页）这件事。公元前 204 年，汉军攻打齐国一时受挫，郦食其主动请缨，凭着三寸不烂之舌说服齐王田广投降。这本来是一件大好事，可是韩信手下谋士蒯通却说了，咱并没有接到汉王让退兵的通知，如果你不继续攻打，将来国家建立了，你的功劳还没有郦食其大呢。于是韩信在齐国没有防备的情况下继续进攻，最终取得了决定性胜利。齐王田广认为被郦食其出卖了，于是就把郦食其扔锅里给煮了。收复齐国之后，韩信以便于管理为由请刘邦封自己为“假齐王”。

当刘邦听到韩信的请求时，气得浑身哆嗦。亏着张良和陈平在身边，及时点醒了刘邦，刘邦这才改口说：“怎么能当假齐王呢？要当就当真齐王！”于是封韩信为齐王。虽然殷尧藩在《韩信庙》中说“功超诸将合封齐”（《全唐诗》，第 5570 页），但刘邦心里已经为韩信记下了一笔账。韩信被立为齐王后，非常积极地与项羽作战，先在鸿沟借项羽绝粮议和，又在刘邦单方面撕毁和议之后以十面埋伏之计大破楚军，最后逼得“力拔山兮气盖世”的项羽乌江自刎。

其实，在韩信被立为齐王的时候，刘邦也面临着巨大的危机。首先，项羽派人游说韩信脱离刘邦，和自己结盟。韩信想想当年自己“剑歌从项梁。项羽不能用”（王珪《咏淮阴侯》，《全唐诗》，第 429 页）的憋屈，再对比一下在汉营“道契君臣合”的机遇，于是以刘邦的知遇之恩拒绝了项羽。我们可以设想一下，如果韩信真的投降了项羽，那刘邦算是彻底歇菜了！第二个危机是什么？蒯通劝他脱离刘邦自立，原因是“勇略震主者身危，而功盖天下者不赏”，你的功劳太大了，功高震主不说，咋封赏啊？可是韩信认为自己劳苦功高，汉王刘邦势必不会对不起自己。

项羽死后，刘邦就对韩信不放心了，马上夺了韩信的兵权，并改封韩信为楚王。公元前 201 年，韩信因收留钟离昧被人告发谋反，众将一致认为要发兵攻打韩信。刘邦向陈平讨主意，陈平说：“您的军队实力不如韩信，将领们的军事才能又不如韩信，现在您反而要出兵去打韩信，一旦引起战争的话，胜负就难以预料了。这样做我真是很为陛下担心啊！”应该怎么办呢？陈平给出了个上策：“古时候天子有巡行天下的传统，南方有云梦泽，您不如借游云梦泽的机会在陈州会见各路诸侯。陈州在楚地西界，韩信听到您巡行，又到了他的地盘，肯定会来拜见，这时您可以找个大力士把他抓起来，不用费一兵一卒。”

刘邦依计行事，韩信果然束手就擒。韩信大呼：“狡兔死，良狗烹；高鸟尽，良弓藏；敌国破，谋臣亡。天下已定，我固当烹！”[①] 刘邦自己也觉得有点过分了，这不是卸磨杀驴吗？韩信功劳太大，我却要这么对人家，怎么能堵住别人的嘴呢？于是把韩信降为淮阴侯。这就是韦庄《题淮阴侯庙》诗中所说的“云梦去时高鸟尽，淮阴归日故人稀”（《全唐诗》，第 8019 页）。

许浑写过一首《韩信庙》：

朝言云梦暮南巡，已为功名少退身。

尽握兵权犹不得，更将心计托何人。

（《全唐诗》，第 6139 页）

这首诗写的也是韩信被擒这件事。王珪在《咏淮阴侯》诗中说“吉凶

① 司马迁：《史记》，北京：中华书局，1959年9月，第2627页。

成纠缠，倚伏难预详。弓藏狡兔尽，慷慨念心伤”（《全唐诗》，第 429 页），看来文人们都在为韩信鸣不平。

据说，韩信被杀和陈豨造反有关系。陈豨被任命为巨鹿郡守时，向韩信辞行，韩信对陈豨说：“您管辖的地区，是天下精兵聚集的地方；而您，是陛下信任宠幸的臣子。如果有人告发说您反叛，陛下一定不会相信；再次告发，陛下就怀疑了；三次告发，陛下必然大怒而亲自率兵前来围剿。我为您在京城作内应，天下就是你的了。”陈豨深知韩信的军事才能，就听信了他的话。

公元前 197 年，陈豨果然反叛。韩信暗中派人到陈豨处说：“只管起兵，我在京城协助您。”韩信就和家臣商量，夜里假传诏书赦免各官府服役的罪犯和奴隶，打算发动他们去袭击吕后和太子。部署完毕，等待着陈豨的消息。但事情泄露，吕后和萧何谋划假称陈豨已死，让韩信前来庆贺，然后趁机擒获了韩信，在长乐宫的钟室将他杀死，这才有了“成也萧何败也萧何”的说法。

应该说，李斯和韩信的死都和他们汲汲于名利有关。如果李斯意识到物盛极而必衰就马上归隐田园，如果韩信不是贪心想着得到更大的好处，他们应该都能多活几年。可是，这两位创造历史的人物都败给了名利。我想起了柳宗元的一篇文章《蝜蝂传》，蝜蝂是一种喜欢背东西的小虫子。它在爬行的过程中遇到东西就会背到背上，结果背上的东西越来越重，压得它爬不动了。这种昆虫还喜欢爬高，用尽力气爬到最高处，结果掉下来摔死了。李斯和韩信就像这种昆虫。所以对于想修身的人来说，一定要懂得减负，放下名利，也就是学会做减法。

故林遗庙揖仁风

说起厚道，我想起了一位历史人物，他是东汉时期的中牟县令鲁恭。

唐代窦群曾写过《中牟县经鲁公庙》诗：

> 青史编名在箧中，故林遗庙揖仁风。
> 还将文字如颜色，暂下蒲车为鲁公。
>
> （《全唐诗》，第3042页）

我们下面要讲的这位厚道的主人公就出现在诗中，他叫鲁恭，东汉扶风平陵（今属陕西）人。据历史记载，鲁恭活了81岁，在那个年代，人生七十古来稀，他这绝对算得上高寿了！鲁恭为什么会成为长寿翁？我翻检了《后汉书》卷二十五《鲁恭列传》，基本可以概括为两个字——仁德。他有一颗柔软的心，也就是窦群诗中所说的“仁风”。

东汉章帝建初年间，鲁恭在太尉赵憙的举荐下被任命为中牟县令。鲁恭到任后，非常强调用道德风尚感化人。他的这一做法不仅赢得百姓的爱戴，而且感化了鸟兽昆虫，留下了“鲁恭三异”的传奇典故。后来鲁恭离开中牟，老百姓建了一座祠堂纪念他，再后来多次扩建，慢慢形成了庙宇，由庙成村，原名鲁村，清康熙年间改名鲁庙村，鲁庙村就在今郑州中牟县刘集乡。被中牟百姓世世代代纪念，是超越自然生命长度的另一种长寿，那是养生中养神的境界。我觉得鲁恭养神可以从两个方面来说：

书香养神

朋友送了我几个字“书香养寿”，我很喜欢，还配了两句话“每逢期末一身闲，茶在左边书右边”，我想通过读书养我的浩然之气。这也是在向鲁恭学习。通过看《后汉书·鲁恭列传》发现，鲁恭常年学习《鲁诗》，还被朝廷授予《鲁诗》博士。《鲁诗》是《诗经》的一家，汉代传《诗经》的有四家，相当于四大流派，后人称他们为“齐鲁韩毛”，《鲁诗》就是其中的一派。他 15 岁在太学读书的时候，已经被同学们奉为学霸级人物，用正史原话说就是“为诸儒所称，学士争归之”[①]，同学们以能和鲁恭交朋友为骄傲，争先恐后与鲁恭交往。鲁恭被皇帝封为《鲁诗》博士后，到他家求学的人络绎不绝。如果学问不好，问三个答错俩，老把人往坑里带，大家肯定会对你绕道行。

上行下效，《诗经》就非常讲究“上以德化下”。为官者应该首先做好自己，如果自己的屁股擦不净，早晚会折戟沉沙。孔老夫子曾经说过“入其国，其教可知也，其为人也温儒敦厚，《诗》教也”[②]。什么意思呢？到了一个地方，马上就能知道这个地方老百姓的教化。“国”指诸侯国。如果老百姓温柔敦厚，那就是受到了《诗经》的感染。鲁恭的生活处处可以发现《诗经》的影响。

学问能改变一个人的气质，学问还能沉淀成一个人的品质，这就是一个人的精气神。鲁恭的学问过硬，人品也过硬，主要体现在他的不贪上。鲁恭不贪表现在两个方面：一不贪财物，二不贪名位。太尉赵憙仰慕鲁恭的志向，每年春节前都派儿子送酒肉和粮食给他，这一来是一份敬意，二来也是帮助他。因为鲁恭的爸爸死得早，鲁恭又在读书，家里没有什么进项，生活相对比爸爸活着有工资的日子艰难，

---

① 范晔：《后汉书》，北京：中华书局，1965年5月，第873页。

② 邢昺：《论语注疏》，北京：中华书局，1998年11月，第113页。

但是每次鲁恭都婉言谢绝，不接受。其实，鲁恭的爸爸去世时，武陵郡也送给他很多东西，鲁恭的爸爸是死在武陵太守任上的，这在当时也是人情世故，但是鲁恭没有接受。这是鲁恭不贪财的表现。

为什么说不贪名位呢？鲁恭还有个弟弟，叫鲁丕，学习也很刻苦。鲁恭同情弟弟年龄小，想先成就他的名声，因此以生病为借口，不出来做官。好人就应该当官，因为他们心中装着老百姓，所以好人当官是老百姓的福分。因此州郡多次以礼相邀，他都不答应，正史原话是这样说的“郡数以礼请，谢不肯应”，“数”就是不止一次的意思。实在没有办法，州郡就请出了撒手锏——鲁恭的母亲。鲁恭是个孝子，当年他父亲去世的时候，他和弟弟日夜痛哭。埋葬爸爸之后，鲁恭和弟弟带着妈妈在太学读书，也就是一边奉养妈妈，一边读书，求学、尽孝两不误。所以，妈妈是鲁恭的软肋。

鲁恭的祖上一直是当官的，鲁恭的爷爷在王莽时被称为“智囊”，鲁恭的爸爸做过武陵太守，所以当官已经成了鲁恭的家庭传统。妈妈不答应鲁恭远离官场，于是再三强求，最后的结果是“恭不得已而西，因留新丰教授”，鲁恭迫不得已才到新丰作了教授的学官。就鲁恭这经历，如果换成别人，能把鼻涕泡乐出来。还多次邀请，完全用不着，等不到任命的红头文件下发，听到消息就开始收拾行李准备上任了。所以我说鲁恭有不贪名位的优秀品质，这种人你想让他为了升一级去找门子送礼，很难，无欲无求，靠的就是“人品”二字。

德化养神

只有真的把人民放在心里，去切切实实为老百姓办实事，老百姓才会成为你的口碑。鲁恭就是把老百姓装在心中的，用他的话说就是“爱人者必有天报”。只要对老百姓有好处，鲁恭就会直接说出来，这就是《后汉书·鲁恭列传》中所说的“每政事有益于人，恭辄言其便，无所隐讳”。

田产官司。许伯等人因为土地纠纷闹得不可开交。我小时候在农村，经常见到两家人为了一垄地争得脸红脖子粗，许伯等人的官司大约也属于这一类，不是什么大事，但多位太守和县令都搞不定。就这样，这个官司成了历史遗留问题，传到了鲁恭手上。鲁恭替他们分析是非曲直，许伯等人都回家自我检讨，把原本存在争议的土地互相让给对方来耕种。遗憾的是，史书中没有记载鲁恭到底是怎么分析的，许伯等人又是怎么检讨的。不过，我感觉这类似于后来流传的“六尺胡同”或者“仁义巷”的故事。

借牛不还。在古代，牛对农民来说不仅是生产工具，还是一家人生活的依赖。有个亭长借了别人的牛却不归还，牛主人自然觉得委屈，于是告到县令鲁恭那里。民不告官不究，鲁恭让人叫来亭长，反复责令他“把你借的牛还给人家”。可是没想到，亭长是个老赖：凭什么说是他的牛？有什么记号证明是他的牛？谁能证明我借了他的牛？我还说是他借我的牛不还呢！不管你怎么说，他就是油盐不进，就是不归还，爱咋地咋地！这种情况放在今天就是非法侵占他人财产，如果拒不归还，是要承担法律责任的。

其实鲁恭面对这种老赖，动用刑罚可能还会让老百姓拍手称快，但是鲁恭仁德没有依靠刑罚，而是叹息说：“这是教化不能施行啊。”教化是从上而下的行为，是当地官员对老百姓的教育感化，教化不能施行是当官的工作没有做好，“上梁不正下梁歪”。鲁恭觉得，没有一个老百姓天生愿意当刁民、愿意当老赖，以前的县令可能工作不到位，现在我是县令，只能说明我没有做好，我不配做这个中牟县令。想到这里，鲁恭做了一个出乎大家意料的决定——辞职，他要为亭长的错误买单。

县衙的工作人员知道，这事赖不着鲁恭，他是一个难得的好官，如果以前的官儿都像鲁恭这样，还会出现亭长这样的无赖吗？这和以前官员的纵容有很大关系。于是大家哭着挽留鲁恭，不想让他离去。人心都是肉长的，亭长也觉得自己没有道理。坏人不是不知道自己是坏人，只是坏成了惯性。加上大家对鲁恭挽留所形成的舆论压力，亭长十分惭愧，于是不仅主动归还了牛，而且愿意接受处罚。当然，鲁恭没有得理不饶人，没有抓着这件事不放，而是既往不咎，宽恕了他。这样一来，官吏们对鲁恭更加信服了。

由于鲁恭强调道德感化，不仅人们的整体素质上来了，大家待人和善，而且昆虫鸟兽也受到了感染。这又是怎么回事呢？原来，在建初七年（82），河南发生了蝗灾，原本绿油油的庄稼，蝗虫光顾之后马上就被吃光了。但是，中牟县竟然平安无事。所有蝗虫好像商量好了似的，到了中牟县界，直接就踩了刹车，绝不侵扰中牟的庄稼。

这件事简直太神奇了，好像只有在神话传说中存在，一个老神仙拿把宝剑在空中一挥，一堵无形的结界就出现了。可是，鲁恭是个儒家学者，坚信“子不语怪力乱神”的老传统，哪里会有什么老神仙啊？于是这件事就被传开了，没过多久，传到了上司河南府尹袁安的耳朵里。袁安怀疑这件事是有人刻意编造的，是故意为鲁恭涂脂抹粉唱赞歌，老百姓是不是拿了鲁恭的什么好处呢？没有调查就没有发言权，袁安为了戳穿这个谎言，于是派肥亲到中牟县去察看。肥亲是仁恕掾，这是东汉设置的掌管治狱之事的官职。

上级领导下来视察工作，鲁恭自然需要陪同。两个人一起到田间去考察，到处都是生机勃勃的样子。两个人走累了，就坐在桑树下休息。这时一只野鸡飞过来，落在他们身边，一会儿翩翩起舞，一会儿自由自在地觅食，没有一点怕人的样子。而且，就在不远处，有一个小朋友在玩耍。肥亲问小朋友：“你为什么不抓住那只野鸡呢？”小朋友回答说：“那只野鸡马上就要下蛋孵养小鸡宝宝了，因此我不能伤害它。”肥亲听小朋友这样回答，很惊讶地站起身，对鲁恭说：

所以来者，欲察君之政绩也。今虫不犯境，此一异也；化及鸟兽，此二异也；竖子有仁心，此三异也。久留，徒扰贤者耳。[①]

意思是说，我来这里的目的，就是要考察你的政绩。你给我留下了三个惊异的地方：蝗虫不侵扰中牟县境，这是第一个让我惊异的地方；德化能及于禽兽，所以野鸡落在我们身边不会害怕，这是第二个令我惊异的地方；这么小的孩子就有仁爱之心，不以捕捉野鸡为乐，这是第三个令我惊异的地方。我的目的已经达到，不在这里多待了，待得久了，只会打扰你这位贤人的工作。

肥亲回到府衙，把自己所看到的情况一五一十地汇报给了袁安。我在想，肥亲所说的“三异”应该是有因果关联的。为什么蝗虫不入中牟县境？因为中牟有大量的野鸡，专门吃蝗虫。为什么中牟会有大量的野鸡？因为中牟县的老百姓有仁爱之心，没有无节制地捕杀野鸡。也就是说，鲁恭所推行的德化保护了当地的生态环境，可见德化的魅力是不容忽视的！在肥亲去考察鲁恭这一年，更加神奇的事情出现了，鲁恭的家中生出一棵嘉禾，就是一棵苗壮硕大的谷子。这在古代是祥瑞的象征，只有皇帝、官员行仁政感天动地才会出现这种事情。袁安赶紧把祥瑞之事报告给了朝廷，皇帝也觉得很惊异，这也从侧面肯定了皇帝用人英明。

我把鲁恭的魅力总结为三个方面：学问好、人品好、官德好，而这些都构成了鲁恭的人格精神。因为学问好，所以能看透世事，知道自己能干什么该干什么；因为人品好，走到哪里都笑脸相迎，心情舒畅自然吃得好睡得香；因为官德好，处处为百姓着想，不贪名利，不贪财物，所以远离贪腐，廉洁立身，没有牢狱之灾。

① 范晔：《后汉书》，北京：中华书局，1965年5月，第874页。

傲物贪溺多取祸

《颜氏家训》是一部体系宏大的学术著作，作者是南北朝时期著名的文学家、教育家颜之推。在这部书中有一篇题为《养生》的文章。颜之推认为什么是养生呢？他说："夫养生者先须虑祸，全身保性，有此生然后养之，勿徒养其无生也。"① 颜之推的意思是说，养生的人首先应该考虑避免祸患，先要保住身家性命，有了这个生命，然后才考虑去保养它，不要白费心思地去保养不存在的所谓长生不老的生命。我觉得颜之推说得很有道理，命都没了，还保养什么呢？

《颜氏家训》里还说了这么几句话："嵇康著《养生》之论，而以傲物受刑；石崇冀服饵之征，而以贪溺取祸，往事之所迷也。"② 如果把上面几句当成观点的话，下面颜之推就是举例论证了。他说，嵇康写了《养生》的论著，但是由于傲慢无礼丢了性命；石崇希望通过服药延年益寿，却因为积财贪得无厌而被杀害。这都是在修身养生方面比较糊涂的例子。既然他们是反面例证，那么我们反其道而行之，他们怎么做我们小心注意不这样做，不就达到目的了吗？

---

① 王利器：《颜氏家训集解》，北京：中华书局，1993年12月，第361页。

② 王利器：《颜氏家训集解》，北京：中华书局，1993年12月，第361页。

嵇康养生遭杀戮

嵇康，字叔夜，三国时期著名文学家、思想家、音乐家，世称“嵇中散”，“竹林七贤”之一。如果大家知道《广陵散》的话，应该对嵇康是不会陌生的，据说嵇康被杀之后，《广陵散》就没人会弹奏了。嵇康在唐诗中出现的频率还是很高的，比如：大诗人王维有一首《山中示弟》，其中有“山林吾丧我，冠带尔成人。莫学嵇康懒，且安原宪贫”（《全唐诗》，第 1290 页）；杜甫有一首《醉为马坠，诸公携酒相看》，其中结尾说“何必走马来为问，君不见嵇康养生遭杀戮”（《全唐诗》，第 2367 页）。特别是杜甫，竟然把嵇康的养生和惨遭杀戮联系起来。这是为什么呢？

嵇康生活的时代政治黑暗、社会动荡，正好处于司马氏要抢夺曹魏政权的时代。在这个社会大背景下，那些有学识的人就遭殃了，因为他们不想很虚伪地与人周旋，想傲然独立，不免遭到迫害。嵇康为人直率真诚，很厌恶那些鬼话连篇的伪君子，他们当面一套背后一套，满口的仁义道德，背地里却干些龌龊的事情，所以嵇康宁愿和打铁匠交朋友也不愿意与他们为伍。

有一天，嵇康正在打铁，钟会过来拜访他。钟会是一个年轻的贵族公子，能说会道，深得司马昭的宠爱。钟会本来想通过拜访嵇康蹭蹭热点，上上头条，可是没想到嵇康没有搭理他，只管在树下专心致志地打铁。钟会见嵇康旁若无人的样子，觉得很没有面子，只得咬牙切齿地离开。敢对司马昭身边的红人这么无礼，确实够傲慢的，一般人见了钟会都是点头哈腰，看来嵇康这脾气够烈。

不过，嵇康不是对谁都傲慢的，比如吕安。吕安也是一个真诚的人，他和嵇康来往不是为了名利，不是为了炫耀自己，而是出于对嵇康的钦佩，为了见嵇康一面，长途跋涉，不畏辛苦。吕安的哥哥奸污了吕安的妻子，还恶人先告状说吕安对母亲不孝。当时司马昭推行“以孝治天下”，于是吕安被抓了起来，还被判了流放的刑罚。嵇康相信吕安的人品，也从吕安嘴里听到了这件事的真实情况，所以觉得这个判决颠倒黑白，于是积极为吕安呼吁。司马昭以嵇康对裁决不满为借口，将嵇康也抓了起来。

司马昭逮捕嵇康真的是因为吕安的案子吗？根本不是那么回事。真正的原因是嵇康的傲慢。司马昭杀了曹魏的皇帝之后想得到大家的支持，需要一些有名望的人来为他说话。他想到了嵇康，于是派和嵇康同为“竹林七贤”的山涛出面拉拢。山涛推荐嵇康去作官，嵇康得到消息后，十分生气，不仅拒绝了司马昭给的官职，而且义正词严地与山涛断绝了交往，为此还写了一篇《与山巨源绝交书》。

司马昭对嵇康的行为很生气，特别是当他听说嵇康还胆敢指责他，对嵇康更是恨得牙根痒痒，所以他一直在寻找收拾嵇康的机会，吕安这个案子就是最好的借口。钟会为了报复当年嵇康不搭理自己，一直添油加醋劝司马昭杀掉嵇康；司马昭本来就有这个想法，加上钟会不断地说嵇康坏话，于是判了嵇康死刑。虽然有很多学生联名请求司马昭饶了嵇康，但是司马昭死活不同意。这才有了杜甫笔下“嵇康养生遭杀戮”的悲剧。

明时不作祢衡死

历史上还有一个因为傲慢被杀的人，他叫祢衡。李白写过《望鹦鹉洲怀祢衡》，其中说：“魏帝营八极，蚁观一祢衡。黄祖斗筲人，杀之受恶名。”（《全唐诗》，第 1848 页）段成式写过《哭李群玉》，其中讲：

> 酒里诗中三十年，纵横唐突世喧喧。

明时不作祢衡死，傲尽公卿归九泉。

（《全唐诗》，第 6751 页）

祢衡也是个恃才傲物的角色，一般很难看上人。陈群和司马朗都是曹操身边的红人，祢衡竟把他俩说成是杀猪卖肉的，完全不放在眼里。在他眼中只有两个人，孔融和杨修，他说："大儿孔文举，小儿杨德祖。其余的人平平庸庸，不值得提。"孔融就是小时候让梨的那个小朋友，他是孔子的嫡系后代；杨修呢，也是曹操身边的人，聪明得很，经常能看透曹操的心思，但是后来也是因为太聪明丢了性命。祢衡眼中只有这两个人，可见有多么傲慢！

孔融多次向曹操推荐祢衡，说这个人怎么有本事，曹操也想见见祢衡，但祢衡一向看不起曹操，于是称病不见。这让曹操很生气，换一般人脑袋早就被砍了。曹操是个爱才之人，因为祢衡的才气和名声，并不想杀他。曹操听说祢衡擅长击鼓，就请他击鼓，结果祢衡来了个击鼓骂曹，把曹操给气坏了。这个故事在《三国演义》里有描写，京剧专门有《击鼓骂曹》这个剧目。考虑到自己的名声，曹操把祢衡送给了刘表。刘表和手下的人对祢衡很尊重，但是祢衡又对刘表有失恭敬，让刘表觉得难以容忍，于是又把他送给了性情暴躁的江夏太守黄祖。黄祖原本也能善待祢衡，可是一次大宴宾客时，祢衡出言不逊，使黄祖很难堪，两个人发生了争吵。黄祖气愤到极点，就下令杀了祢衡。祢衡死的时候才 26 岁。

嵇康和祢衡都是很有个性的历史人物，都因为恃才傲物丢了性命。我们不去评判他们在政治立场上是对是错，单就养生来说，这两个人肯定是不应该被点赞的。俗语说"惹不起躲得起"，这两个人应该都可以躲的。白居易曾经写过两句话，"勿轻直折剑，犹胜曲全钩"（《折剑头》，《全唐诗》，第 4660 页），或许这就是他们的追求吧。

骄奢多自亡

说完了两个因为傲慢被杀的例子，我们再来了解一下因为贪恋钱财丢了性命的石崇。石崇是西晋“金谷二十四友”之一，是出了名的大富豪。不过，石崇的第一桶金却来得不光彩，他是任荆州刺史时通过抢劫远行的客商，取得巨额财物致富的。别说保证一方安宁了，他首先就是最大的不安定因素。石崇有多富？据记载，石崇与王恺斗富，王恺就没有占过一次便宜。春天的时候，大家出去游玩都想拥有一片属于自己的空间。王恺用紫色的蚕丝作路两旁的屏障，长达40里，可不是40米啊！石崇一看，得超过他，首先从材料的质地上超过他，你用丝，我就用锦，你40里，我50里。非要盖过你王恺不行！这就是韦应物在《金谷园歌》中说的“当时豪右争骄侈，锦为步障四十里”（《全唐诗》，第2000页）。所以有钱人的生活我们是没有办法想象的！

王恺不是一般人，他是晋武帝的舅舅。晋武帝怎么能让舅舅没面子呢？就偷偷赏给王恺一棵两尺多高枝条繁茂的珊瑚树。王恺拿着向石崇炫耀：“你看怎么样，漂亮吧，皇帝赏给我的！”没想到石崇一下子把这棵珊瑚树敲了个粉碎。王恺心疼得恨不得背过气去：“你赔我！”让王恺没想到的是，石崇二话没说命人把自己家的珊瑚树拿了出来。王恺一看，石崇家的珊瑚树霸气，有三尺的，有四尺的，树干枝条举世无双，光耀夺目，自己刚才被打碎的那个简直就是小巫见大巫，真是丢人现眼。难怪于濆在《金谷感怀》诗中说“黄金骄石崇，与晋争国力”（《全唐诗》，第6929页），这充分展示了石崇的经济实力，也难怪汪遵在《金谷》诗中会感叹“晋臣荣盛更谁过”（《全唐诗》，第6957页），就像今天流传的那句话：“哥也想低调啊，可是实力不允许。”

有钱人的生活是贫穷人想象不到的，不过这也不一定是什么好事。你没眼色敢让皇帝的舅舅下不来台，这就等于向皇帝挑战！这不是作死吗？如果说欺负王恺是间接挑战皇帝的话，石崇还曾经直接打过晋武帝的脸。据《耕桑偶记》记载，外国进贡一种火浣布，这是用石棉纤维织成的布，不怕火，不会燃烧，很珍贵。晋武帝把这种布制成衣服，穿着去了石崇家里，其实就是去嘚瑟了，就是去给舅舅报仇雪恨找面子去了。石崇自己很低调，故意穿着平常的衣服，在门口等着迎接，结果往里一走，皇帝发现石崇家里五十多个下人穿着火浣布做的衣服在站岗呢。这会给晋武帝什么感觉？你石崇都不稀罕穿这种衣服，合着我就和你们家的服务员一个级别啊？这不是没事找事吗！人们常说"不作死就不会死"，用在石崇身上挺合适。

石崇的金谷园是当时天下第一名园，环境优美，像仙境一样。名士如左思、潘岳等人经常过去游玩。游玩就得有娱乐项目吧，石崇的金谷园里有很多美女，不仅衣着华丽，而且身上佩戴着璀璨夺目的珍珠、美玉、宝石。石崇把沉香木屑洒在象牙床上，让这些姑娘们踏在上面，没有留下脚印的就赏赐珍珠一百粒，如果留下了脚印，就让她们节制饮食以控制体重。沉香是非常名贵的，号称软黄金，论克卖的，随便一串珠子都价值几万。石崇倒好，弄成末子让姑娘们踩着玩，那得多少沉香木才够踩的啊！

在这些美女之中，有一位叫绿珠的姑娘，那是石崇的最爱。绿珠善吹笛子，舞跳得也很好，是石崇用十斛珍珠换的。乔知之写过一首《绿珠篇》，其中前半首这样说：

石家金谷重新声，明珠十斛买娉婷。
此日可怜君自许，此时可喜得人情。
君家闺阁不曾难，常将歌舞借人看。

（《全唐诗》，第 876 页）

从第二句可以猜想到绿珠的美艳绝伦及石崇对她的宠爱。每次请朋友吃饭，石崇都会让绿珠出来歌舞劝酒。见到绿珠的人都为她的美色倾倒，因此绿珠的美丽闻名于天下，所以李咸用在《金谷园》诗中结尾说“多积黄金买刑戮，千秋成得绿珠名”（《全唐诗》，第7408页）。但是也是绿珠的美色为石崇带来了灭顶之灾，徐凝《金谷览古》诗说：

金谷园中数尺土，问人知是绿珠台。

绿珠歌舞天下绝，唯与石家生祸胎。

（《全唐诗》，第5382页）

石崇得罪了赵王伦被免职。赵王手下有个叫孙秀的，这家伙一直暗恋绿珠，过去因为石崇有权有势，他只能意淫一下而已。现在石崇一被免职，他明目张胆地派人向石崇索要绿珠。石崇把他的婢妾数十人叫出来，让使者随便挑选，可是使者说：“这些婢妾个个都很漂亮，但我们是奉命来要绿珠的，不知道哪一个是？”石崇勃然大怒：“绿珠是我所爱，那是不可能让你们带走的。”使者暗示石崇别死心眼，要学会审时度势，石崇还是坚持不给。

使者回报后孙秀大怒，劝赵王把石崇杀掉，赵王于是派兵捉拿石崇。石崇对绿珠叹息说：“我现在因为你而得罪人了。”绿珠哭着说：“我用死来报答您吧。”说完跳楼自杀。邵谒在《金谷园怀古》中为绿珠点赞说“美人抱义死，千载名犹彰”（《全唐诗》，第6995页），杜牧在《金谷园》绝句结尾说“日暮东风怨啼鸟，落花犹似堕楼人”（《全唐诗》，第6013页），便是借眼前景来追忆绿珠跳楼殉情这件历史往事的。

虽然石崇表面上是因为绿珠死的，实际上他明白自己被杀的真正原因，所以临死前说：“这些人还不是为了贪我的钱财！”不管是因为财死还是因为爱死，总之石崇给后人留下了沉思，正如邵谒在《金谷园怀古》中说的：

在富莫骄奢，骄奢多自亡。

为女莫骋容，骋容多自伤。

（《全唐诗》，第6995页）

有钱不要太任性，炫富会带来灾难。邵谒的这几句话非常具有警醒意义。

石崇死了，金谷园废了，曾经金碧辉煌的金谷园只剩下了满目荒凉。它在告诉人们一个道理，贪溺取祸，再多的钱也不一定能够买回一条命。所以，颜之推说得很有道理，“夫养生者先须虑祸，全身保性，有此生然后养之，勿徒养其无生也”，命都没了，还谈什么养生呢？

拒谏劳兵作祸基

影视作品中经常会出现这样的场景：大臣见到皇帝纷纷下跪，同时嘴里高呼“吾皇万岁万岁万万岁”。长生不老是皇帝们的渴望，是他们的追求，如果真能因为你当了皇帝了，身份地位不同了，阎王爷就在生死簿上延长你的寿命的话，那隋炀帝杨广就不会在位仅 14 年就早早死在宇文化及的手里了。下面就来说说这个生生把自己折腾死的皇帝，看看从他的身上能得到什么样的修身启示。

雄才敏慧想当年

杨广是隋文帝杨坚的次子，年少时机敏聪慧，长得还帅，《隋书》中称他“美姿仪，少敏慧”[①]。开皇元年（581），也就是杨坚刚当上皇帝的时候，立杨广为晋王，官拜柱国、并州总管，这时杨广才 13 岁。不一样的平台，不一样的职务，就会锻炼出不一样的胸襟和视野，杨坚这样的安排对培养杨广的雄才大略很有帮助。杨广也确实没有辜负杨坚的厚望，在帮助杨坚实现统一大业中展现了他的才能。我们来看罗隐的《炀帝陵》这首诗：

① 魏征：《隋书》，北京：中华书局，1973年8月，第59页。

入郭登桥出郭船，红楼日日柳年年。

君王忍把平陈业，只博雷塘数亩田。

（《全唐诗》，第 7553 页）

这首诗的第三句“君王忍把平陈业”就写出了杨广平陈的丰功伟绩。开皇八年（588），隋文帝杨坚决定把南朝的陈国给灭掉，加速全国统一的进程。于是，就在这一年冬天，隋文帝任命晋王杨广、秦王杨俊、清河公杨素同为行军元帅，带领高颎、贺若弼、韩擒虎等名将征战陈朝，行军总管九十人，士兵五十一万八千人都受刚刚20岁的杨广节制调度。陈朝的皇帝陈叔宝——就是写《玉树后庭花》的陈后主——昏庸无能，手下大将逃跑的逃跑，投降的投降，所以杨广率领的虎狼之师一举突破长江天堑，一路攻城拔寨所向披靡。就这样，陈朝被灭，陈叔宝和他的皇后被杨广作为俘虏带回京城。杨广因此得到杨坚的重视，不久晋封为太尉。

杨广不仅军事才能突出，而且文学素养很高。据《隋书·炀帝纪》中讲“上好学，善属文”[①]，喜欢学习，擅长文学创作，他甚至对身边的人说：“天下当谓朕承借余绪而有四海耶？设令朕与士大夫高选，亦当为天子矣！”[②]别人总以为我是继承先皇的帝位，假如让我和天下的读书人一块儿参加考试来选拔皇帝的话，我依旧是第一名。就这么牛！自信到了自负的程度！

王世贞《艺苑卮言》中说隋炀帝《望江南》为“词祖”。杨广的词到底如何，我们已经看不到了，但我们可以借他的这首失题诗窥一斑而知全豹。

寒鸦飞数点，流水绕孤村。

① 魏征：《隋书》，北京：中华书局，1973年8月，第59页。

② 魏征：《隋书》，北京：中华书局，1973年8月，第625页。

斜阳欲落处，一望黯销魂。[①]

这首诗歌画面非常简单，却洋溢着农村的生活情趣。寒鸦、流水、孤村、斜阳四个意象的巧妙搭配，为读者鉴赏和理解这首诗歌提供了丰富的信息，寒鸦点明了季节、流水交代了地点、孤村写出了环境、斜阳昭示了时间。我们可以想象，在一个萧瑟的秋冬季节里，诗人来到一个孤独的村落，村落的周围是潺潺流动的小溪，头顶的天空中点缀着几只归巢的乌鸦，举目西望，太阳沉沉坠地。敏感的诗人置身于此情此景，怎不惹起他千端愁绪。

杨广从小就深得父母喜欢，《隋书·炀帝纪》中说“高祖及后于诸子中特所钟爱”[②]。喜欢归喜欢，杨广因为是次子，所以从礼制上并不能直接立为太子，太子是长子杨勇。杨广为了得到太子位，费了不少心思。他特别善于伪装，处处迎合皇帝皇后，每次上朝都很简朴，对大臣也是谦恭有礼，赢得了他们的支持。就这样，开皇二十年（600）十月，太子杨勇被废，隋文帝在十一月改立杨广为太子。仁寿四年（604），隋文帝杨坚驾崩仁寿宫。关于隋文帝的死，历来存在争议，不少人认为是杨广害死的。

穷奢极欲死江都

杨广费尽心思，总算登基作了皇帝。按他之前的良好表现，登基后应该鞠躬尽瘁为天下百姓谋福利，可是杨广却置百姓死活于不顾，一心满足自己的私欲，就像周昙在《隋门·炀帝》诗中所说的：

拒谏劳兵作祸基，穷奢极武向戎夷。

① 逯钦立：《先秦汉魏晋南北朝诗》，北京：中华书局，1983年9月，第2673页。

② 魏征：《隋书》，北京：中华书局，1973年8月，第59页。

兆人疲弊不堪命，天下嗷嗷新主资。

（《全唐诗》，第 8362 页）

杨广做了不少作死的事情：营建东京洛阳，历时十个月，每月征用二百万人服劳役；修大运河，诏发河北等郡男女百余万人；造龙舟、楼船等各种舟船数万艘；所造龙舟共四层，富丽堂皇，最高一层有正殿、内殿、东西朝堂，中间两层共 120 间房，房间都用金玉装饰，最下一层全部用于内侍居住。

杨广为满足自己骄奢淫逸的生活，在各地大兴土木，修建宫殿苑囿、离宫别馆。大业元年（605），杨广下令建造显仁宫，从天南海北搜罗奇材怪石输送到东京洛阳。修建皇家园林洛阳西苑。西苑方圆二百里，苑内有大人工湖，周长十余里，水面上建造蓬莱、方丈、瀛洲等神山，山高出水面百余尺，台观殿阁星罗棋布地分布在山上，如若仙境。苑北面有龙鳞渠，曲折蜿蜒地流入湖中，沿着龙鳞渠建造了十六院，院门临渠，院内的堂殿楼观，极端华丽。若西苑树木秋冬季枝叶凋落，就剪彩绸为花和叶缀在枝条上，颜色旧了就换上新的，使景色常如阳春。

隋炀帝游江都时，率领诸王、百官、后妃、宫女等一二十万人，船只相连长达二百余里。为了这次出行，大运河两岸种植了很多柳树。白居易有一首《隋堤柳》，其中说：

大业年中炀天子，种柳成行夹流水。
西自黄河东至淮，绿阴一千三百里。
大业末年春暮月，柳色如烟絮如雪。
南幸江都恣佚游，应将此柳系龙舟。

（《全唐诗》，第 4708 页）

隋炀帝这次下江都游玩，竟找来江南女子和羊拉纤。江南女子比较纤弱，都像西施一样娇弱无力，体力根本就跟不上，常常走不了多远的路，就要休息一下。隋炀帝嫌船拉得太慢，为了加快速度，便召集随行的大臣商量，虞世基出了个主意：在河两岸多种些柳树，一来树根可以起到加固河堤的作用；二来可以给那些拉船的女子遮挡阳光，让她们在树下休息；三来可以用柳树的枝叶喂羊。隋炀帝觉得办法可行，马上下旨让沿岸的老百姓连夜种柳树。种植柳树的真正原因是否因为美女和羊也未可知，但杨广这些滥用民力的行为加速了隋朝的灭亡。

不仅如此，杨广还处处发动战争。大业七年（611），杨广下诏征天下兵进攻位于辽东的高句丽。大业八年（612），隋军出动一百一十三万士兵、二百万民夫，苦战五个月却败于辽东。第二年再发兵高句丽。这时，在黎阳仓督运军粮的杨玄感乘机起兵反隋。杨广被迫从辽东撤军，回朝向其发动攻击。杨玄感很快败亡，杨广下令坑杀了三万多人，其中三分之二是被冤杀的。大业十年（614），杨广第三次发兵进攻高句丽，因隋末农民起义已遍及全国，隋王朝岌岌可危，高句丽也疲于战争，最后只好议和收兵。杨广在位14年间，还攻灭吐谷浑，征讨契丹、琉球、占城。这就是周昙所说的“拒谏劳兵作祸基，穷奢极武向戎夷”。

杨广的穷奢极欲终于造成了天怒人怨，隋末农民起义全面爆发。虽然杨广想用血腥屠杀的政策恐吓人民，把抓获的人都杀死，却依旧阻止不了农民起义的出现，反而使更多的人参加到农民起义军中去。大业十二年（616）七月，杨广从洛阳去江都。大业十三年（617）四月，李密率领瓦岗军围逼东都，并向各郡县发布檄文，列了杨广十大罪状。大业十三年五月，李渊在晋阳起兵，同年十一月攻入长安，拥立杨广之孙代王杨侑为皇帝，遥尊杨广为太上皇。杨广知道自己的好日子马上就到头了，于是在江都越发荒淫昏乱，命人挑选江淮民间美女充实后宫，每日沉湎酒色，全无当年的雄才大略。

一次，杨广看着镜子中的自己对身边的人说："好头颈，谁当斫之！"大业十四年（618）三月，杨广见天下已经乱成了一锅粥，心灰意冷，便不打算回北方，命人在南京修丹阳宫，准备迁居那里。可是随行人员都是关中卫士，他们思念故土，纷纷逃走了。在这种情况下，宇文化及带人发动兵变，将杨广缢弑，就是勒死。杨广死后，由萧后和宫人拆床板做了一个小棺材，偷偷地葬在江都宫的流珠堂下。杨广被杀的消息传到洛阳，洛阳群臣拥立杨广的孙子越王杨侗为帝，史称皇泰主，杨侗追谥杨广为明皇帝，庙号世祖。同年，李渊逼迫傀儡杨侑禅让，建立唐朝，追谥杨广为炀皇帝。唐朝平定江南后，于贞观五年（631），以帝礼将杨广改葬于雷塘。

地下若逢陈后主

杨广仗着雄才大略灭了陈朝，抓了身居高阁花天酒地的陈叔宝，可是他自己后来又重蹈了陈后主的覆辙。晚唐诗人李商隐的《隋宫》就讽刺了隋炀帝杨广的荒淫亡国：

紫泉宫殿锁烟霞，欲取芜城作帝家。
玉玺不缘归日角，锦帆应是到天涯。
于今腐草无萤火，终古垂杨有暮鸦。
地下若逢陈后主，岂宜重问后庭花。

（《全唐诗》，第 6161 页）

诗人开篇便写长安的宫殿巍峨壮丽，高耸入云，可是如此巍峨的宫殿，却空锁于烟霞之中，而皇帝更愿意住在芜城。"芜城"也就是江都扬州。接下来，李商隐半开玩笑地说，如果不是由于皇帝的玉玺落到了李渊的手中，杨广肯定不会满足只游幸江都，他一定会乘着龙舟飘到天边去。再接下来，诗人用了两个和杨广相关的典故：一个是放萤火虫。

杨广曾在洛阳景华宫把捕捉的很多萤火虫一起放出去取乐，在江都也放萤取乐，还修了个“放萤院”。另一个就是在隋堤种植柳树，这个前边已经讲过。把“萤火”和“腐草”、“垂杨”和“暮鸦”联系起来，于一“有”一“无”的鲜明对比中感慨今昔，深寓荒淫亡国的历史教训。诗的结尾耐人寻思，把批判荒淫亡国的主题深刻地揭示出来。杨广当了皇帝后，一次乘龙舟游江都，梦中与死去的陈叔宝及其宠妃张丽华等相遇，请张丽华舞了一曲《玉树后庭花》。这首舞曲是陈叔宝所作，被后人称为“亡国之音”。诗人在这里特意提到它，讽刺的意思很明显，杨广目睹了陈叔宝荒淫亡国之事，却不吸取教训，既纵情龙舟之游，又迷恋亡国之音，终于重蹈陈叔宝的覆辙。如果他在地下遇见陈叔宝的话，还好意思再请张丽华舞一曲《后庭花》吗？

白居易在他的《隋堤柳》中还有这么几句：

自言福祚长无穷，岂知皇子封酅公。
龙舟未过彭城阁，义旗已入长安宫。
萧墙祸生人事变，晏驾不得归秦中。

（《全唐诗》，第4708页）

意思是，杨广自认为会福寿延年，于是纵情享乐，可是因为寻欢作乐，无休止地出外巡游，奢侈昏庸，终于导致丢了天下。结果就是李山甫在《隋堤柳》中指出的“不觉杨家是李家”（《全唐诗》，第7362页）。

身为皇帝，他的生命意义要比一个普通老百姓更丰富，因为他的幸福指数与每一个老百姓的幸福紧密关联。如果他处处为百姓着想，以民生为本，那么天下太平，他也自然能够在海晏河清中享受人生，修身养性，可是当他为了实现一己私欲而任意驱使百姓时，必然会引火烧身。杨广本来是可以成就一番大业的，比如他修的大运河，那可不是一无是处的，皮日休在《汴河怀古》中认为：

尽道隋亡为此河，至今千里赖通波。

若无水殿龙舟事，共禹论功不较多。

（《全唐诗》，第7099页）

在诗人看来，大运河为南北通航提供便利，对经济联系与政治统一有莫大好处，历史作用深远。如果没有“水殿龙舟事”，杨广的功劳是可以和治水的大禹相提并论的。本来渴望“万岁”的杨广因为穷奢极欲为自己埋下了祸根，享受了生命的密度却失去了生命的长度，这就是杨广留给我们的启示。

精养丹田气养身

我们总是很羡慕那些做神仙的，他们吸风饮露，长生不老，还能见证沧海桑田的变化。所以，人们也会有一些浪漫的想法：如果遇到神仙，能不能向他讨个长生不老的方子？为了能够长生不老，秦始皇和汉武帝用了很大力气，一个派人到海上寻找仙山，一个派人在宫里建造求仙台，结果呢？“常闻汉武帝，爰及秦始皇。俱好神仙术，延年竟不长。金台既摧折，沙丘遂灭亡。茂陵与骊岳，今日草茫茫。”（寒山《诗三百三首》，《全唐诗》，第 9097 页）本想长生不老，长生未求到反而成了后人的笑柄。不过，我在读《全唐诗》时，看到了一些方外之人的诗歌，确实有利于修身养生，比如吕岩《绝句》其一“息精息气养精神，精养丹田气养身。有人学得这般术，便是长生不死人。”（《全唐诗》，第 9704 页）我们选出来几首和大家分享。

只种心田养此身

吕岩又叫吕洞宾，就是八仙过海里那位神仙。吕洞宾的祖父叫吕渭，当过主考官。唐宝历元年（825），吕洞宾中进士并当上地方官吏，后因厌倦时世混乱，所以他抛开人间功名归隐山林。据说后来他遇见隐士钟离权，得道成仙。吕洞宾写过两组《绝句》，其中第八首是这样的：

不负三光不负人，不欺神道不欺贫。

有人问我修行法，只种心田养此身。（《全唐诗》，第 9695 页）

这首诗第一句让我们不辜负自然，人本来就是自然的组成部分，所以要随着自然变化修行。在这一方面做得好的，要数唐朝的两位寿星诗人贺知章和白居易了。你看贺知章写那一首《咏柳》："碧玉妆成一树高，万条垂下绿丝绦。不知细叶谁裁出，二月春风似剪刀。"（《全唐诗》，第 1147 页）从这一首诗里不难感觉到这位"四明狂客"多么喜欢大自然。白居易也是总能发现大自然的美好，要么留恋江南，要么沉醉龙门，他的踪迹我们总能在大自然中觅到。在这首《绝句》里，吕岩认为最大的修行是"只种心田养此身"，即修心。想要修心，诗人告诉我们，不光要不辜负大自然，还要"不欺神道不欺贫"，不能戴着有色眼镜，将人随意分为三六九等，那样可能会带来不必要的麻烦。

会昌三年（843），宜春人黄颇和卢肇参加科举考试，大家都觉得黄颇肯定会高中，而卢肇就不一定能成功了，可是结果偏偏令人大跌眼镜，卢肇成了会昌三年的状元，而黄颇被卢肇甩得连尾灯都看不着。原来，卢肇考进士之前，很多人都不看好他，参加州府试的时候，考官虽然把他推上去了，但排名却是垫底的。这要是搁往常，像卢肇的排名在省试中几乎是板上钉钉，考不上了，但卢肇很乐观，认为排在他前面的那些人都是顽石，自己就是顶着顽石的巨鳌。

当时卢肇和黄颇二人同路结伴赴举，黄颇一来家里有钱，二来州府试名次比卢肇靠前，所以临进京考试的时候，当地刺史就想提前和黄颇拉好关系，于是非常盛情地为黄颇设宴饯行。卢肇穷家里舍排名又垫底，所以连参加的份都没有，据《唐摭言》记载，"时乐作酒酣，肇策蹇邮亭侧而过，出郭十余里，驻程俟颇为侣"[①]，卢肇骑头瘸驴经

① 王定保：《唐摭言》，上海：上海古籍出版社，2012年8月，第26页。

过大家为黄颇饯行之处的时候，乐器齐鸣，酒酣耳热。卢肇很识趣，叹着气骑着驴出城十多里，停在路边等候黄颇一块进京考试。两相对比，卢肇显得非常凄凉，没有办法，这就是世俗。但是，这群极力巴结黄颇的人看走眼了，他们哪里知道，就是这个寒酸卢肇考上状元了。而他们极力巴结的黄颇当年就考了个第三名，也有的文献上说，又过了十三年，黄颇才考上。

卢肇为什么能逆袭成功呢？据《太平广记》记载，是李德裕帮了忙。按照旧例，礼部放榜的时候，需要先把录取名单给宰相看一下。会昌三年的主考官是王起，当时的宰相是李德裕，王起就问宰相有没有需要关照的人。李德裕说："安用问所欲为，如卢肇、丁稜、姚鹄，岂不可与及第耶？"[①] 李德裕的意思是说，还用问我这个吗？像卢肇、丁稜、姚鹄这三个人，还不应该录取吗？王起一听就明白了，回去就按照李德裕说的顺序把三个人录取了，卢肇就这样成了状元。可是，李德裕为什么如此关照卢肇呢？

原来，李德裕当年曾经在"牛李党争"中暂时处于下风，被贬到宜春为官，宜春是卢肇的老家。李德裕因为在朝中是"牛李党争"的李党领袖人物，所以很多人对他都很忌讳，再加上当时李德裕是被贬到宜春的，所以门前冷落车马稀，很少有人登门拜访。但是卢肇却没有管那么多，他多次向李德裕请教学习，希望得到李德裕的指点。在人们都对李德裕避之唯恐不及的时候，卢肇却向李德裕行卷，对他表现出足够的尊敬，这让情绪低落的李德裕感到非常温暖。另外，卢肇的文才也相当棒，才思敏捷，受到李德裕的欣赏。一来二去，两个人就成了好朋友，甚至到了后来，卢肇再去拜访李德裕的时候，李德裕让他脱去外衣和自己自由自在交谈，那种随便的样子简直就是一家人。所以等李德裕再次入朝主政时，肯定会对自己的这个老朋友多多照顾。

---

① 李昉等：《太平广记》，北京：中华书局，1961年9月，第1355页。

卢肇高中状元的消息传到老家后，那位曾经冷落卢肇的刺史慌了手脚。当他知道卢肇近日就要回家省亲时，急忙赶到了城郊迎接卢肇。当时正好赶上端午节，盛大的龙舟竞渡活动正要举行，刺史便极力邀请卢肇去参观。卢肇思前想后，感叹人情世故的巨大反差，就写了一首《竞渡诗》：

石溪久住思端午，馆驿楼前看发机。
鼙鼓动时雷隐隐，兽头凌处雪微微。
冲波突出人齐譀，跃浪争先鸟退飞。
向道是龙刚不信，果然夺得锦标归。

（《全唐诗》，第 6384 页）

这诗表面上是在写龙舟竞赛，事实上是卢肇对人生的深沉慨叹，既有成功后的得意，也有对刺史的讽刺。不过这也告诉人们，为人处世，待人接物要一视同仁，否则可能会出现难堪。在这方面，卢肇做得很明智，没有因为李德裕当年正走下坡路就故意绕道行，所以才会得到李德裕的帮助，而那位刺史因为嫌贫爱富势利眼，结果被狠狠打了脸。

愚徒死恋色和财

一般人在财色面前都容易缴械投降，或许是看了历史上那些悲剧，吕洞宾才写下了这几句话：

这些功，真奇妙，分付与人谁肯要。
愚徒死恋色和财，所以神仙不肯召。

（《全唐诗》，第 9715 页）

养生的方法，别人不一定会要，因为健康长生看不见摸不着，可是你要给他金钱和美女，俗人很容易动心。在这一方面表现比较突出的历史人物恐怕要数那个被点天灯的董卓了。

董卓生性凶悍，在东汉末年挟天子以令诸侯，把持了东汉中央政权。为了聚敛巨额财富，董卓大量毁坏通行的五铢钱，还下令将所有的铜人、铜钟和铜马打破，重新铸成小钱。粗制滥造的小钱不仅重量比五铢钱轻，而且钱的边缘也没有轮廓，不耐磨损。小钱的流通直接导致了严重的通货膨胀：货币贬值，物价猛涨。据史书记载，当时买一石谷大概要花数万钱。老百姓苦不堪言，生活陷于极度痛苦之中。董卓却利用搜刮来的钱财，整日寻欢作乐，生活荒淫无度。

《三国演义》中有这样一个情节：为了扳倒董卓，王允用了连环美人计，离间董卓与义子吕布的关系。王允先把貂蝉暗地里许配给吕布，再明着把貂蝉献给董卓做妾。貂蝉嫁给董卓之后对吕布暧昧送情，周旋于父子二人之间。一天，吕布乘董卓上朝时，入董卓府探望貂蝉，貂蝉和吕布相约来到凤仪亭相会。貂蝉假意对吕布哭诉被董卓霸占之苦，引得吕布很愤怒。这一幕正巧被董卓回府撞见，他发怒抢过吕布的方天画戟，直刺吕布，吕布飞身逃走，从此两人互相猜忌。王允见时机成熟，便说服吕布，铲除了董卓。董卓被吕布杀死后，尸体被士兵点了天灯。元稹写有《董逃行》："董逃董逃董卓逃，揩铿戈甲声劳嘈。剜剜深脐脂焰焰，人皆数叹曰，尔独不忆年年取我身上膏。"从这首诗里，我们能感受到老百姓对董卓有多憎恨。

如果不贪财会是什么样子呢？我们也举一个例子吧。东汉孟尝被任命为合浦太守，合浦也就是今天的广西合浦，这里不生产粮食，但海中出产珍珠。合浦与交趾接壤，常常互相通商，百姓用珍珠购买粮食。以前合浦郡的官员多为贪婪污秽之辈，责成人们下海采捞，不知道节制，珠蚌逐渐就迁到交趾界内去了。结果客商不再来了，人和牲畜都没有吃的，当地老百姓拉棍子要饭，穷苦的人饿死在道边。孟尝上任后，革除过去的弊端，访求百姓的疾苦，规定老百姓捕捞珍珠要有限度，注意保护环境。不到一年时间，离开的珠蚌又回到合浦了，老百姓都恢复他们的本业，商人开始来往，货物开始流通，孟尝被称赞为明智如神。

孟尝因病上书辞职，朝廷征召他返回京师。起程那天，官吏百姓抓住孟尝的车子恳求他留下，孟尝没法走，只能改为夜晚坐乡间百姓的船连夜暗中离去。孟尝后来隐居在僻野水边，亲自耕田做工。邻县的士人百姓仰慕他的高尚道德，搬来和他住在一起的有一百多家。因为不贪财物，所以心底坦荡，吃的喝的都是自己劳动所得，吃得香甜，睡得安稳，孟尝70岁时，在家中寿终正寝。贞元七年（791），朝廷考试以《珠还合浦赋》命题，可见人们对孟尝的景仰之情。

当然，吕洞宾的养生诗词还有很多，比如《延寿》："子午常餐日月精，玄关门户启还扃。长如此，过平生，且把阴阳子细烹。"（《全唐诗》，第9711页）题目"延寿"二字虽然是讲如何养元气以成仙的，但我们不妨理解成讲如何修行的。"子时"指夜里十一点至次日凌晨一点，"午"指上午十一点至下午一点。"子午常餐日月精"意思是说在这两个时间段，要道法自然，该出来晒太阳时就别猫在屋里，晚上出来感受一下夜的静谧也是一种享受。这句话对于那些宅男宅女来说尤其适用！第二句里的"启"是开，"扃"是关。这句本意是指守住丹田，但我们可以理解为白天打开门窗让空气流通，晚上则关上门窗以避免寒邪入侵。诗里包含了动静结合、内外兼修的方法，如果能养成习惯，自然阴阳协畅，有利于健康。

再比如《敲爻歌》中这几句："也饮酒，也食肉，守定胭花断淫欲。行歌唱咏胭粉词，持戒酒肉常充腹。色是药，酒是禄，酒色之中无拘束。只因花酒误长生，饮酒带花神鬼哭。"（《全唐诗》，第9713页）酒肉只是用来充饥的食物，不能食用过量，男女之情应该"守定胭花断淫欲"，不能为了满足私欲而破戒，"只因花酒误长生"，所以"饮酒带花神鬼哭"。吕洞宾这些话既为世俗人的世俗生活考虑，又为世俗人的长生诉求打算，真是苦口婆心啊。

山水养心

禅音山水养心性

王维是唐代著名的山水田园诗人，他和孟浩然并称“王孟”。我们应该很熟悉他的《九月九日忆山东兄弟》《送元二使安西》《鹿柴》等作品，其中的“独在异乡为异客，每逢佳节倍思亲”（《全唐诗》，第 1306 页）尤其令人心动。读王维的诗歌会感觉到一种空灵美，是心与大自然的交融。王维在山水诗歌方面造诣很高，被苏轼高度评价为“诗中有画”，所以品读他的诗歌往往会有神游自然的感受。王维精通佛理，《旧唐书·王维传》中说他“在京师日饭十数名僧，以玄谈为荣”，每天管十多个和尚吃饭，而且以和他们谈佛法为骄傲。不仅如此，还“退朝之后，焚香独坐，以禅诵为事”[①]，下班回到家之后，一个人坐着念经，完全就是一个在家的修行者。他曾经在《酬张少府》诗中说“晚年惟好静，万事不关心”（《全唐诗》，第 1267 页），又在《终南别业》中说“中岁颇好道，晚家南山陲”（《全唐诗》，第 1276 页）。他这种生活方式，非常具有修养心性的意义。

晚家南山陲

既然是山水田园诗人，肯定对自然山水情有独钟，所以王维写了

① 刘昫等：《旧唐书》，北京：中华书局，1975年5月，第5052页。

相当多的赞美山水的诗歌。比较多地进入他诗歌的山水是终南山，毕竟就在长安附近。王维不仅游终南山，用诗歌带我们去感受“太乙近天都，连山到海隅”和“分野中峰变，阴晴众壑殊”的壮丽，让我们体味到了“白云回望合，青霭入看无”（《终南山》，《全唐诗》，第1277页）的旖旎风光；而且住终南山，王维在终南山是有宅子的，唐初宋之问有一个辋川别业，后来被王维买下，因此王维写过《辋川闲居》《辋川别业》《终南别业》等一系列诗歌。我们来看《终南别业》：

中岁颇好道，晚家南山陲。
兴来每独往，胜事空自知。
行到水穷处，坐看云起时。
偶然值林叟，谈笑无还期。

（《全唐诗》，第1276页）

从“晚家南山陲”这一句来看，王维住在终南山是没有什么疑问的，不过从上一句“中岁颇好道”不难知道，这是王维中年后的事情。作者在这里随性自在，经常在山林中信步闲逛，那快意自在的感受一般人是很难体会到的，要不他怎么会说“胜事空自知”呢？这里的生活看着有些落寞，有些无聊，但有时落寞相对于喧嚣而言，反而是一种奢侈的生活品质。“每独往”“空自知”与其说是诗人的无奈与孤独，不如说是他沉醉于山林间的常人难以理解的快乐。

山高则水长，王维顺着山间小溪信步前行，不知不觉之间便到了溪水尽头。似乎“山重水复疑无路”让人很扫兴，但作者索性席地而坐，抬头去欣赏那天空中飘浮的云朵。“行到水穷处，坐看云起时”，一切显得那么自然，山林间流淌的小溪也好，自由自在飘荡的白云也罢，都像作者那样自在闲散，真像沈德潜说的那样，“行所无事，一片化机”（《唐诗别裁集》卷九）[①]。“水穷处”与白云的交流，更是“空”的体现，

① 陈铁民：《王维集校注》，北京：中华书局，1997年8月，第192页。

一个人目不转睛地看着天上的白云，好像是只有小孩子才会干出的事情。不过，此时的作者似乎摆脱了人世间的各种烦恼，达到了与眼前自然美景融为一体的境界。作者眼前就是一幅画，而作者本身又在这幅画中。

作者在山间碰到了一个“林叟”，或许是打柴的，也可能是山中的隐士，两个人肯定互不相识。二人尽情说笑无拘无束，以至于该返回了作者也没有觉察到。要知道，作者是伺候过皇上的人，是在官场上颇有身份的人，是见过大场面的人，在当时像“林叟”这样的人平日见了王维是要跪拜的。可是此刻王维毫无身段，洒脱地与他高声谈笑，作者的悠闲自在、物我两忘的形象跃然纸上。

从这首诗来看，王维和“林叟”如同两位不食人间烟火的世外高人，把终南山当成了忘记世俗世界的一片乐土，在这里得到的不仅是探幽寻胜所领略到的大自然的美好，还有超越身份感的悠悠自得的精神交流。这就是王维住在终南山的日常生活，或许有人觉得这些明明都是写王维在山中，和他的别墅没有关系嘛。我们看清朝的《唐律消夏录》中是怎么说的：“‘行’‘坐’‘谈’‘笑’，句句不说在别业，却句句是别业。”所以我们说，这是王维在终南山的生活，显得悠悠自得。

柳绿更带朝烟

田园生活对于普通百姓来说是再正常不过的生活方式和生活内容，可是对于浑身充满艺术细胞的文人骚客来说却成了一种生活境界。在王维笔下，一年四季的田园景色是不一样的。《新晴野望》中写到的夏季风光是“白水明田外，碧峰出山后”（《全唐诗》，第1250页），刚下过雨，河流中的水位涨了，远远望过去就像一条洁白的玉带，阳光一照更加明亮夺目。这个“白”字和下句的“碧”字互为衬托，显得越发醒目，十分逼真地描绘了山峦在雨水冲洗后的碧绿清新。更美妙的是，这两句话看似静态描写，实则又有生机勃勃的动态感受。秋季风光是什么样子呢？王维在《山居秋暝》中说“明月松间照，清泉石上流”（《全唐诗》，第1276页），耳边是山间溪流淙淙的声响，眼前是月光下如闪闪发光素练的溪流，洁白无瑕，明净清幽。如果说上一首《新晴野望》只是视觉美的话，这里的月下青松、石上清泉就是视觉与听觉的双重享受！

由此可见，王维很享受田园之乐。也正是因为这样，王维写了一组《田园乐》，通过描写大自然和田园生活的美好，展示了他对大自然静美的追求：

桃红复含宿雨，柳绿更带朝烟。

花落家童未扫，莺啼山客犹眠。

（《全唐诗》，第1306页）

“桃红”“宿雨”“柳绿”“朝烟”“花落”“莺啼”等词语已经为我们勾画出了一幅美丽和谐的田园风光图。粉红的桃花瓣上仍带有昨夜的雨露，使花瓣色泽显得柔和细腻，空气中自然也弥漫着阵阵的花香。柳丝碧绿，婀娜多姿地垂拂着，仿佛笼着一层烟雾，若有若无。落花满地，家童未扫，你可千万不要埋怨家童懒惰，是诗人起得太早，还没到家童起床的时候呢。不过，没有被清扫的落花反而更加衬托出晨间春景的清幽。这样，让欣赏美景的诗外人也不敢高声语了，因为害怕惊醒了诗里的梦中人。

在这里，王维的日常活动是“采菱渡头风急，策杖林西日斜”（《田园乐七首》其三，《全唐诗》，第1305页），潇洒自在；在这里，他的感受是“牛羊自归村巷，童稚不识衣冠”（《田园乐七首》其四，《全唐诗》，第1305页），简单朴拙；在这里，他的邻居是“一瓢颜回陋巷，五柳先生对门”（《田园乐七首》其五，《全唐诗》，第1305页），忧道高雅；

在这里，他的生活是：

酌酒会临泉水，抱琴好倚长松。

南园露葵朝折，东谷黄粱夜舂。

（《田园乐七首》其七，《全唐诗》，第 1306 页）

临泉酌酒，倚松弹琴，泉见廉者之趣，松有志者之姿，既有真实的自然，又有高雅的情趣。吃的菜是园子里种的葵，吃的饭是东谷长的黄粱，一个是早上刚采的，一个是昨晚才舂的，想着就是满口香甜的新鲜。

独坐幽篁里

王维那么喜欢田园自然生活，真的就是骨子里带的？既然这样，为什么不干脆辞去官职呢？王维年轻的时候也激情澎湃过，你看他早年写的诗歌，“大漠孤烟直，长河落日圆”（《使至塞上》，《全唐诗》，第 1279 页），“孰知不向边庭苦，纵死犹闻侠骨香”（《少年行四首》其三，《全唐诗》，第 1306 页），这哪里是一个愿意整天游山玩水的人所能写出的诗句？他在张九龄当宰相期间曾有干一番事业的雄心壮志。张九龄是位贤相，曾经因为安禄山讨伐奚、契丹失败，同意范阳节度使张守珪的建议，极力主张处死安禄山，并明确向玄宗指出：安禄山狼子野心，有谋反之相。但是，玄宗听不进去，反而认为张九龄有误害忠良的嫌疑，最终放安禄山回到自己的地盘。

开元二十四年（736），李林甫用谗言迷惑唐玄宗顶替了张九龄的相位。李林甫执政期间建议重用胡将，从而使安禄山尾大不掉，最终导致安史之乱爆发。王维被活捉，被迫做了安禄山任命的官，好在因为那两句“万户伤心生野烟，百僚何日再朝天”（《菩提寺禁裴迪来相看说逆贼等凝碧池上作音乐供奉人等举声便一时泪下私成口号诵示裴迪》，《全唐诗》，第 1308 页），最终在肃宗还长安后解释清楚了。王维在诗中表现出了对李唐王朝的忠心，因而得到肃宗嘉许，所以并未因伪宦一事被定罪，甚至没有影响他日后的升迁。

不过经历了社会大动荡的王维，更加不愿意在官场混了，所以他在《酬张少府》诗中说“晚年惟好静，万事不关心”。怎么静呢？首先是“退朝之后，焚香独坐，以禅诵为事”，下班就在家念经修行，这一来是因为受其母亲的影响，二来是因为在荐福寺时向道光禅师学过佛；其次是寄情山水之间，在辋川别业欣赏“漠漠水田飞白鹭，阴阴夏木啭黄鹂”的美景，体验“山中习静观朝槿，松下清斋折露葵”（《积雨辋川庄作》，《全唐诗》，第 1298 页）的生活。

因为特殊的经历，王维有了特殊的心境，所以他在看自然景物的时候，就有了与他人不同的韵味。一般人是看景，王维是透过景在找自己的心，或者说他把自己的心转移到了所看到的景物上。看景喜欢热闹，找心则需要幽静，那是对禅意的追寻。我们这里以《竹里馆》为例：

独坐幽篁里，弹琴复长啸。
深林人不知，明月来相照。

（《全唐诗》，第 1301 页）

这首小诗看似平淡无奇，实则具有独特的艺术魅力。一个人一旦能享受寂寞，那他的生活中也会充满不一样的美。作者前两句直接说自己独自坐在竹林中“弹琴复长啸”，无论是“弹琴”还是“长啸”，都是高雅脱俗的行为，是需要知音才能欣赏的，很难引起俗人的共鸣。俞伯牙和钟子期是高山流水的知音，阮籍与孙登的长啸是灵魂的交流。所以作者说“深林人不知，明月来相照”，扣住了首句自己独坐深林，又不觉得孤寂，因为明月皎洁，与月心心相印。自己是在欣赏美景，自己又在美景之中，王维放下了自我，却得到了自然。独坐的人也好，幽篁也好，琴也罢，明月也罢，原本彼此之间互不相关，可是在这一刻，好像缺了哪一个又都不行。竹林是为“我”存在的，明月是为“我”存在的，琴也是为“我”存在的，是自然，更是心境，这一切已经完全融为一体了。我记得多年前读这一首诗，也写了几句话：“独坐抚鸣琴，悠悠此意真。不知身是我，明月照何人。”

王维的高明在于既没有辞职，也没有耽误修身养性，在青山绿水间，王维看到了自然美，忘记了世俗中那些龌龊的事情，有时还能遇到一两个能够聊得来的人，不管认识不认识，聊得来就是缘分，在一起吐吐槽，也是一种享受！在这山水田园中，他遇见了自己的内心，让这个世界显得那么干净、单纯，诗中的空气也是甜甜的味道。

绿水青山养此身

王维和孟浩然喜欢山水田园，这是中国人都知道的事情。别忘了，那个不把高力士放到眼里的“诗仙”，更是“五岳寻仙不辞远，一生好入名山游”（《庐山谣寄卢侍御虚舟》，《全唐诗》，第1773页）的主儿。李白在唐朝活成了一个时代的标志，他总是用满腔热情在拥抱整个世界，他有着高远的政治抱负，希望自己能够“一飞冲天，一鸣惊人”。他在《代寿山答孟少府移文书》中说：“申管晏之谈，谋帝王之术，奋其智能，愿为辅弼，使寰区大定，海县清一。”[①]他想成为帝王师！他在《梁甫吟》中向姜子牙和郦食其致敬，他在《古风》中向“功成不受赏”的鲁仲连致敬，他在《猛虎行》中说“张良未遇韩信贫，刘项存亡在两臣”（《全唐诗》，第1713页），向张良、韩信致敬，总之他想成为创造历史的功臣，希望实现“长风破浪会有时，直挂云帆济沧海”（《行路难》其一，《全唐诗》，第1684页）的理想。

于是他处处寻找着实现政治抱负的机会，甚至待诏翰林院三年。但是，三年的翰林院生活让他失望了，他被当成了玄宗豢养的金丝鸟，成了粉饰太平的御用文人，没事写写诗歌哄玄宗和杨贵妃高兴一下，玄宗没有对他委以重任。李白看到了太多看不惯的东西，“珠玉买歌笑，糟糠养贤才”（《古风》第十五，《全唐诗》，第1673页），他觉得

① 李白：《李太白全集》，北京：中华书局，1977年9月，第1225页。

自己与官场格格不入，于是表现得更加狂放，甚至“天子呼来不上船，自称臣是酒中仙”（《饮中八仙歌》，《全唐诗》，第 2259 页）。就这样“安能摧眉折腰事权贵，使我不得开心颜”（《梦游天姥吟留别》，《全唐诗》，第 1780 页）的伟岸个性，使他只能落得个被赐金放还的结局。这换作一般人非抑郁了不可，或许李白也抑郁了，但李白有自救的办法，“人生在世不称意，明朝散发弄扁舟”（《宣州谢朓楼饯别校书叔云》，《全唐诗》，第 1809 页），来一场说走就走的旅行，到山水间去找回自我。

五岳寻仙不辞远

李白对于山水的喜爱很有层次感：第一，他喜欢真山真水带给自己的精神愉悦；第二，寄情山水是他对道教神仙生活的追求；第三，山水是李白寄托心灵的地方，或者说他把山水当成了逃离社会的乐园。

李白长期生活在四川，四川山水很漂亮。有时候我去四川讲课，乘飞机俯瞰，山山水水尽入眼底，山清水秀，让人向往。所以，四川的山水经常会落入李白的笔下。李白曾经两次登上峨眉山，还给我们写下脍炙人口的《登峨眉山》。让我们来看看他到底是怎样为峨眉山做宣传的：

蜀国多仙山，峨眉邈难匹。
周流试登览，绝怪安可息。
青冥倚天开，彩错疑画出。
泠然紫霞赏，果得锦囊术。

（《全唐诗》，第 1833 页）

这里只截取了直接描写峨眉山景色的句子。为了突出自己对峨眉山的喜爱，李白先用了对比手法，在蜀地众多的仙山里，峨眉山是首屈一指的，“蜀国多仙山，峨眉邈难匹”，寥寥十个字，就写出了作者登临前对峨眉山的向往之情。从“周流试登览”可以看出，这是作者第一次登峨眉山，所以会有与众不同的感受。在作者眼前，岩壑幽深，群峰险怪，天气变化无常。这是很真切的感受，大山中的确一步一景，甚至会出现一山有四季的景象。不仅山南山北两重天，而且随着山势越来越高，温度也会慢慢发生变化，山下繁花似锦、树木苍翠，山顶则白雪皑皑、云雾翻卷。“青冥倚天开，彩错疑画出”写出了峨眉山的险峻磅礴和秀丽风光，“青冥”就是山间暗昧的样子，因为山高林密，光线透不进来，所以才这样，一直到和天相接的地方，才总算看到光线了，言外之意就是峨眉山高耸云天，这不就是险峻磅礴吗？如果前一句是写纵观，那么后一句则是写横看，写山间的景色，山间色彩斑斓错杂，紫霞翠霭弥漫，简直就是仙境。在这样的环境里，人的心情自然是舒畅的。

李白在京城长安期间，不可能对终南山陌生。他有一首《望终南山寄紫阁隐者》，其中讲到终南山的美：“秀色难为名，苍翠日在眼。有时白云起，天际自舒卷。”（《全唐诗》，第 1767 页）作者虽然彼时正望着终南山，却只把终南山称为“秀色”，率性不拘的作者很少为写诗发愁，这次竟然感到了语言的乏力，终南山的秀美景色很难理清说透。作者给了我们几个终南山的元素，日、翠岭、白云，而这便构成了终南山的秀色。眼前能看到的是阳光下郁郁葱葱的山林，有时候还会有自在翻卷的白云。无论是满眼的青翠山林，还是自由飘飞的白云，都让人精神不由得轻松起来，甚至会产生一种远离尘世、渴望长久居住于斯的冲动。

李白是有道教信仰的，所以在他的笔下经常会出现仙界大佬。比如他在《登峨眉山》中就说到了一位仙人：“倘逢骑羊子，携手凌白日。”“骑羊子”叫葛由，据《列仙传》记载，是周成王时人。葛由在常人眼中就是个手工艺人，每天用木头刻成羊来卖，不过，他刻的羊是会走动的。一天，他骑着自己刻的羊进入了峨眉山西南的绥山。当时很多人觉得奇怪，便跟着他看热闹也进入山中，结果这些人都没有再出来，而是变成了神仙。这么看来，葛由就是神仙的引路人，想成仙找他准没问题。

李白在游泰山的时候，更厉害了，遇到很多神仙，先是“玉女四五人，飘摇下九垓”（《游泰山六首》，《全唐诗》，第1823页），从天上飘飘摇摇下来四五个仙女，见到李白还很客气，“含笑引素手，遗我流霞杯”，送给李白一杯流霞仙酒，这待遇不是一般人能遇到的。接下来又遇到了一位“方瞳好容颜”的羽衣仙人，仙人也有礼物送给李白，“遗我鸟迹书，飘然落岩间”，赠给李白一卷仙书后，随即便消逝在山岩之间了。这本仙书上“其字乃上古，读之了不闲”，根本看不明白。再接下来，李白碰见一位“绿发双云鬟”的青发小道童，被他嘲笑一通：“晚学仙”而“蹉跎凋朱颜”。感觉诗文到这里会结束的，谁知李白大招还在后边！经过“清斋三千日，裂素写道经”，李白也成了神仙，“众神卫我形。云行信长风，飒若羽翼生”，终于可以做到“朝饮王母池，暝投天门关”了，而且李白与众仙一起经历了“仙人游碧峰，处处笙歌发”的夜生活。

我们这里仅仅是举了几个例子，再比如《庐山谣寄卢侍御虚舟》中“庐山秀出南斗傍，屏风九叠云锦张，影落明湖青黛光。金阙前开二峰长，银河倒挂三石梁。香炉瀑布遥相望，回崖沓嶂凌苍苍。翠影红霞映朝日，鸟飞不到吴天长。登高壮观天地间，大江茫茫去不还。黄云万里动风色，白波九道流雪山”（《全唐诗》，第1773页），浓墨重彩地描绘了庐山秀丽雄奇的景色，更主要的是表现了诗人狂放不羁的性格。这个时候的李白，已经完全和大自然融合在一起了，只有身心沉醉其间，精神上才会出现癫狂的审美状态。这个时候的山，已经从自然的山变成了李白的信仰皈依地，成了李白寄托精神的乐园。

溪水潭边照影来

李白不仅喜欢在山中吟赏奇峰秀景，而且也经常在水边浅吟低唱。当说到水的时候，大家脑海里或许会出现“桃花潭水深千尺”（《赠汪伦》，《全唐诗》，第1765页）的秀美景象，或者是“飞流直下三千尺，疑是银河落九天”（《望庐山瀑布水二首》其二，《全唐诗》，第1837页）的万马奔腾。除此之外，李白还有很多与水有关的佳作可飨读者。我们先来熟悉《楚辞·渔父》中的两句话：“沧浪之水清兮，可以濯我缨；沧浪之水浊兮，可以濯我足”，这是屈原被放逐时遇到的一位打鱼的老先生说的，我们再来看看李白是怎样在沧浪水边濯缨的。

李白一直渴望自己能够成为创造历史的英雄，可是真等到有用武之地时，却出了问题。安史之乱中，李白站错了队，成了永王李璘的“从犯”。郭子仪因为当年李白曾救过自己一条命，所以从中斡旋，使李白最后只被判了个流放夜郎。当李白心情灰暗地到了夔州时，接到了朝廷对他赦免的消息，原来是朝廷的军队打了大胜仗，皇上想庆祝一下。李白获得重生的机会，自然心情高兴，于是乘船返回时写下了《荆门浮舟望蜀江》，这首诗写得养眼养心：

春水月峡来，浮舟望安极。
正是桃花流，依然锦江色。
江色绿且明，茫茫与天平。
逶迤巴山尽，摇曳楚云行。
雪照聚沙雁，花飞出谷莺。
芳洲却已转，碧树森森迎。
流目浦烟夕，扬帆海月生。
江陵识遥火，应到渚宫城。

（《全唐诗》，第1843页）

不一样的心情，不一样的风景，作者用轻快的诗句为读者展现了一幅“长江行舟图”。有时候会有一种感觉，李白是不是拿着手机在为我们做直播？作者站在船头，望着宽阔辽远的大江，江水奔腾，桃花盛开，两相映衬，美轮美奂。“江色绿且明，茫茫与天平”两句不仅写出了蜀江碧波荡漾、花木倒映的美景，而且表现出作者在明丽如画的江水上，视野开阔。巴山随着船行被渐渐甩到了身后，天上白云飘浮摇曳多姿，江边如雪的白沙在阳光的照射下有些刺眼，水鸟还没从睡梦中醒来，百花竞放，黄鹂鸣唱。再看江中的小洲，芳草萋萋，树木繁茂，到处生机勃勃。这一路下来，作者的眼睛简直不够用了，山水、花鸟、草木、楚云，无论镜头怎么转换，风景都是绚丽明媚的，心情自然也是喜悦和美的。

清澈的水流犹如明净的心境，让人心生欢喜。天宝十二载（753），李白到安徽池州游玩，写下了著名的《清溪行》：

清溪清我心，水色异诸水。
借问新安江，见底何如此。
人行明镜中，鸟度屏风里。
向晚猩猩啼，空悲远游子。

（《全唐诗》，第1728页）

清溪发源于青阳县九华山脉西麓，像一条玉带蜿蜒曲折，流经池州，与秋浦河汇合，最后出池口进入长江。作者开篇就表达了自己对清溪的直接感受，李白游览过很多湖溪江潭，很少有这么赤裸裸地表白的。李白是一个爱恨分明的人，在他看来，自己以前见过的水与眼前的清溪都不一样，虽然洞庭湖“明湖映天光，彻底见秋色”（《秋登巴陵望洞庭》，《全唐诗》，第1838页），虽然姑孰溪“波翻晓霞影，岸叠春山色”（《姑孰溪》，《全唐诗》，第1850页），虽然观鱼潭“木落潭水清”“日暮紫鳞跃，圆波处处生”（《观鱼潭》，《全唐诗》，第1891页），但都不如“清溪清我心”，清溪给作者带来的是独特感受，是独一无二的，是“诸水”给不了的美感。

接着，李白又用衬托的手法突出清溪的清澈。“借问新安江，见底何如此”，新安江源于徽州，流经浙江，一向以水清著称，沈约曾有《新安江水至清浅深见底贻京邑游好》，其中称“洞澈随深浅，皎镜无冬春。千仞写乔树，百丈见游鳞”，一眼能看到百丈水底的游鱼。新安江足够清了吧，可是在作者看来，它依旧在清溪面前相形见绌。作者觉得这样对清溪的美表现得还不够，于是他又发挥联想，“人行明镜中，鸟度屏风里”，把清溪比成“明镜”，把清溪两岸的山峰比成“屏风”。于是就出现了错觉，在岸上行走的人倒映水中，恰似在明镜中一般无二，鸟在山峰间飞过，就像屏风中的点缀，这样的美让人有身处仙境的感觉。只是在结尾的时候，作者却创造了一个凄清的境界，有了一种孤寂感。但这凄清与孤寂也正是“清溪清我心”的效果，这时候的“清”已经不只是清溪的清澈了，还有清空世俗喧嚣的内涵。

虽然享受寂寞是感受美的一种境界，但李白有的时候也渴望能够有人和他一起欣赏美景，比如他在《渌水曲》中这样说：

> 渌水明秋月，南湖采白蘋。
> 荷花娇欲语，愁杀荡舟人。

（《全唐诗》，第 1710 页）

“渌水”就是清澈的水，这里指“南湖”也就是洞庭湖，“秋月”点明了时间是秋天的一个傍晚。洞庭湖的水碧绿澄澈，在秋月的映照下更加光洁可爱。女主人公还没有结束劳作，在湖面上采蘋。白蘋又叫田字草，据说可入药，以解相思之苦，又说这种植物是无性繁殖，因此写到“采蘋”一般都不仅仅是为了刻画劳作活动，而是为了暗示女子对丈夫的思念。湖里的荷花娇艳无比，还“欲语”，语什么？和谁语？李白在《西施》一诗中形容西施的美貌说“秀色掩今古，荷花羞玉颜”

（《全唐诗》，第 1845 页），难道这里的荷花要和采蘋的女主人公比美，甚至要赢了女主人公？如果真是这样，也难怪会有“愁杀荡舟人”的念头，那是对荷花的妒意。但是我更愿意理解成是诗人用“荷花娇欲语”来形容眼前采蘋女的，采蘋女就像一朵荷花，纯洁美丽，发现诗人在看自己，欲语还羞。如此，则“荡舟人”成了诗人。为什么要“愁杀”呢？李白在《姑孰溪》结尾作了回答：“红颜未相识”。原来，那么狂放浪漫的“诗仙”，还是个守礼之人。

总之，我们在名山能看到李白，在大川能碰到“诗仙”。李白没有“一飞冲天，一鸣惊人”，反而在山水间实现了自己的心灵自由。

杜甫养生入蜀来（上）

“朱门酒肉臭，路有冻死骨”（《自京赴奉先县咏怀五百字》，《全唐诗》，第2265页），提到这两句话，大家马上就会想起“诗圣”杜甫。杜甫是中国伟大的现实主义诗人，他祖上原是京兆杜陵（今陕西西安）人，后来迁居襄阳（今湖北襄樊），到其曾祖杜依艺时移居巩县（今河南巩义）。杜甫出生在巩义南瑶湾，直到今天南瑶湾村还保留有杜甫诞生窑，现在这里已经成为人们朝圣的地方。杜甫这个人一辈子忧国忧民，最后客死他乡，根据文献记载，杜甫只活了59岁，放在今天年龄不算大，但在唐朝时也算是可以了，毕竟当时平均寿命只有四十多岁。其实，杜甫是个懂得养生的人，只不过是前期因为种种原因没有养生的条件罢了。后来，杜甫到了四川成都浣花溪畔，终于开始了自己的养生之路。杜甫的名气太大了，我们有必要先把他的前期生活和痛苦经历交代一下，或许只有这样，我们才能够更好体会到他在浣花溪畔的幸福。

转益多师是汝师

杜甫在南瑶湾村不仅度过了快乐的童年，“庭前八月梨枣熟，一日上树能千回”（《百忧集行》，《全唐诗》，第2308页），而且也接受了很好的早期教育，“七龄思即壮，开口咏凤皇。九龄书大字，有作成一囊”（《壮游》，《全唐诗》，第 2358 页）。从十四五岁开始，杜甫便出入东都洛阳翰墨场，受到“斯文崔魏徒，以我似班扬”的赞誉。

杜甫之所以能够取得辉煌的文学成就，和他的家世背景以及自己勤奋好学的品性密不可分。他的十三世祖杜预是西晋名将，被封当阳侯，注过《春秋左氏传》，直到今天我们看“十三经注疏”中《春秋左氏传》里还有“晋杜预元凯撰”的字样。也就是说，杜家是以经学传家的，所以杜甫就在儒释道三教合一的时代形成了以民为本、以仁义为核心的儒家式生存状态及价值取向。也正是如此，在他的诗歌里才会出现“尚思未朽骨，复睹耕桑民”（《别蔡十四著作》，《全唐诗》，第 2330 页）、“焉得铸甲作农器，一寸荒田牛得耕”（《蚕谷行》，《全唐诗》，第 2334 页）、“默思失业徒，因念远戍卒”（《自京赴奉先县咏怀五百字》，《全唐诗》，第 2266 页）等关注民生疾苦的句子。杜甫的爷爷杜审言名列“文章四友”，是武则天时期的著名诗人，曾经写过《和晋陵陆丞早春游望》，被后世誉为“初唐五言律第一”。这也是杜甫在诗中高歌“诗是吾家事”（《宗武生日》，《全唐诗》，第 2535 页）的主要原因之一。

杜甫之所以能成为著名诗人还有一个重要原因，那就是他自己说的“别裁伪体亲风雅，转益多师是汝师”（《戏为六绝句》其六，《全唐诗》，第 2453 页），这是一种广征博取虚心学习的精神。杜甫在《戏为六绝句》其五中称：“不薄今人爱古人，清词丽句必为邻。窃攀屈宋宜方驾，恐与齐梁作后尘。”（《全唐诗》，第 2453 页）曹丕所说的“文人相轻”在杜甫身上是不存在的。元稹曾经在《唐检校工部员外郎杜君墓系铭并序》中说过这样的话：

> 至于子美，盖所谓上薄风骚，下该沈宋、古傍苏李、气吞曹刘，掩颜谢之孤高、杂徐庾之流丽，尽得古今之体势，而兼人人之所独专矣。使仲尼考锻其旨要，尚不知贵，其多乎哉！苟以为能所不能，无可不可，则诗人以来，未有如子

美者。[①]

这段话不难理解，杜甫正是在对前人艺术经验充分学习的基础上形成了自己的特点，所以秦观说“杜子美善于诗，实积众家之长”，堪称知音。张戒在《岁寒堂诗话》中也指出：

> 子美诗奄有古今，学者能识国风、骚人之旨，然后知子美之用意处；识汉魏诗，然后知子美遣辞处，至于掩颜谢之孤高，杂徐庾之流丽，在子美不足道耳。[②]

杜甫也正是因为具有虚听广受的优秀品质，才取得了“读书破万卷，下笔如有神。赋料扬雄敌，诗看子建亲”（《奉赠韦左丞丈二十二韵》，《全唐诗》，第 2251 页）的卓越艺术成就。杜甫这种见贤思齐、博采众长的好学精神对后学者具有积极的启发意义：一个人要想成功，必须视野开阔，能够将自己融入更大的学习氛围之中。海之所以博大，在于其容纳百川不拒细流的胸怀，能把别人的优点变成自己的长处，这才是学习的智慧。

忤下考功第

杜甫有着高远的政治抱负，渴望能够实现“致君尧舜上，再使风俗淳”（《奉赠韦左丞丈二十二韵》）的政治理想。当时常规的入仕路径是科举考试，尤其进士科已经成为显科，由进士登科名列显位者不乏其人。杜甫曾经两次参加进士科考试，但结果都以失败告终。

开元二十三年（735），24 岁的杜甫暂时结束了吴越之游，到上都长安参加进士科考试。这一年正月，唐玄宗在诏书中称：“每渴贤良，无忘鉴昧，顷虽虚伫，未副旁求。”这说明朝廷是非常努力搜罗人才的。

---

① 华文轩：《古典文学研究资料汇编·杜甫卷》，北京：中华书局，1964年8月，第14页。

② 华文轩：《古典文学研究资料汇编·杜甫卷》，北京：中华书局，1964年8月，第307页。

但是，杜甫考试的结果是“忤下考功第，独辞京尹堂”（《壮游》）。这里“考功”指考功员外郎，归属吏部管，当时专门负责科举考试。

如果说杜甫第一次考试落榜是因为准备不足，那么第二次落选则纯粹是悲剧了。杜甫第二次参加科举考试是在天宝六载（747），距离上一次考试已经过去十多年了。据《册府元龟》记载，这年朝廷明确规定：

> 今承平既久，仕进多端，必欲远赍弓旌，载空岩穴，片善必录，末技无遗。天下诸色人中，通明一艺已上，各任荐举。仍委所在郡县长官，精加试练，灼然超绝流辈，远近所推者，具名送省。仍委尚书及左右丞诸司，委御史中丞更加对试。务取名实相副者，一时奏闻。[①]

杜甫自然不会放过这个机会，正如前文所举“赋料扬雄敌，诗看子建亲”，无论诗还是赋杜甫都有极高造诣，又如《进雕赋表》中称：“臣之述作，虽不足以鼓吹《六经》，先鸣数子，至于沉郁顿挫，随时敏捷，而扬雄枚皋之流，庶可跂及也。”[②]从这些句子不难看出，杜甫对自己的才能是有信心的。

当时的宰相李林甫表面上担心这些参加考试的人“多卑贱愚聩，不识礼度，恐有俚言，污浊圣听”（元结《喻友》）[③]，担心这些人的粗言俚语造成皇帝难堪，实际上害怕应试举子对自己有非议，因为他的名声极坏，“口蜜腹剑”一词便是对他的形容。此外，李林甫“自无学术”，所以很不喜欢那些非常有名气的文人。

但是皇帝已经下旨求贤，作为宰相的李林甫不能置之不理，于是“悉令尚书长官考试，御史中丞监之，试如常吏”（元结《喻友》），就像考察在任官员那样考试杜甫这些应试举子。这种考试表面上显得规格

---

① 王钦若等：《册府元龟》，北京：中华书局，1960年6月，第1021页。

② 杜甫：《杜甫全集》，上海：上海古籍出版社，1996年11月，第303页。

③ 董诰：《全唐文》，北京：中华书局，1983年11月，第3887页。

很高，朝廷很重视，可最终的结果却是“布衣之士无有第者，遂表贺人主，以为野无遗贤”（元结《喻友》）。李林甫不仅一个举子都没录取，而且向玄宗皇帝祝贺，民间根本就没有遗漏人才，那就意味着君子在朝，天下康宁，“末技无遗”了。李林甫用了合法的形式办了不合法的勾当，导致杜甫再次落榜。

蹭蹬无纵鳞

杜甫虽然两次科举考试失败，但他并没有气馁，而是“朝扣富儿门，暮随肥马尘”（《奉赠韦左丞丈二十二韵》），到处干谒，渴望有人帮自己实现进入官场的夙愿。但多年的奔走，让杜甫尝尽了辛酸，“残杯与冷炙，到处潜悲辛”（《奉赠韦左丞丈二十二韵》），得到的只是“青冥却垂翅，蹭蹬无纵鳞”（《奉赠韦左丞丈二十二韵》）。直到天宝十载（751），玄宗行三大礼，也就是到太清宫、太庙、南郊举行祭祀活动，杜甫写了《进三大礼赋表》献给玄宗，进献文章是当时除正常的科举考试之外的一种进入仕途的方式。“帝奇之，使待诏集贤院，命宰相试文章”[①]。

杜甫在中书省奉命考试文章，场面火爆，他在《莫相疑行》中回忆当时的考试情形“忆献三赋蓬莱宫，自怪一日声辉赫。集贤学士如堵墙，观我落笔中书堂”（《全唐诗》，第2330页），那些集贤院学士把他围得里三层外三层。但直到四年后，也就是到了天宝十四载（755）十月，杜甫才当了一个右卫率府胄曹参军，具体负责什么工作呢？就是看守兵器、管理门禁。即便是当这么个小官，杜甫也当得不是那么顺利，据《唐才子传》“杜甫传”中说，中书省考试完之后，杜甫最初被任命的是河西尉，但杜甫“不拜”，没有接受，朝廷这才“改右卫率府胄曹参军”。这个结果显然与杜甫所追求的“致君尧舜上，再

① 欧阳修等：《新唐书》，北京：中华书局，1975年2月，第5736页。

使风俗淳”的政治宏愿是远远不相符的。

更无奈的是，即便是这个八品官职，杜甫也没能当几天，因为就在同年十一月，安史之乱爆发，杜甫被困京城。在此期间他亲眼目睹了战争带给人们的灾难，感受到了国破家亡的痛楚，这就催生了我们非常熟悉的《春望》，作者通过“国破山河在，城春草木深。感时花溅泪，恨别鸟惊心”（《全唐诗》，第2404页）这些感人的句子表达了对战争的痛恨。战争永远是残酷的，所以王翰在《凉州词》中说“古来征战几人回”（《全唐诗》，第1605页），杜甫在《兵车行》中讲“车辚辚，马萧萧，行人弓箭各在腰。耶娘妻子走相送，尘埃不见咸阳桥。牵衣顿足拦道哭，哭声直上干云霄”（《全唐诗》，第2254页），在生离死别面前，亲人总掩饰不住内心的悲伤。

安史之乱爆发后，杜甫流离漂泊，给我们写下了很多著名的诗歌——《悲陈陶》《悲青坂》和“三吏”“三别”，这每一首诗，杜甫都是蘸着自己的血泪写出来的。“孟冬十郡良家子，血作陈陶泽中水。野旷天清无战声，四万义军同日死”（《悲陈陶》，《全唐诗》，第2268页），陈陶一战，四五万唐军几乎全军覆没，那些活生生的“良家子”血染疆场，同日死去，景象太惨烈了。陈陶之败后不久，唐军又在青坂之战中大败，“山雪河冰野萧飒，青是烽烟白人骨”（《悲青坂》，《全唐诗》，第2268页），又有大批士兵失去了生命。

杜甫后来终于逃出长安，来到唐肃宗所在的凤翔，“麻鞋见天子，衣袖露两肘。朝廷愍生还，亲故伤老丑”（《述怀一首》，《全唐诗》，第2272页），虽然狼狈至极，但幸运的是肃宗皇帝被杜甫的忠心所感动，任命他为拾遗官。杜甫觉得自己的机会来了，看到什么不平的事都向皇帝指出来，结果让肃宗感觉很烦，一生气把他贬为华州司空参军。杜甫赴任途中，途经新安、石壕、潼关等地，再次感受到了战争带给人们的伤害，于是用诗歌进行了记录。这段时间，他写出了《新安吏》

中的“莫自使眼枯，收汝泪纵横。眼枯即见骨，天地终无情”（《全唐诗》，第2283页）；写出了《石壕吏》中的“老妪力虽衰，请从吏夜归。急应河阳役，犹得备晨炊”（《全唐诗》，第2283页）；写出了《新婚别》中的“君今往死地，沉痛迫中肠”（《全唐诗》，第2284页）；写出了《垂老别》中的“万国尽征戍，烽火被冈峦。积尸草木腥，流血川原丹”（《全唐诗》，第2284页）；写出了《无家别》中的“永痛长病母，五年委沟溪。生我不得力，终身两酸嘶”（《全唐诗》，第2285页），又有哪一句不是痛彻心扉呢！

见了太多的生离死别，见了太多的现实痛苦，让杜甫这个曾经有过雄心壮志的人感觉很无奈。杜甫不禁发问“我生何为在穷谷”（《乾元中寓居同谷县作歌七首》其五，《全唐诗》，第2298页），但那个时代就是那个样子，苦难总是和他如影随形。杜甫也想过幸福的日子，于是他决定辞职不干了，找个地方去过自己的生活。就这样，他带着老婆孩子到了四川成都的浣花溪畔，建了个草堂，开启了自己难得的养生模式。

杜甫养生入蜀来（下）

杜甫的草堂生活是他一辈子最幸福的时光，不仅有吃有喝，而且早期的心理创伤也得到了抚慰，基本算是在那里进行身心疗养了。

居住环境好

杜甫到了四川，在朋友的帮助下在浣花溪的西头弄了一块宅基地，这是一处非常适合养生的风水宝地。他在《卜居》中说：

浣花流水水西头，主人为卜林塘幽。
已知出郭少尘事，更有澄江销客愁。
无数蜻蜓齐上下，一双鸂鶒对沉浮。
东行万里堪乘兴，须向山阴上小舟。

（《全唐诗》，第 2431 页）

这里溪水蜿蜒，草木葱郁，环境相当幽静。住在这里，对于杜甫来说是有好处的。第一个好处是“少尘事”，因为在郊外，交通不方便，所以不至于每天宾客如云。二是“销客愁”，浣花溪很清澈，流水悠悠，有利于杜甫静心修养，漂泊那么久了，无论是谁都会身心俱疲。杜甫需要静下来，以前整天替天下百姓担心，此刻可算是安定下来了，先过几天安生日子再说。

因为在水边，所以会有蚊虫滋生，吸引无数的蜻蜓，自由自在地上下飞舞，单就这个场景就已经说明草堂自然生态之好了。写完“空军”，作者又把目光转到了“海军”上，溪水中有一对鹨鶒鸟，这种鸟很像鸳鸯，五颜六色的很漂亮，喜欢成双成对出现，随着水波一起一伏，显得悠闲自在。蜻蜓也好，水鸟也罢，都在动，或者上下飞舞，或者相对沉浮，这种动更衬托出林塘的幽静，当然这个幽静不是寂静，而是富有生气的静。谁如果能在今天有这么一块宅基地，简直让人羡慕死，所以凭这一条，杜甫就得没事偷着乐。

周围的环境也是美得让人窒息，这从他的《江畔独步寻花七绝句》可以看出来。诗人沿着江边散步，走一处写一处，就像今天的我们看到美景禁不住拍下来放在朋友圈分享一样，只不过杜甫留下美妙时刻，分享给他人的方式不是拍照而是为后人留下了许多经典的诗歌。他的这类诗歌中恐怕我们最熟悉的要数黄四娘家门前那热闹的春景了：

黄四娘家花满蹊，千朵万朵压枝低。

留连戏蝶时时舞，自在娇莺恰恰啼。

（《全唐诗》，第 2452 页）

在通往黄四娘家的小路上，繁花满枝，沉甸甸地把枝条都压弯了。特别是“压枝低”三个字让我们能想象到树枝上一层层一簇簇的花朵，那是春天的浪漫与热情，你要从树下经过时还得低头弯腰。烂漫的花朵迎来了人们的参观，更吸引着美丽的蝴蝶在花丛中蹁跹飞舞，蝴蝶的点缀巧妙地把春意闹的情趣渲染了出来。鲜花可爱，飞舞的蝴蝶同样可爱，眼前的美景早已让诗人沉醉其中，即便读诗的我们脚步也不自觉地慢了下来。正在出神的时候，耳边又传来黄莺悦耳的叫声，猛然将沉醉花丛蝶舞的诗人唤醒。就这样的居住环境，如果买房子，肯定花钱不少。好在杜甫的朋友多，相处的关系也好，所以这都不是问题。

朋友交往好

俗话说，在家靠父母，出门靠朋友。杜甫迁居成都，一个主要原因就是那里有他不少好朋友，到那里能有人照应。仇兆鳌《杜诗详注》中《王十五司马弟出郭相访，兼遗营茅屋赀》中注引陶开虞说："初营成都草堂，有裴、严二中丞，高使军为之主；有徐卿、萧、何、韦三明府为之圃；有王录事、王十五司马为之营修。大官遣骑，亲朋展力，客居正复不寂寥也。"[①]可见，当时帮杜甫的人还真不少。

杜甫是个懂得感恩的人，把别人对他的好尽可能用诗歌记录下来。下面这几首诗歌就是如此，《王十五司马弟出郭相访，兼遗营茅屋赀》《萧八明府堤处觅桃栽》《从韦二明府续处觅绵竹》《凭何十一少府邕觅桤木栽》《凭韦少府班觅松树子》《诣徐卿觅果栽》《又于韦处乞大邑瓷碗》。王十五给他送来了盖房的钱，"忧我营茅栋，携钱过野桥"（《全唐诗》，第 2432 页），这就解决了资金问题。他又从萧明府那里要来了桃树——"奉乞桃栽一百根，春前为送浣花村"（《全唐诗》，第 2448 页），从韦明府处要来了绵竹——"江上舍前无此物，幸分苍翠拂波涛"（《全唐诗》，第 2448 页），从何少府处寻得桤木——"草堂堑西无树林，非子谁复见幽心。饱闻桤木三年大，与致溪边十亩阴"（《全唐诗》，第 2448 页），从韦少府处觅得松树苗——"欲存老盖千年意，为觅霜根数寸栽"（《全唐诗》，第 2448 页），还从徐卿那里找来了果树——"草堂少花今欲栽，不问绿李与黄梅"（《全唐诗》，第 2449 页），这样绿化问题就基本解决了。

在成都时，杜甫最应该感谢的朋友是严武。《新唐书》杜甫本传记载："会严武节度剑南东西川，往依焉。"[②]这儿说得很明白，杜甫

---

① 仇兆鳌：《杜诗详注》，北京：中华书局，1979年10月，第731页。

② 欧阳修等：《新唐书》，北京：中华书局，1975年2月，第5737页。

去四川就是投奔严武的。严武与杜甫是世交，所以他对杜甫很关照。作为无业游民的老杜，能在草堂安居，严武是起了关键作用的。杜甫曾经在《严中丞枉驾见过》中说“元戎小队出郊坰，问柳寻花到野亭”（《全唐诗》，第2450页），当地的父母官一来拜访，以后谁还敢欺负老杜，那些想巴结严武的下属还看不出眉眼高低？没事就得跑到杜甫那里看一眼。严武知道杜甫爱喝一口，所以经常会给杜甫送点酒，有时也会带上酒菜到草堂与杜甫对饮。

邻里关系好

生活惬意了，心情舒畅了，邻里关系融洽，生活质量自然就提高了。《旧唐书·杜甫传》记载，他曾“与田畯野老相狎荡，无拘检”[①]，他的《寒食》中确实有“田父要皆去，邻家问不违”（《全唐诗》，第2441页），看来草堂周围的邻居给诗人留下了非常亲切的印象，每邀即去，有问必答。在这类诗歌中，《南邻》很有代表性：

锦里先生乌角巾，园收芋栗不全贫。
惯看宾客儿童喜，得食阶除鸟雀驯。
秋水才深四五尺，野航恰受两三人。
白沙翠竹江村暮，相对柴门月色新。

（《全唐诗》，第2435页）

“锦里先生”是生活在锦里的一位生活并不富裕但能安贫乐道的人，杜甫和他都喜爱简朴的田园生活，所以交往很默契。两个人在一起看看孩子们嬉闹，孩子们也习惯了杜甫的到来，完全没有紧张怯生的感觉；看看院子里鸟雀觅食，鸟雀也不怕人，在院子里自由自在找吃的。或者来到河边，坐上小船，一起玩个“漂流”。这些在别人看来都是

① 刘昫等：《旧唐书》，北京：中华书局，1975年5月，第5055页。

很无聊的事情，但是两个人却自得其乐。从结尾“白沙翠竹江村暮，相对柴门月色新”可以看出，天色已晚，两个人依依不舍，就这么待到了玉兔东升，杜甫才被送出柴门。可见邻里关系和谐融洽，亲切可喜。

杜甫的邻居多是大字不识一个的普通老百姓，即便如此，杜甫也没有觉得自己高人一等，而是与他们亲密交往，从《遭田父泥饮美严中丞》就可以看出。如果说诗人是主动拜访“锦里先生”的话，那么这一次却是“步屧随春风”“朝来偶然出”，经过田翁家被主人主动“邀我尝春酒”的。更有趣的是，杜甫这一“尝”竟然忘了时间，“自卯将及酉”，甚至到了月亮东升还没有离去，热情的主人仍“高声索果栗”，拉住想起身归家的诗人，虽然其“指挥过无礼”，动作有些粗鲁，但主人的真诚确实让人感动，所以对于诗人来说“未觉村野丑”。

家庭生活好

在成都草堂时期，最能表现杜甫幸福感的诗歌要算《江村》了：

清江一曲抱村流，长夏江村事事幽。
自去自来堂上燕，相亲相近水中鸥。
老妻画纸为棋局，稚子敲针作钓钩。
多病所须唯药物，微躯此外更何求。

（《全唐诗》，第 2433 页）

在这首诗里提到了家庭生活，是让人很感动的。夏天酷热难耐，没有春秋天的舒适感，当时没有空调，冬天冷了还能多穿点衣服，夏天身上衣服脱光了也挡不住黏的难受，所以大多数人不愿意过夏天。可是杜甫却说“长夏江村事事幽”，还能受得了。怎么个“事事幽”呢？作者开始向我们炫耀自己的幸福了：先说鸟，小燕子在屋里自在地进进出出。据说四川有一种风俗，小燕子春天刚飞回来的时候，如果谁能用筷子投到小燕子，那是吉祥的象征。现在多好，夏天没有人招惹它们。水中的鸥鸟也很自在，耳鬓厮磨就像一对对恩爱的情侣，鸥鸟善于窥见人的心机，人不打扰它们，它们也不警惕人们。这既是自然的和谐，也是人与自然的和谐！接下来写自己的家人，老婆用纸画了个棋盘，开始和诗人对弈。当年《月夜》中那个“香雾云鬟湿，清辉玉臂寒”（《全唐诗》，第 2403 页）的妻子已经变成“老妻”了，两个人相互扶持不离不弃。妻子不是势利眼，没有因为老杜一辈子过得窝窝囊囊而抱怨，没有因为跟着到处漂泊而不满。“老妻”两个字让读者品味出什么叫“老来伴”，那是无须用语言表达的温情与亲情。小孩子就地取材把针做成了钓钩，一个“敲”字能让我们想象到小孩儿专注天真的神情。不管是老是少，都能各得其乐，这就是最简单最有韵味的幸福。经历长期离乱之后，重新获得天伦之乐，多么值得欣喜和珍惜啊！

个人心情好

感受幸福的时间长了，智商好像会降低似的，有时候杜甫跟孩子一样天真，不是惊叹大自然的奇妙，就是埋怨造物欺人。如《绝句漫兴九首》其二：

手种桃李非无主，野老墙低还是家。
恰似春风相欺得，夜来吹折数枝花。

（《全唐诗》，第 2451 页）

作者亲手在院子里栽种了几棵桃李，结果晚上被风吹折几枝。这下杜甫不干了，偏说本就没有感情的春风欺负自己，故意吹折他的花枝，而且不厌其烦地再三声明，桃李是自己亲手种植的，并非是没有主人的野花；院墙虽然低矮，但那也是自己的一亩三分地，是他的家。一个瘦巴巴的老先生看起来就像一个执拗的小孩儿，一个劲儿与春风理论，就差开个评论请网友们来支持自己了。

刚和春风理论完，作者又和小燕子杠上了，这就是《绝句漫兴九首》其三：“熟知茅斋绝低小，江上燕子故来频。衔泥点污琴书内，更接飞虫打着人。”（《全唐诗》，第 2451 页）诗人之前不是说“频来语燕定新巢”，就是讲“自去自来堂上燕”，看到燕子就感觉亲切。这倒好，转脸就埋怨上了：小燕子干嘛欺负我杜甫？不仅故意不停地飞来打扰我的宁静，而且把用来筑巢的泥土丢到我的书上，更过分的是把虫子打到我身上，真有点“得寸进尺”了！与燕子斤斤计较，足见诗人孩子般的天真了。不过，你可别真以为杜甫该吃药了，这是杜甫的高明之处，在避免平铺直叙的同时，使诗歌显得极为情趣。

我读杜甫的草堂诗，总感觉杜甫不应该是大雅堂堂主，而应该是养生堂堂主，不管是从周边环境、人际关系、家庭关系，还是个人心情上，杜甫都是在养生，所以他说春风欺负他、小燕子欺负他，那都是在晒自己的幸福。尤其是和前期生活一对照，您就会觉得，杜甫在成都那段时期，就是在养生。

养生最服白乐天（上）

“缀玉联珠六十年，谁教冥路作诗仙。浮云不系名居易，造化无为字乐天。童子解吟长恨曲，胡儿能唱琵琶篇。文章已满行人耳，一度思卿一怆然。”（《全唐诗》，第49页）这是唐宣宗的《吊白居易》。白居易是我们再熟悉不过的唐代大诗人，不仅为我们写了很多现实主义诗歌，还给我们写了《琵琶行》和《长恨歌》两首经典名作。其实，白居易不仅是一个诗歌大家，还是一个养生专家，他活到75岁，这个年龄在当时是不多见的。

白居易的名字本身就含有养生意识。“居易”这两个字出自《礼记·中庸》“君子居易以俟命”，意思是说君子处于平易而无危险的境地，素位而行以待天命。白居易的字是“乐天”，马上让人想起“乐天知命”，也给人们留下很容易满足的“乐天派”印象。可是我们必须实话实说，白居易养生是后来的事，他的前期生活也是很闹心的，根本就不利于养生。我们先来了解一下他的前期生活，只有通过对比才能更加深刻理解白居易后期的养生意义。

苦学伤身

人们总爱说，人生有四喜，其中有两喜是“洞房花烛夜”“金榜题名时”。其实对于白居易来说，这两个方面都是喜忧参半。白居易参加科举考试是在贞元十六年（800），当时白居易是考取者中最年轻的，所以他很得意地说“慈恩塔下题名处，十七人中最少年”[①]。实际上那一年录取了二十七个人，说“十七人”可能是为了写诗的需要。白居易当年的考试文章被后来的考生们视为范文，《旧唐书》中说被“新进士竞相传于京”[②]。

白居易取得如此好的成绩，除了因为他聪明，付出足够的努力也是必不可少的。白居易是怎么努力的呢？“苦节读书。二十已来，昼课赋，夜课书，间又课诗，不遑寝息矣，以至于口舌生疮，手肘成胝。”[③]为了考个好成绩，白居易把时间分成了三块，白天练习写赋，晚上练习书法，空闲时间练习写诗，一会儿都舍不得休息，嘴里念着，手上写着，结果是“口舌生疮，手肘成胝”，嘴都磨烂了，胳膊和手上生了老茧。我们在这里需要交代一下，白居易在空闲时间练习诗歌写作，不是他不重视，是因为唐代盛行于科场的律赋与当时的诗相同点甚多，可以说会写赋就会写诗，所以他把大量时间用在了练习写赋上。白居易的这种学习方法是很励志的，虽然很耗神，但值得我们学习，要不他也不可能写出来那么经典的范文。

贞元十九年（803），白居易参加了吏部的书判拔萃科考试。考上进士不一定马上安排工作，可是考上书判拔萃科就会有个好工作了。当时白居易为了考试，又付出了不同寻常的努力，他把社会上存在的问题进行了系统的归类，然后结合经史知识有针对性地进行分析，写成了《百道判》，又成了当时社会上让人震惊的一件事。再后来，他又“闭户累月，揣摩当代之事”，写成了《策林》七十五篇，针对当时的政

① 王定保：《唐摭言》，上海：上海古籍出版社，2012年8月，第28页。

② 刘昫等：《旧唐书》，北京：中华书局，1975年5月，第4356页。

③ 董诰等：《全唐文》，北京：中华书局，1983年11月，第6890页。

治、经济、军事、文教各方面存在的弊端提出了改革意见。就冲这些，人家白居易不成功就不公平，所以这才有让他颇感骄傲的“十年之间，三登科第，名入众耳，迹升清贵”的成绩，这样的成绩都是白居易通过“苦节读书”得来的。

不仅如此，白居易考试的时候也费了点劲，白居易祖籍山西，但他没有在山西生活过，他出生在河南，却通过朋友帮忙参加了安徽宣州的地方选拔考试，也就是说白居易属于比较早的“高考移民”。他之所以这么做，肯定有一些不得已之处。当时人们都希望有名望的人能够帮自己宣传一下，白居易就去拜访了顾况，顾况是个大诗人。顾况还和他开了个玩笑：你叫白居易，你真以为居住在京城长安很容易啊？这里物价很高的！不过，后来顾况被白居易的《赋得古原草送别》征服了，尤其是其中的“野火烧不尽，春风吹又生”，让顾况看到了眼前这个年轻人的精气神。

为爱伤心

我们都知道白居易那首《长恨歌》写得好，那不仅是因为白居易写作水平高，还因为白居易把自己的爱情经历写进去了。白居易曾经有一段刻骨铭心的爱情，女主人公是他的邻居，叫湘灵。白居易离开河南之后，有一段时间住在符离，也就是今天安徽宿州符离集。在这里，他和邻居家的一个姑娘湘灵情投意合，两个人偷偷摸摸好上了。在白居易眼中，湘灵是什么样子？“娉婷十五胜天仙，白日姮娥旱地莲”（《全唐诗》，第 4947 页），这是白居易在他的《邻女》诗中说的，亭亭玉立，简直可以和月宫中的嫦娥比美。

在那个封建时代，讲究的是“父母之命，媒妁之言”，谁敢偷偷私订终身，是会被人戳脊梁骨的。所以，白居易和湘灵都没敢把内心的秘密告诉家人，两个人仅限于暗中往来。后来，白居易要到京城参加科举考试，暂时离开了自己心爱的姑娘，也经历了感情的煎熬，好在白居易把心中对湘灵的思念都写成了诗歌。比如他在《寄湘灵》诗中说：

泪眼凌寒冻不流，每经高处即回头。

遥知别后西楼上，应凭栏干独自愁。

（《全唐诗》，第 4839 页）

有感情经历的人读这首诗都会有共鸣的。作者泪眼汪汪的，舍不得离开心爱的姑娘，路上每见个高的建筑都要爬上去回头看看，或许他也知道可能什么也看不到，但还是心存幻想，渴望能看到湘灵姑娘。白居易毕竟是个诗人，想象比一般人要丰富得多，他想象着湘灵也会每天站在楼上痴痴地等着自己回来。可见两个人爱得够深。因为对湘灵的彻骨思念，白居易晚上翻来覆去睡不着，于是他又写了《冬至夜怀湘灵》一诗：

艳质无由见，寒衾不可亲。

何堪最长夜，俱作独眠人。

（《全唐诗》，第 4834 页）

见不着自己心爱的人，白居易显得百无聊赖，辗转反侧死活睡不着，就这样在漫漫长夜中等待着天亮，在思念中打发着时光。自己在经受着“一夜魂九升”的煎熬，湘灵恐怕也是“一日肠九回”。白居易在《寒闺夜》中作了这样的设想：“夜半衾裯冷，孤眠懒未能。笼香销尽火，巾泪滴成冰。为惜影相伴，通宵不灭灯。”（《全唐诗》，第 4839 页）设想湘灵在宣州也是夜深难眠。23 岁那年，白居易写了一首《长相思》，发誓“愿作深山木，枝枝连理生”（《全唐诗》，第 4814 页）。

古人非常讲究门当户对，白居易考上了进士，自然身份也发生了变化，于是跟湘灵变得门不当户不对了。这时白居易已经 29 岁了。当他把自己对湘灵的感情告诉母亲时，母亲反应很强烈，不答应。白居易忍着心痛写了一首《生离别》，其中说“未如生别之为难，苦在心兮酸在肝”（《全唐诗》，第4810页），恐怕也只有经历过类似情况的人，才能理解白居易此时此刻内心的剧痛吧！

因为母亲的无情拒绝，白居易“忧从中来无断绝”，竟然“忧极心劳血气衰，未年三十生白发”，白居易是用生命在爱。最后一次回老家是贞元十九年（803）冬天，他再次向母亲提出想迎娶湘灵的请求，又被母亲以门第不对为由拒绝了。白居易是个孝子，温柔敦厚的他没有勇气和母亲抗争，为了和心爱的湘灵诀别，他还要费尽心机掩人耳目。这就是《潜别离》创作的背景。这首诗让我们看到了白居易无穷无尽的压抑和痛苦：

> 不得哭，潜别离。不得语，暗相思。两心之外无人知。深笼夜锁独栖鸟，利剑春断连理枝。河水虽浊有清日，乌头虽黑有白时。唯有潜离与暗别，彼此甘心无后期。
>
> （《全唐诗》，第4820页）

两个人既不敢说话，也不敢哭出声来。就是因为有这一段刻骨铭心的爱情，白居易才在《长恨歌》中写出让人有撕心裂肺的感觉的诗句。

为官伤神

白居易进入官场之后，表现出了与众不同的品质。他在《新制布裘》中说“丈夫贵兼济，岂独善一身”（《全唐诗》，第4669页），又在《代书诗一百韵寄微之》诗中讲“养勇期除恶，输忠在灭私”（《全唐诗》，第4825页），他立下了为民请命的决心。他向朝廷提出了“以天下之心为心”“以百姓之欲为欲”，这就是典型的民本思想。在创作方面，他提出了“文章合为时而著，歌诗合为事而作”的口号，把“惟歌生民病”“但伤民病痛”当作自己的创作主题。

白居易是这么说的，也是这么做的。他用大量的诗歌去描写老百姓的痛苦，看着辛辛苦苦在田间劳作的人，他说“足蒸暑土气，背灼炎天光”（《观刈麦》，《全唐诗》，第4656页），这是设身处地的感叹；想到地主家的牲畜比老百姓的日子好过，他大呼“愿易马残粟，救此苦饥肠”（《采地黄者》，《全唐诗》，第4666页），这是跨越阶层的同情。在《杜陵叟》中，作者怒吼“剥我身上帛，夺我口中粟。虐人害物即豺狼，何必钩爪锯牙食人肉”（《全唐诗》，第4704页）；在《重赋》中，白居易心痛地说“幼者形不蔽，老者体无温。悲喘与寒气，并入鼻中辛”（《全唐诗》，第4674页），所以在作者的眼中，老百姓的集体形象是什么样子？作者在《夏旱》中作了回答，“嗷嗷万族中，唯农最苦辛”（《全唐诗》，第4667页）！

为了老百姓，白居易变得非常勇敢，对那些不合理的社会现象提出了质疑。两税法给农民带来了极大的痛苦，两税法是用现钱代替实物，一年交两次，可是老百姓为了有钱交税，只能“贱粜粟与麦，贱贸丝与绵”（《赠友》，《全唐诗》，第4677页），结果导致“岁暮衣食尽，焉得无饥寒”“使我农桑人，憔悴畎亩间”，于是他愤而质问“私家无钱炉，平地无铜山。胡为秋夏税，岁岁输铜钱”。

宫市也是让很多人敢怒不敢言的弊政，那些宫中的宦官到集市上去采买东西，名义上是买，实际上是巧取豪夺。因为背后牵涉皇帝的利益，所以很少有人敢过问，可白居易给我们写了那首经典的《卖炭翁》，“一车炭，千余斤，宫使驱将惜不得。半匹红纱一丈绫，系向牛头充炭直”（《全唐诗》，第4704页），把宫使的无耻和卖炭翁的无奈都表现了出来。

还有一种弊政叫进奉，地方官为了巴结皇帝，想尽办法搜罗财富，盘剥百姓。比如宣州太守向皇帝进奉的红线毯，这种地方特产的特点是“彩丝茸茸香拂拂，线软花虚不胜物”，如此美丽的红线毯，竟然被铺在宫殿地面上做地毯，所以白居易几乎是在指着宣州刺史的鼻子骂，“宣城太守知不知，一丈毯，千两丝。地不知寒人要暖，少夺人衣作地衣”（《红线毯》，《全唐诗》，第 4703 页）。

当然，像这样的事情还有很多很多，比如他对沦陷区老百姓给予同情，“没蕃被囚思汉土，归汉被劫为蕃虏”（《缚戎人》，《全唐诗》，第 4699 页）；对“幽闭怨旷”的宫女表达同情，“唯向深宫望明月，东西四五百回圆”（《上阳白发人》，《全唐诗》，第 4692 页），这都是白居易对民生的关注。也正是因为这样，他的诗歌刺痛了权贵们的心，那些权贵恨不得把白居易掐死，可是诗人依旧“不惧权豪怒”（《寄唐生》，《全唐诗》，第 4663 页）。不惧归不惧，权贵们一直在寻找机会收拾白居易，机会终于来了。宰相武元衡被暗杀身亡，白居易就此事表达了自己的看法，被认为属于越职言事，权贵们又借机诽谤白居易为人子不孝等，为官为子都有害名教，白居易因此被贬为江州司马。

白居易经历的这些事，不是伤心，就是伤神，哪里适合养生啊！经历了这么多，白居易的思想发生了微妙的变化，他认识到了自己以前“胸中多是非”（《白云期》，《全唐诗》，第 4747 页），他想实现《咏怀》中所说的“面上减除忧喜色，胸中消尽是非心”（《全唐诗》，第 4889 页）。

养生最服白乐天（下）

白居易并不是生来就非常注重养生，而是在经历了人生磨难之后，开始慢慢认识到养生的意义，或者说他想换一种活法。

游赏名胜

白居易对风景名胜有着超乎寻常的敏感。他曾经任过杭州刺史，对杭州山水那是情有独钟，比如他在《钱塘湖春行》中说“最爱湖东行不足”（《全唐诗》，第 4957 页），又在《舟中晚起》中吟唱“且向钱唐湖上去，冷吟闲醉二三年”（《全唐诗》，第 4952 页）。可见，白居易对西湖的喜爱是溢于言表的。甚至他说自己之所以舍不得离开杭州，一半原因就是因为留恋西湖美景，之所以这样说，是因为他那首《春题湖上》：

湖上春来似画图，乱峰围绕水平铺。
松排山面千重翠，月点波心一颗珠。
碧毯线头抽早稻，青罗裙带展新蒲。
未能抛得杭州去，一半勾留是此湖。

（《全唐诗》，第 5003 页）

作者来到湖边，看到了“似画图”的西湖春景。西湖三面环山，有南高峰、北高峰、葛岭等，中间的西湖水平如镜。可以想见，山峦嶙峋，树木葱郁，倒映在清澈平静的水面上，完全就是一幅绝佳的西湖山水图。山上苍松挺拔，使青山显得更加青翠。傍晚时分，月亮爬上东山，西湖显得尤其安静，月亮倒映水中，已然就是一颗明珠。其实，作者写到这里已经不失为一首漂亮的写景诗了，如果想结束不是不可以的，但是他又把目光转向了田间。早稻田里绿油油的，像一张碧绿的毯子，稻苗像刚抽出的线头，毛茸茸的，新抽芽的蒲苇恰似青罗裙上的飘带。把稻苗比喻成线头，把新蒲比喻成飘带，精妙新奇，绝对是那些整天待在办公室不到民间视察工作的大老爷们想不到的！这比喻，越发使西湖的景色不可替代了！最后结尾的时候，作者说“未能抛得杭州去，一半勾留是此湖”，为什么自己没有离开杭州呢？一半原因是因为西湖。这是对西湖的表白，一下子把自己对西湖的喜爱毫无保留地表现了出来！后来，白居易离开了苏杭，对那里的美景还一直念念不忘，写了《忆江南词三首》，其中一首说：“江南好，风景旧曾谙。日出江花红胜火，春来江水绿如蓝。能不忆江南？”（《全唐诗》，第 407 页）

到了晚年，洛阳成了白居易的安乐窝，他又发现一处美景，他在《修香山寺记》中说：“洛都四郊，山水之胜，龙门首焉。”[①] 龙门的美景成为白居易诗歌的主题，而且在白居易的笔下，龙门美得令人窒息。比如他在《五凤楼晚望》诗中说“龙门翠黛眉相对，伊水黄金线一条”（《全唐诗》，第 5069 页），“黛眉”在古代往往专指女性眉毛，白居易把龙门东山和西山比作女性的两条眉毛，一下子让人觉得龙门就是一个娇羞含情的女子，这样的比喻简直绝了！伊水在柔和的夕照下金光灿灿，就像一条金线。这么美的地方，白居易自然会时不时地去欣赏。

“不如展眉开口笑，龙门醉卧香山行”（《秋日与张宾客舒著作同

① 谢思炜：《白居易文集校注》，北京：中华书局，2011年1月，第1869页。

游龙门醉中狂歌凡二百三十八字》，《全唐诗》，第 5111 页），龙门东山也就是香山，是白居易最喜欢的地方，为了老年能够过清闲日子，白居易决定到“乱藤遮石壁，绝涧护云林”的香山下弄间房子居住。因为他觉得“若要深藏处，无如此处深”（《香山下卜居》，《全唐诗》，第 5170 页），这里是最好的“息心”之处。白居易在香山确实过上了可以和神仙相媲美的日子，他在《香山避暑二绝》中说：

六月滩声如猛雨，香山楼北畅师房。
夜深起凭阑干立，满耳潺湲满面凉。

（《全唐诗》，第 5169 页）

作者住在香山寺畅禅师的房间，夜里听着河水迅猛的声音犹如疾风暴雨，让这酷热难耐的六月也有了舒爽的凉意。半夜醒来，作者披上衣服凭栏站立，一股凉风扑面而来，不远处的伊河传来潺潺的流水声。为什么会开始“如猛雨”，现在则成了“潺湲”声呢？一是夜深风静，水流平稳了；二是天热，开始容易心情烦躁，慢慢地心态平和了，听到的声音也就不一样了，这里有移情的成分在。

纱巾草履竹疏衣，晚下香山蹋翠微。
一路凉风十八里，卧乘篮舆睡中归。

（《全唐诗》，第 5169 页）

作者头顶纱巾，脚穿草鞋，身上穿着用竹疏布做的衣服，显得浑身轻快潇洒。这里的纱巾不是今天女性披的那种，它是书生巾。竹疏布就是用竹子作原料织成的布。诗人晚上到香山下散步，“一路凉风十八里”让人感觉舒适感十足，一路走来，凉风吹面，夏天难耐的热气一下子没了。作者毕竟上了年纪，又走了那么远的路，困意上来，躺在“篮舆”上，被家人抬着进入了梦乡。“篮舆”是古代供人乘坐的交通工具，有点像轿子，靠人力抬着走，现在一些景区还会见到。这日子过得，不能说不幸福吧？这种生活方式，不就是养生吗？

知足常乐

白居易是个很容易满足的人，他深知知足常乐的道理，而且也是个积极的践行者。这在他的《寄张十八》诗中有充分体现，其中开头几句是这样说的：

饥止一箪食，渴止一壶浆。
出入止一马，寝兴止一床。
此外无长物，于我有若亡。

（《全唐诗》，第4738页）

饿了就是一碗饭，渴了就是一壶水，出去只能骑一匹马，晚上睡觉只能睡一张床。生活就是这么简单。他还有一首《狂言示诸侄》，其中说："一裘暖过冬，一饭饱终日。勿言舍宅小，不过寝一室。何用鞍马多，不能骑两匹。"（《全唐诗》，第5132页）这些话的理论依据是道家的抱元守一，看来白居易是熟知《老子·俭欲》篇中"咎莫大于欲得，祸莫大于不知足。故知足之足，常足矣"[①]这几句话的内涵的。

对于很多人来说，不知足是常态，有一首《不知足歌》写得好："终日忙忙只为饥，才得饱来便思衣。衣食两般俱丰足，房中又少美貌妻。娶下娇妻并美妾，出入无轿少马骑。骡马成群轿已备，田地不广用不支。置得良田万千顷，又无官职被人欺。七品五品犹嫌小，三品四品仍嫌低。一品当朝为宰相，又羡称王作帝时。心满意足为天子，更望万世无死期。总总妄想无息止，一棺长盖抱恨归。"白居易正好是反其道而行之。这让我想起庄子《逍遥游》中的两句话"鹪鹩巢于深林，不过一枝；偃鼠饮河，不过满腹"[②]，白居易一直强调，既要取之有道，更要取之有度。

① 陈鼓应：《老子译注及评介》，北京：中华书局，1984年5月，第238页。
② 郭庆藩：《庄子集释》，北京：中华书局，1961年7月，第24页。

他对度的把握还体现在提倡薄葬上。他在《醉吟先生墓志铭并序》中交代妻子和侄子们：

> 吾之幸也，寿过七十，官至二品，有名于世，无益于人，褒优之礼，宜自贬损。我殁，当敛以衣一袭，送以车一乘，无用卤簿葬，无以血食祭，无请太常谥，无建神道碑；但于墓前立一石，刻吾《醉吟先生传》一本可矣。[①]

白居易反复强调“一”，“衣一袭”“车一乘”“立一石”“《醉吟先生传》一本”，可见是个知足常乐的人。白居易的知足常乐精神让我想到一位老人，这位老先生107岁去世，我曾经采访过他。那次聊天，让我知道了他长寿的秘密，他说每天就是两碗玉米粥。我问他：“为什么生活那么简单？”他说：“退休的时候是20世纪六七十年代，当时物资匮乏，那个时候能有一碗玉米粥喝证明还能活着，现在老了，饭吃多了不舒服，饭硬了还消化不了，所以只能喝玉米粥，睁开眼还有一碗玉米粥喝证明还在活着。”当时看着老人笑眯眯的样子，幸福感是掩盖不住的。

白居易和老人的知足常乐深深感染了我，出去讲课，人家问高铁要一等座还是商务座，我总是回答二等座，因为只要是同一趟车，不管什么座都是同时到达。到宾馆问我要豪华大床房还是标间，我总是回答标间。他们问我为什么，我笑着说：“有两张床好啊，一是便宜，二是我十二点之前睡一张，十二点之后睡一张。”大家哈哈大笑，如果真是那样，那叫有病，其实一张床一觉就到天亮了，这就是知足常乐。

持守斋戒

白居易还有一个养生秘诀，那就是斋戒。白居易有浓郁的佛教情结，

① 谢思炜：《白居易文集校注》，北京：中华书局，2011年1月，第2031页。

他在《欢喜二偈》其二中说“今朝欢喜缘何事，礼彻佛名百部经”（《全唐诗》，第5240页）。佛家是讲究持守斋戒的，白居易也写过几首和斋戒相关的诗歌，比如《仲夏斋戒月》：

仲夏斋戒月，三旬断腥膻。
自觉心骨爽，行起身翩翩。
始知绝粒人，四体更轻便。
初能脱病患，久必成神仙。
御寇驭泠风，赤松游紫烟。
常疑此说谬，今乃知其然。
我今过半百，气衰神不全。
已垂两鬓丝，难补三丹田。
但减荤血味，稍结清净缘。
脱巾且修养，聊以终天年。

（《全唐诗》，第4762页）

作者上来就说斋戒的好处，身心俱爽，谁舒服谁知道。白居易觉得这样的好处是“初能脱病患，久必成神仙”。原来作者并不相信，去实践了才尝到其中的好处，所以他说“我今过半百，气衰神不全”。老了，气血不足了，那怎么养生呢？“但减荤血味，稍结清净缘”，多素少荤，颐养天年。

我原来也是无肉不欢，恨不得吃一顿饱三天。慢慢地体重直线上升，一检查身体，麻烦了，血脂、血糖、血压全高了。后来听了朋友的话，多素少荤，经过一段时间的坚持，感觉肠胃被洗涤了一般，周身轻松，体重也下降了。

这就是白居易说的“自觉心骨爽，行起身翩翩”。

修养莫忘游山水

随着人们生活水平的提高，游山玩水成了很多人的生活内容和修养方式。当我们徜徉在碧水蓝天之间的时候，城市的喧嚣被暂时丢到脑后，身体轻松了，精神愉悦了。那感觉，真的是美极了！

在我的书房，挂着一幅烙画“桃花流水鳜鱼肥”。虽然只是在花卉市场买到的，并不是大家名作，但第一眼看见我就喜欢上了。每当工作累了，身子往椅子背上一靠，抬头看着那粉红的桃花、碧绿的春水，还有水中肥美的鳜鱼，脑子里就会浮现出张志和的《渔歌子》，优美的文字在眼前闪现，美丽的画面在脑海流动，很享受。下面我们就到张志和的《渔歌子》中去神游一番。

且随玄真画中游

西塞山边白鹭飞，桃花流水鳜鱼肥。

青箬笠，绿蓑衣，斜风细雨不须归。[①]

《渔歌子》是张志和的代表作，写得超凡脱俗，志趣高远。据说这首词传到日本之后，日本天皇要求大臣们仿作，说写得好奖励大大的，想和张志和隔空 PK 一下。结果不仅没有人能够超越，而且不久后还

① 曾昭岷等：《全唐五代词》，北京：中华书局，1999年12月，第25页。

有人向天皇递了辞职报告，也想学张志和那样去享受田园山水的美好风光。

张志和的这首《渔歌子》到底好在哪里呢？竟然让人为之神魂颠倒。其实，张志和的《渔歌子》是一组词，总共有五首，这是第一首，而这第一首偏偏最让人魂牵梦绕印象深刻。这首词非常富有画面感，甚至可以说是画中有画。

第一句“西塞山边白鹭飞”就是一幅很美的图画，西塞山在浙江吴兴县，就是今天浙江省湖州市吴兴区西南。有的朋友可能又要质疑了，西塞山有两座，一座在武昌，一座在湖州，你凭什么就言之凿凿说这是湖州的西塞山呢？《渔歌子》第三首开头是“霅溪湾里钓鱼翁”，霅溪就在湖州境内，所以说这个西塞山在湖州境内。

既然在湖州，那就是典型的江南了，当时又是在春天，因此这里的山生机勃勃。一眼望去满山的青翠，几只白鹭舒展翅膀凌空飞舞。鹭鸟的颜色在青翠的映衬下显得更洁白耀眼，白鹭的点缀让西塞山更显翠绿；展翅的白鹭让壮美的西塞山多了几分灵动，在高山的衬托下，白鹭则尽情展示着它的柔美。在这句词中，山的青色与鹭鸟的白色相互衬托，山的壮美与鹭鸟的柔美相互呼应，山的静态与鹭鸟的动态形成对比。一切都显得那么明净，又那么和谐。这幅画是具有地域性文化特征的，是不可移植的，如果把“西塞山”换成“太行山”，总觉得不是那么回事，因为如果把江南的山比成明媚靓丽的女性的话，北方的山就是充满了粗犷力量感的纯爷们，所以也只有在江南水乡才能见到这样的画面。

第二句“桃花流水鳜鱼肥”也是一幅画。岸上有桃花，溪中有流水，水中有鳜鱼，层次分明；岸上的桃花是粉红的，溪中的流水是青绿的，水中的鳜鱼是黑背的，颜色对比鲜明；桃花是静止的，溪水是流动的，小溪水是静止的，水中鳜鱼是游动的，静中有动，动静结合。南方的水是充满了灵气的，就像一块温润的碧玉。鳜鱼的肥美不仅预示着有美味可以享受，而且表现出了人与自然相处的和谐。如果人人终日以无节制地捕食鳜鱼为乐，想来它们早就“夭折”了，何来如此惬意呢？一个“肥”字正表现了生态美。岸上的桃花在春风的吹拂之下，总会有那么几瓣掉落水中，鱼儿以为是投入水中的食物，于是争先恐后游过来吞食。花瓣儿很轻，鱼游动时水的波动和它们所吐的气泡，使掉落水中的花瓣漂向别处，于是鱼群竞逐嬉戏，这就出现了一幅生机勃勃的“鳜鱼鼓起桃花浪”。如果把第一句描绘的画面视为远景的话，那么“桃花流水鳜鱼肥”就是近景，这两幅画并不冲突，格调很和谐，可以合二为一，所以到这里已经可以看到三幅精美的图画了。

下面作者该出场了，“青箬笠，绿蓑衣，斜风细雨不须归”，作者是以渔夫的形象出现在读者眼前的，戴着斗笠，披着蓑衣，坐在船头悠然自得地垂钓，虽然斜风吹着细雨，但作者不为所动，已经完全与大自然融为一体了。如果心中没有追求大自然美的冲动，怎能如此沉浸“斜风细雨”中呢？如果心中没有邱壑，怎能让笔下出现层峦叠嶂呢？只有懂得欣赏美的人才能看到美，眼前的美景就是为张志和一个人而存在的，他在这一刻既是在体验天人合一的大美，又用自己的身影点缀着眼前的美景。因此，作者置身于他所看到的美景之外，又置身于我们所体悟到的美景之中。后三句是一幅画，画的中心就是那个在细雨中垂钓的渔翁。如果把前两句作为背景与后面这一幅画融为一体，又会产生一幅更完美的画，画中，渔翁依旧是整幅画的中心和灵魂。

如果单看每一个层次的话，我们能看到三幅画；如果依次把前面的意境作为背景的话，我们先后能看到五幅画，前面的四幅画最后统一到了第五幅画之中。这幅画在向我们讲述着大美和谐。清朝的黄苏在《蓼园词选》中评价这首词说：“数句只写渔家之自乐，其乐无风波之患，对面已有不能自由者，已隐跃言外，蕴含不露，笔墨入化，超然尘埃之外。”[①] 这话说得不假，“无风波之患”“超然尘埃之外”，这就是身心的和谐。无论谁看了这种悠然自得的渔家之乐，恐怕都有追随张志和隐遁江湖的冲动！生活在这样的环境里，简直有点世外桃源的感觉了，想生气都找不到理由。

志趣高远传今古

以前我们只知道王维是“诗中有画”，今天知道了张志和是“词中有画”，而且是“画中有画”，也算是开了眼界。不过问题来了，张志和为什么能写出这么好的作品？我觉得，不一样的作品必须由不一样的人完成，张志和就是一个不一样的人。与世俗人相比，张志和的“不一样”表现在四个方面：

第一，出生不一样。计有功的《唐诗纪事》中说“母梦枫生腹上而产志和”[②]，张志和出生的时候，他妈妈梦见自己肚子上长了一棵枫树。张志和 3 岁就能读书，6 岁会写文章，搁今天就是幼儿园小班，就会读书，没毕业就已名满天下，妥妥的神童一个。张志和还有一个与常人不同的地方就是“卧雪不冷，入水不濡”[③]，躺在雪地上感觉不到寒冷，跳到水中身上不湿。这个说法见于李颀的《古今诗话》。是不是与普通人很不一样？

第二，志趣不一样。在张志和那个时代，大家追求的是“学而优则仕”，渴望的是“朝为田舍郎，暮登天子堂”，在朝廷当个一官半职，既能光耀门楣，又有很多现实中的好处。可是张志和志不在此，他从小受父亲的影响，非常喜欢道家文化。虽然在 16 岁的时候明经擢第有

① 史双元：《唐五代词纪事会评》，合肥：黄山书社，1995年12月，第104页。

② 王仲镛：《唐诗纪事校笺》，北京：中华书局，2007年11月，第1583页。

③ 史双元：《唐五代词纪事会评》，合肥：黄山书社，1995年12月，第100页。

了官身，而且还以策论的形式向肃宗皇帝提过建议，受到肃宗皇帝的重视，让他待诏翰林院，但张志和本身并没有在官场上“占据要路津”的强烈愿望，他更喜欢江湖的逍遥自在。

张志和后来以家里老人去世需要守孝为由辞去官职，从那以后就归隐江湖。自己给自己取了个外号“烟波钓徒”，再也没有踏入官场一步。他还写了一本《玄真子》，仅这书名就能让我们联想到那些飘逸潇洒的道家人物，也因此人们又称张志和为“张玄真”。他和那些整天在官场上钩心斗角、汲汲于名利的人相比，简直就是悠游世外的神仙。

第三，生活不一样。张志和辞官归隐之后，他哥哥唯恐弟弟一入江湖不再回来，于是就在越州东郊给他搭了个茅草房子。那房柱子用的棍子原本是啥样子就是啥样子，做椽子的木材树皮都没有去掉。房子相当低碳简陋，但周围环境很好，“花竹掩映”，一看就是高士隐居的桃源世界。张志和很喜欢这里，颜真卿所撰《浪迹先生玄真子张志和碑铭》中说他“闭竹门十年不出”①，在这里整天吃素。

除了养真守气，张志和也喜欢钓鱼，不过他从来没钓上来过，原因是他本身吃素。更关键的是“沿溪垂钓，每不投饵，志不在鱼也”，人家姜太公钓鱼是直钩，张志和钓鱼是不挂鱼饵。钓鱼而“志不在鱼”，这心境不是一般人能有的，也不是一般人能理解的。

第四，造诣不一样。张志和本身文学造诣很高，我们前面提到他向唐肃宗提交过策论，肃宗让他待诏翰林院，这件事已经很能说明他的文学才能了。唐代在翰林院工作的名人如李白、白居易等，哪一个不是文学巨匠啊！这么一类比就不难发现，张志和的水平也是相当不错的。另外，据颜真卿《浪迹先生玄真子张志和碑铭》中说，张志和“性好画山水，皆因酒酣乘兴，击歌吹笛，或闭目，或背面，舞笔飞

① 史双元：《唐五代词纪事会评》，合肥：黄山书社，1995年12月，第99页。

墨，应节而成”[①]，由此可知张志和是一个集词人画家于一身的才子。唐朝皎然和尚曾经写过一首《奉应颜尚书真卿观玄真子置酒张乐舞破阵画洞庭三山歌》，其中开头几句说：“道流迹异人共惊，寄向画中观道情。如何万象自心出，而心澹然无所营。手援毫，足蹈节，披缣洒墨称丽绝。”（《全唐诗》，第 9255 页）

这个不一样的张志和曾经和陆羽一起去湖州拜访颜真卿。陆羽就是那个写《茶经》被誉为“茶圣”的人物，大凡喝茶的人没有不知道他的；颜真卿更不用说了，大书法家，当时担任湖州刺史。大家相互唱和，这才写下了这一组《渔歌子》。还有一种说法，当时张志和与陆羽坐的船太小，就是个舴艋舟，有点寒酸。颜真卿有意给他换一艘好点的船，张志和就此写了《渔歌子》。有的人一辈子写很多诗歌，但是到死也默默无闻，充其量是个三流诗人；有的人只写为数不多的几首却让后世记住了自己，比如张志和，他的这首《渔歌子》一现世就震惊了整个江湖。北宋著名大词人苏轼就抄袭过这首词，他有一首词《浣溪沙》是这样的：

西塞山边白鹭飞，散花洲外片帆微，桃花流水鳜鱼肥。

自庇一身青箬笠，相随到处绿蓑衣，斜风细雨不须归。[②]

张志和的词几乎全被苏轼给收进去了，重复率为 64.4%。要命的是，苏轼不止自己抄袭还带着门下弟子黄庭坚抄袭。黄庭坚的《鹧鸪天》就是抄袭张志和的《渔歌子》所作。我对《全宋词》进行了统计，大概有四五十个人抄袭改编了张志和的《渔歌子》。再举个例子吧，徐俯的《浣溪沙》：

西塞山前白鹭飞。桃花流水鳜鱼肥。一波才动万波随。

---

① 史双元：《唐五代词纪事会评》，合肥：黄山书社，1995年12月，第99页。

② 唐圭璋：《全宋词》，北京：中华书局，1999年1月，第405页。

黄帽岂如青箬笠，羊裘何似绿蓑衣。斜风细雨不须归。[①]

就从这个点击率来看，张志和的《渔歌子》写得确实够好！

通过这首《渔歌子》，张志和让我们看到了不一样的生活修行方式，感受到了不一样的精神追求，同时还让我们体味到了敝帚自珍、知足常乐对于养生的意义。

---

① 史双元：《唐五代词纪事会评》，合肥：黄山书社，1995年12月，第103页。

名人为鉴

反思四杰近养生

说起来“初唐四杰”，我们总是习惯把他们看作天才——都是年纪轻轻就名震江湖了：王勃六岁会写文章，骆宾王七岁时写的《咏鹅》传唱至今，杨炯十来岁考上了神童科，卢照邻年少时被看作是司马相如式的人物。可是，这四位天才有一个共同特点——命运多舛，甚至有的人英年早逝。他们的生命经历能为我们带来什么样的养生启示呢？我觉得，如果在养生方面把这四个人作为榜样，行不通，但是反其道而行之或许就有点意思了，所以我把题目定为“反思四杰近养生”。

放浪不羁的王勃

王勃是初唐四杰中排在第一的人物，一说到他，我们就会情不自禁想起那首脍炙人口的《送杜少府之任蜀川》，尤其是“海内存知己，天涯若比邻”一句流传千古。据说，王勃十四岁就“对策高第”了，也就是说，十四岁就已经是官身了。王勃写文章有个毛病，“先磨墨数升，则酣饮，引被覆面卧，及寤，援笔成篇，不易一字”①，先磨好墨，然后喝酒，接着躺下睡觉，等到睡醒，挥毫开始写作，一气呵成，一个字都不用改。

① 傅璇琮等：《唐才子传校笺》（一），北京：中华书局，1987年5月，第32页。

王勃的才情在《滕王阁序》的创作过程中表现得淋漓尽致。高宗上元二年（675），洪州都督阎公在滕王阁大宴宾客，同时想借机让女婿写一篇文章成名，这就是安排好的套路。当时王勃南下去看望父亲，正好经过此地，也参加了都督的宴会。女婿早就准备好了写什么，动笔之前，为了突出女婿神来之笔，都督故意客套了一下，问谁能以“阁”为题，即席赋文。王勃也不客气，拿起笔来就写，这就打乱了都督设置好的节奏。阎公很生气，就以去厕所为名愤然离席，让别人向自己报告王勃都写了什么。王勃下笔写到“豫章故郡，洪都新府”，阎公接到报告，说“老生常谈”；王勃接着又写“星分翼轸，地接衡庐”，阎公听到报告沉吟不语了；当听说王勃写到“落霞与孤鹜齐飞，秋水共长天一色”一句时，阎公一下子站了起来，说：“此真天才，当垂不朽矣！”

王勃是在看望父亲的途中写的《滕王阁序》，其实如果我们注意的话会发现，王勃的诗歌很有意思，不是他送人，就是人送他，总是在路上，甚至会出现《易阳早发》中“饬装侵晓月，奔策候残星”（《全唐诗》，第679页）这种披星戴月的情况。这种漂泊在外的日子肯定是比较难受的，正如他曾经在《山中》说的那样，“长江悲已滞，万里念将归”（《全唐诗》，第683页）想家。他甚至在《别薛华》中说：“送送多穷路，遑遑独问津。悲凉千里道，凄断百年身。心事同漂泊，生涯共苦辛。”（《全唐诗》，第674页）

王勃怎么总在路上呢？应该说，这和他的性格有关系。王勃在沛王李贤府任职的时候，看到沛王和英王在斗鸡，就写了一篇《檄英王鸡文》，本来就是开个玩笑，为沛王助兴的。可是这篇文章传到了高宗手中，高宗觉得王勃胡闹：你看到两个王爷斗鸡不去劝阻，还在那里瞎起哄，檄文是随便用的吗？于是就把王勃赶出了长安。王勃凭着自己的才情和苦心经营刚刚打通的仕途，就这样毁于一旦。

还有一回，那是王勃任虢州参军期间，有个叫曹达的官奴犯罪，他先是把曹达藏了起来，后来又怕走漏风声，于是就把曹达杀死以了其事，这是知法犯法——先是窝藏罪，后是故意杀人罪——因此被判了死刑。幸亏遇上大赦，没有被处死，虽然保住了性命，但他的仕途也就此宣告终结。

就这样放浪不羁的性格，他能不老在路上吗？因为杀死官奴曹达，连累了他的父亲，父亲由雍州司功参军被贬为交阯县令。王勃很惭愧，在《上百里昌言疏》中说："今大人上延国谴，远宰边邑。出三江而浮五湖，越东瓯而渡南海。嗟乎！此勃之罪也，无所逃于天地之间矣。"[①] 从字里行间可以体会到王勃内心强烈的羞愧和自责。为了表达对父亲的歉意，王勃从洛阳出发到南海去看望父亲。不幸的是，返回途中遇见大风浪，王勃落水，惊悸而死。

恃才凭傲的杨炯

杨炯出名也很早，脑袋瓜就像个图书馆，聪敏博学，文采出众，显庆四年（659），举神童科及第。我们一说"初唐四杰"就是"王杨卢骆"，杨炯排第二位，可是据《唐才子传》记载，杨炯对这个排法有意见，他说"吾愧在卢前，耻居王后"[②]，意思是说，他排在卢照邻前面觉得惭愧，但是排在王勃后面是不服气的。杨炯留存的诗歌不算多，三十多首，其中有一首《从军行》很出名：

烽火照西京，心中自不平。
牙璋辞凤阙，铁骑绕龙城。
雪暗凋旗画，风多杂鼓声。

① 蒋清翊：《王子安集注》，上海：上海古籍出版社，1995年11月，第188页。

② 傅璇琮等：《唐才子传校笺》（一），北京：中华书局，1987年5月，第41页。

宁为百夫长，胜作一书生。

（《全唐诗》，第 611 页）

诗歌表达了诗人想投笔从戎的慷慨意气，尤其是那句“宁为百夫长，胜作一书生”振聋发聩，这是当时很多文人所向往的生活。

在我们的印象中，军人都是很耿直的，杨炯虽然没有从军的经历，但就从这首诗来看，还是很有军人气概的。就是因为这个气概，他很看不惯那些趾高气扬、矫揉造作的官员。杨炯给那些伪善的官员取了一个外号“麒麟楦”。有人不理解是什么意思，就请杨炯解惑，杨炯说：“大家看戏台上的麒麟，谁见过真的，不就是弄一头驴子，蒙上块布，画上麒麟的花纹，可是等表演结束，揭下那块布它不还是一头驴子吗？”意思是说，尽管一些朝官穿着很威严的朝服，但依旧掩盖不了他们浅薄的德行，这和驴子冒充麒麟有什么区别呢？他的这些言论被一些人听到后很忌恨他。

光宅元年（684）九月，杨炯伯父的儿子杨神让参加了徐敬业讨伐武则天的行动。杨炯受到杨神让的牵连被贬到四川梓州。虽然天授元年（690）他被武则天召回任宫中教习，但因官职不高，心中抑郁不平。如意元年（692）冬，杨炯出任盈川县令，不久死在了任上。

多愁多病的卢照邻

卢照邻应该是“初唐四杰”中知名度相对较低的诗人，不过就年龄来看，他比杨炯和王勃都长寿。卢照邻做过邓王府典签，深得邓王喜欢，邓王甚至对人说“此吾之相如也”[①]。卢照邻最为人称道的诗歌恐怕要数《长安古意》了，这首诗通过对京城上层生活的描写，表达了对社会发展的看法。诗里有这么几句：“节物风光不相待，桑田碧

① 傅璇琮：《唐才子传校笺》（一），北京：中华书局，1987年5月，第46页。

海须臾改。昔时金阶白玉堂，即今惟见青松在。”（《全唐诗》，第519页）文字表面看着是写自然景物的变化，实则是说时间的流逝，其中蕴含着浓郁的生命意识。这首诗还给卢照邻带来了麻烦，因其中有两句“梁家画阁天中起，汉帝金茎云外直”得罪了武则天的侄子梁王武三思，家人营救无果，还蹲了一段时间监狱。

出狱后在任益州新都县尉时，卢照邻“因染风疾去官”[①]。什么是“风疾”呢？应该相当于今天所说的风痹、半身不遂。这真是心强命不强。为了养病，卢照邻住在长安附近太白山上，靠服用方士玄明给他的丹药维持身体，但是“会父丧，号恸，因呕，丹辄出，疾愈甚”[②]，在父亲去世时，因为痛哭引发呕吐，导致丹药全吐出来了，于是病更加严重了。关于卢照邻病情加重的原因有一说，说他生病后痴迷于炼丹，服丹后中毒，导致手足残废。病情加重后卢照邻迁到阳翟具茨山下，“买园数十亩，疏颍水周舍，复预为墓，偃卧其中”[③]，看着置买田地，改善环境，还以为是养生呢，结果竟然把坟墓都提前修好了，而且还经常在里面体验一下，足见卢照邻心情有多么灰暗。

卢照邻虽然很有才，但他总是赶上的时机不对，就像《唐才子传》中所说“当高宗之时尚吏，己独儒；武后尚法，己独黄老；后封嵩山，屡聘贤士，已已废”[④]，总是赶不上趟，这得让人心里多郁闷啊！再后来，卢照邻的病越来越严重，双脚萎缩，一只手也残废了，出行已经很不方便。越是这样，卢照邻越伤心，写了一篇《释疾文》，其中说“覆焘虽广，嗟不容乎此生，亭育虽繁，恩已绝乎斯代”，很明显，他要放弃了，于是“与亲属诀，自沉颍水”[⑤]，卢照邻用投水自杀的方式结

① 傅璇琮：《唐才子传校笺》（一），北京：中华书局，1987年5月，第47页。

② 傅璇琮：《唐才子传校笺》（一），北京：中华书局，1987年5月，第50页。

③ 傅璇琮：《唐才子传校笺》（一），北京：中华书局，1987年5月，第51页。

④ 傅璇琮：《唐才子传校笺》（一），北京：中华书局，1987年5月，第51页。

⑤ 傅璇琮：《唐才子传校笺》（一），北京：中华书局，1987年5月，第52页。

束了自己的生命。

命运多蹇的骆宾王

大凡说到“鹅”，我们都能马上想到骆宾王的《咏鹅》：

鹅，鹅，鹅，曲项向天歌。

白毛浮绿水，红掌拨清波。

（《全唐诗》，第 864 页）

这首诗是骆宾王七岁时写的，直到今天都在传诵，所以称骆宾王为神童不为过。诗歌简单几笔，就把在水面上悠游自在的大白鹅形象勾勒了出来，非常富有画面感，可见小小的骆宾王眼中的世界是多么单纯。但古代的人比较迷信，认为骆宾王后来悲催的命运都在这首诗中暗藏着。第一，鹅是家禽，纵然飞也飞不高；第二，既然鸣叫为什么是弯曲着脖子呢？所以骆宾王这一辈子志向没有得到伸展。虽然这个解释比较牵强附会，并且是事后诸葛亮，但骆宾王这一辈子过得很不顺确是真的。

骆宾王好像没有写过什么高大上的禽鸟昆虫，还有一首《在狱咏蝉》，在监狱里写的，单看题目就知道骆宾王有多悲催：

西陆蝉声唱，南冠客思侵。

那堪玄鬓影，来对白头吟。

露重飞难进，风多响易沉。

无人信高洁，谁为表予心。

（《全唐诗》，第 848 页）

这首诗写于高宗仪凤三年（678），当时骆宾王刚被提拔为侍御史，可是没想到“适离京兆谤，还从御史弹”（《畴昔篇》，《全唐诗》，第 837 页）。

《唐才子传》中说，骆宾王“数上疏言事”[①]，不止一次向皇帝打报告发表对一些事情的意见，上疏言事本来是侍御史的职责，是骆宾王的分内之事，但次数多了，就把当时主理朝政的武则天给惹火了。于是有人就趁机落井下石，把骆宾王以前的事给翻出来了，诬陷骆宾王当年做长安主簿时贪赃受贿，武则天以此为由把骆宾王扔进了监狱。

骆宾王觉得自己太委屈，就写了这首诗。遣词造句满是悲凉哀怨，首先用“南冠客思侵”说明自己的身份，“南冠”出自《左传·成公九年》，就是囚徒的意思。监狱中的囚徒生活肯定没有当官的时候那么滋润自在，需要忍受心灵和肉体双重的折磨，因此人衰老得很快。“那堪玄鬓影，来对白头吟”，自己正是盛年却蹲了监狱，愁得一夜头白。“白头吟”在这里指一首诗，据说是卓文君写的，卓文君当年夜奔司马相如成就了一段爱情佳话，但司马相如当官后对爱情不专一，又有了新欢。卓文君很伤感，就写了《白头吟》，其中有一句“愿得一心人，白头不相离”[②]，古人往往用这一句表达希望自己能够得到明主重视的愿望。如果真是如此，骆宾王对国家的爱够深沉。

“露重飞难进，风多响易沉”，这两句话把政治环境给写出来了，“露重”“风多”比喻政治环境险恶，“飞难进”比喻自己仕途上不得意，光一个小小的长安主簿就干了好多年才升成侍御史，“响易沉”比喻言论上受压制，好容易升迁了却因为发表言论而蹲了监狱。最后作者高呼“无人信高洁，谁为表予心”，没有人相信我的高洁品质，反而还诬陷我，这么不被时人所理解。骆宾王和墙外鸣号的蝉已经融为一体了，这里的蝉就是作者的化身。

骆宾王在狱中受尽了委屈，所以后来他就参加了徐敬业反对武则天的队伍，《新唐书·骆宾王传》中这样记载：“徐敬业乱，署宾王

① 傅璇琮：《唐才子传校笺》（一），北京：中华书局，1987年5月，第56页。

② 吴兆宜：《玉台新咏笺注》，北京：中华书局，1985年6月，第15页。

为府属。”[1] 骆宾王写过一篇很出名的《代徐敬业讨武瞾檄》，这篇檄文把武则天骂了个体无完肤。武则天刚读到这篇文章的时候还不是十分在意，《新唐书·骆宾王传》中说：“后读，但嘻笑。”但是读着读着就笑不出来了，当读到“一抔之土未干，六尺之孤安在”时，武则天脸色就变了，问这篇文章是谁写的。当得知是骆宾王写的时，武则天埋怨：“宰相安得失如此人！”这么好的人才怎么不给个大官呢？后来，徐敬业兵败，骆宾王的结局成了谜。有的说他兵败被杀，有的说他兵败后自杀，有的说他在灵隐寺出家了，总之聚讼纷纭。不管怎么说，骆宾王这一辈子活得挺不顺。

“初唐四杰”都很有才，但命运不好，而且都不是正常死亡，更不要说养生长寿了。他们的经历应该成为我们的镜子，他们身上所体现出来的性格弱点是值得我们警惕的。

① 欧阳修等：《新唐书》，北京：中华书局，1975年2月，第5742页。

傲世褊躁损健康

《唐才子传》是元人辛文房编写的，记录了唐朝很多文人才子有趣的故事，这本书对于了解那个时代，还有李白、杜甫、白居易、李商隐等文人大有帮助。我在看这本书的时候，经常会看到某个人“以傲世见疾”，或者“性褊躁”，前者是指因为傲慢世人而被别人讨厌，后者则是指性子急躁。有这种性格的人，人际关系都不会太好，而且我发现这类人普遍不会活到七老八十。比如下面要讲的两个人——杜审言和陈子昂，杜审言好赖活了六十多岁，陈子昂却只活到四十出头。

傲世见疾的杜审言

杜审言是杜甫的爷爷，也是一位大诗人，和初唐时期崔融、李峤、苏味道并称“文章四友”。杜甫曾经在《赠蜀僧闾丘师兄》中骄傲地说“吾祖诗冠古”（《全唐诗》，第 2304 页），可见杜甫是很佩服爷爷的。杜审言曾经被贬为吉州司户参军，武则天把他召回来想用他，问他：“爱卿高兴吗？”杜审言手舞足蹈地说：“当然高兴了！”武则天又说：“既然高兴，那你就写一首《欢喜诗》吧。”杜审言接旨，很快写好了，武则天很满意，于是提拔他为著作郎。这个故事在《旧唐书》《新唐书》和《唐才子传》中都有记载，遗憾的是，杜审言写的那首《欢喜诗》却没有留存下来。

杜审言有一首《和晋陵陆丞早春游望》，被后人称为“初唐五言律第一”，诗是这样的：

独有宦游人，偏惊物候新。
云霞出海曙，梅柳渡江春。
淑气催黄鸟，晴光转绿蘋。
忽闻歌古调，归思欲沾巾。

（《全唐诗》，第 734 页）

这是一首唱和诗，作者在早春时节和朋友晋陵陆丞一起游玩，看着眼前的美景，忽然有了王粲《登楼赋》“虽信美而非吾土”的感慨。是啊，自己身边的景色越好，越容易勾起对故乡的思念，用欢快的景色表现怅然的情调，仔细品味一下，美景下是满腹牢骚。

作者上来就说明了自己的身份是“宦游人”，在外乡做官的人。只有他们，才会对异乡的节物气候感到新奇，毕竟若在故乡面对太熟悉的环境早就失去了敏感。作者看到了什么与故乡不一样的景物呢？接下来两联，便是作者具体的惊新之笔：江南的新春就像太阳从东方的大海中升腾而起送来温暖，像曙光映照漫天云彩给它们染上灿烂的颜色。此时的北方故乡，仍是残冬未尽，只能踏雪寻梅，而江南暖意盎然，已是梅柳争春了。真是江南江北不同春啊。阳光和煦，春暖花开，黄莺也欢快地卖弄着歌喉。不仅如此，作者的故乡三月才能够见到的蘋草，江南二月已经浮上了水面，颜色也很是鲜艳。中间两联看着作者是在写眼前江南的明媚春光，实际上，他的心都在念着故乡，江南风物的新奇是通过和心中的故乡对比得出来的，所以我们透过江南如画的风光看到了诗人满满的乡愁。

作者的乡愁情结很浓，第一句说自己是“宦游人”，最后一句说“归思欲沾巾”，没有一句不在告诉大家“独在异乡为异客”。如此思乡，杜审言为什么不好好待在家里呢？杜审言也不想在外乡作官，可是他“恃才高，傲世见疾”[①]，把同僚得罪光了，京城根本待不成。他到底有多讨人厌呢？我们举几个例子吧。

有一年杜审言参加官员调选考试，天官侍郎苏味道是这次考试的负责人。其中有一项考试内容是判词，交完卷子之后，杜审言说：“这回苏味道死定了！”大家赶紧问为什么，刚才还好好的呢，难道苏大人是得什么不治之症了？杜审言笑着说：“彼见吾判，当羞死耳！”[②]什么意思？苏味道看了我的判词，会羞愧而死的，意思就是他的水平和我差远了。要知道苏味道的文才在当时盛传于世，并且已是吏部高官。杜审言对自己的才能就是这么自信！他还说“吾文章当得屈、宋作衙官，吾笔当得王羲之北面”[③]，他觉得自己写作文章的水平超过了屈原和宋玉，书法超过了王羲之，这话狂啊！

后来杜审言从洛阳丞被贬为吉州司户参军，被贬了也不收敛一下自己的个性，不是看不起这个就是看不起那个，几乎没有一个同事能够跟他合得来。不久杜审言惹出事来，司马周季重、司户郭若讷罗织罪名，把他投入了监狱，打算找个理由将他杀掉。杜审言入狱后，有一天，周季重和几个朋友正在喝酒，来了一个人，一刀刺到了周季重的身上将他刺成重伤。这人就是杜审言的次子，叫杜并，十三岁，见自己爸爸被人欺负，替爸爸报仇来的。杜并当场就被乱刀砍死了！周季重临死前说：“审言有孝子，吾不知，若讷故误我。”[④]周季重意思是说，我要知道杜审言有这么个儿子，打死我也不会去惹杜审言的，都是郭若讷没把话说清楚害了我啊！因为这件事，再也没人敢惹杜审言了。杜审言后来又回到了洛阳，为儿子写了祭文，将其葬于洛阳。

① 傅璇琮：《唐才子传校笺》（一），北京：中华书局，1987年5月，第67页。
② 傅璇琮：《唐才子传校笺》（一），北京：中华书局，1987年5月，第68页。
③ 傅璇琮：《唐才子传校笺》（一），北京：中华书局，1987年5月，第69页。
④ 欧阳修等：《新唐书》，北京：中华书局，1975年2月，第5735页。

苏颋有感于杜并孝烈，为他写了墓志铭。

杜审言经历了因狂妄导致自己入狱、儿子惨死之后，并没有什么改变，还是我行我素，依旧不把别人看在眼里。有一回，杜审言生病了，宋之问和武平一去看望他，没想到杜审言竟然说："吾在，久压公等，今且死，但恨不见替人也。"[①]杜审言这话什么意思呢？我活着的时候，一直压着你们，因为我的诗歌才能比你们高，我马上要死了，也看不出来你们谁能接我的班啊！真是一句话能噎死人的节奏！你死你的，管那么多干什么？按说人之将死其言也善，你倒好，临死还非要得罪人。武平一我们不熟悉，宋之问可是诗歌写得相当好的！你这么说什么意思？就是把自己当成了文坛盟主呗。

就这种处世方式，搁谁也受不了，杜审言不受排挤就不正常了。所以，他的个性决定了他的人际关系，而他的人际关系对他的健康肯定会有影响。

性格褊躁的陈子昂

陈子昂是初唐时期绕不开的诗人，是诗文改革的主要人物之一，他主张复兴"汉魏风骨"，曾经深受武则天重视。《唐才子传》记载："年十八，未知书，以富家子，任侠尚气弋博。"[②]陈子昂十八岁之前没读过书，整天打架斗殴，打猎赌博，整个就是一败家子。不过陈子昂知错能改，还算是个好孩子。有一回他到学校去玩儿，看见和他同龄的人都在读书，觉得这才是人生的正道，于是，"痛自修饬，精究坟典，耽爱黄老、《易》象"[③]，不仅读书广博，而且学业有专攻。

按说，多读书可以帮助一个人修养心性，遇到事能想得开，可是

① 傅璇琮：《唐才子传校笺》（一），北京：中华书局，1987年5月，第73页。

② 傅璇琮：《唐才子传校笺》（一），北京：中华书局，1987年5月，第105页。

③ 傅璇琮：《唐才子传校笺》（一），北京：中华书局，1987年5月，第105页。

陈子昂却并非如此，他遇事过于着急，并把自己的这种形象定格在了幽州台上。

前不见古人，后不见来者。

念天地之悠悠，独怆然而涕下。

（《登幽州台歌》，《全唐诗》，第 902 页）

武则天万岁通天元年（696），契丹举兵造反。武则天派武攸宜等二十八将率军征讨，陈子昂作为武攸宜的随军参谋出征。武攸宜并没有帅才，而且为人轻率，不晓军事少谋略，因此兵败。陈子昂多次进荐可行性计策，都被拒绝，后来还因此将武攸宜激怒，被贬为军曹。他感到报国的希望变成了泡影，因此登上幽州台，写下了这千古悲吟。诗歌以无限的时间和无穷的空间为背景，高耸起一个伟大而孤傲的自我，宇宙苍茫，个体渺小，生命的历程在这茫茫的宇宙中是多么短暂，一种孤单寂寞的感觉不禁笼罩了诗人整个身心，于是悲从中来，怆然泪下。

在这首诗里，我们感受到的是一种报国无门的急切心情。陈子昂这一辈子，总是表现得很着急，参加科举考试急于成功，被录取之后急于实现政治抱负。我们先说科举考试。陈子昂第二次到京城参加科举考试的时候，急于让大家认识自己，于是他用了一个一般人想都想不出来的办法。一天，他看到街上有一个卖胡琴的，京城的贵人们光打听就是不买，一是不会弹，二是要价太高。陈子昂一看机会来了，就用自己的马车换了那把胡琴。大家一看陈子昂出手阔绰，就问他会不会弹胡琴，陈子昂说这是自己的专长，并表示过两天将在自己住的旅馆召开个人演奏会。

到了约定的日子，大家蜂拥而至，甚至有很多达官贵人请假过去欣赏。陈子昂为大家准备好了茶点，让大家先吃着喝着，再等等陆续赶来的人。过了好一阵子人们开始等不及了，一直催促陈子昂演奏。陈子昂看人到得差不多了，这才不慌不忙把买来的胡琴从桌子上拿了起来，高高举在头顶。大家也不知道他接下去要干什么，就听陈子昂说："我是四川陈子昂，写了很多文章，但是来到京城参加考试竟然没人认识，像这种胡琴弹出的音乐，只是低贱的乐工粉饰太平的谋生技艺，你们却这么喜欢，简直让人没有想到啊！如果大家都醉心娱乐，我们的国家就危险了。"说到这里，陈子昂把胡琴重重摔到了台下。

大家很震惊，一是震惊陈子昂把如此昂贵的胡琴摔坏了，二是震惊陈子昂为国忧心的慷慨陈词。陈子昂摔完胡琴后，把自己的诗文发给了大家，人手一份。大家一看，文章写得确实不错，于是纷纷替他扬名。经大家这么一宣传，陈子昂就于开耀二年（682）考中了进士。陈子昂这一招确实很高明，但表现得急于求成了。

再说急于实现政治抱负。陈子昂考试成功后，总算由布衣成为官身了，他一直渴望自己能够被重用，他在《答洛阳主人》中说："方谒明天子，清宴奉良筹。再取连城璧，三陟平津侯。不然拂衣去，归从海上鸥。"（《全唐诗》，第 899 页）他希望自己遇到伯乐，实现报效国家的政治理想，像蔺相如那样建立完璧归赵的功劳，像汉代平津侯公孙弘那样多次升迁得到器重，为朝廷建功立业，否则自己就归隐江湖。诗中洋溢着自信的英雄气。他还在《感遇》中说："感时思报国，拔剑起蒿莱。西驰丁零塞，北上单于台。"（《全唐诗》，第 894 页）诗歌中同样充满了急于在短暂的生命中建立不朽功业的心情。

陈子昂也算是遇到了这样的机会。唐高宗李治在洛阳病逝，灵柩是否归葬乾陵成了百官议论的焦点，陈子昂就这个问题上书谈了自己的意见，"武后召见，奇其才，遂拜麟台正字"[①]。能得到武则天的赏识，基本上就铺平了仕途升迁的道路。可是陈子昂这个人性子很直，一方面支持武则天的改革，另一方面又对她改革过程中的弊政提出了

① 傅璇琮：《唐才子传校笺》（一），北京：中华书局，1987年5月，第105页。

尖锐的批评。武则天对陈子昂真是又爱又恨，两次派他随军出征。陈子昂随军出征时发生的事情前文已讲，不再赘述，总之陈子昂报国无门，还被降职处理，这件事对他打击很大。他渴望遇到像燕昭王一样的明君，实现君臣知遇的理想，他在《燕昭王》中说："南登碣石坂，遥望黄金台。丘陵尽乔木，昭王安在哉。"（《全唐诗》，第896页）燕昭王当年为了让天下有才能的人帮助自己富国强兵，建了一座黄金台，可是燕昭王已经成为历史，当年的黄金台也已经荒废了。这意思是说，自己为什么就不能遇到像燕昭王一样的明君呢？如果再将同时期的《登幽州台歌》放到一起读，我们会很真切地感受到陈子昂内心的委屈。

圣历年间，陈子昂因父亲年迈上表辞官回到了老家，那一年陈子昂才三十八岁。当地的县令叫段简，贪暴残忍，听说陈子昂家里很富有，就在陈子昂为父亲守孝期间，罗织罪名陷害他。陈子昂害怕了，让家人赶紧打点，"使家人纳钱二十万"，结果段简还不满足，动不动就去折腾陈子昂一番。卢藏用在《陈子昂别传》中说"子昂素羸疾，又哀毁，杖不能起"，原本身子骨就弱，加上父亲去世伤心，又挨了段简的打，总感觉自己活不久了。于是就为自己算了一卦，卦象很不吉利，陈子昂说"天命不祐，吾殆穷乎"[①]，老天爷不保佑我，看来这回死定了！没过多久，陈子昂就死在了狱中。这一年，陈子昂四十二岁。

陈子昂真算得上是匆匆忙忙走完了自己的一生，他不想长寿吗？当然不是。要不他不会在《答洛阳主人》开篇就说"平生白云志，早爱赤松游"，他也想过赤松子那样神仙般的生活。他还在《秋园卧病呈晖上人》中表达过"缅想赤松游，高寻白云逸"（《全唐诗》，第901页）的想法，可是他始终没有赤松子的悠游自在，他的急切总是让他处于焦虑和不满之中，他就在急切的追求中匆匆忙忙走完了急切的一生。

---

① 傅璇琮：《唐才子传校笺》（一），北京：中华书局，1987年5月，第106页。

舍得或可利修身

舍得舍得，不舍不得，我们经常会把“舍得”挂在嘴上，可是真遇到需要舍得时，往往又舍不得，于是把“不舍不得”念成了“不，舍不得”。当不得不舍而又舍不得的时候，问题就来了，往小处说可能会造成心里的不愉快，往大处说可能会导致伤身害命。历史上还真有这样的事情发生，有的文献记载可能有失真的成分，我们可以暂且不去管它的真假，目的只是看看能不能从中悟到一些修身养性的道理。

岁岁年年人不同

“年年岁岁花相似，岁岁年年人不同”，这是唐初刘希夷写的，题目是《代悲白头翁》，两句诗不仅写出了时间转换，且蕴含着人事更迭。据说这两句诗竟成了刘希夷命运的终结，当时他还不到三十岁。

《唐才子传》记载，刘希夷“字廷芝，颍川人”[①]，按照《旧唐书》《大唐新语》《唐诗纪事》的说法，刘希夷为汝州人，也就是今天的平顶山汝州，在汝州风穴寺旁边现在还有刘希夷的墓园。刘希夷很有才，二十五岁那年考上了进士，而且“射策有文名”。射策是当时考试的一种方式，刘希夷的策文当时受到了普遍好评。另外，刘希夷“美姿容，

① 傅璇琮：《唐才子传校笺》（一），北京：中华书局，1987年5月，第96页。

好谈笑。善弹琵琶。饮酒至数斗不醉，落魄不拘常检”[①]，刘希夷长得很帅，很健谈，还有才艺，是个酒鬼，行为举止与常人很不一样。刘希夷有个毛病，“苦篇咏，特善闺帷之作，词情哀怨，多依古调，体势与时不合”，所以“不为所重”[②]。当时流行近体诗，像沈佺期、宋之问因精于此而成了这方面的楷模，上官仪更是总结出了“六对”“八对”的创作技巧，这些人都是当时的文坛领袖，刘希夷既然不去学习，那就是不拿这些文坛领袖当领导。再者，新时代应写新气象，刘希夷却还停留在六朝时期的闺情书写中，写出比如《采桑》《春女行》《代闺人春日》《捣衣篇》《代秦女赠行人》等作品，所以刘希夷遭到了文坛的排斥。

刘希夷最为人称道的诗歌是《代悲白头翁》：

洛阳城东桃李花，飞来飞去落谁家。
洛阳女儿好颜色，坐见落花长叹息。
今年花落颜色改，明年花开复谁在。
已见松柏摧为薪，更闻桑田变成海。
古人无复洛城东，今人还对落花风。
年年岁岁花相似，岁岁年年人不同。
寄言全盛红颜子，应怜半死白头翁。
此翁白头真可怜，伊昔红颜美少年。
公子王孙芳树下，清歌妙舞落花前。
光禄池台开锦绣，将军楼阁画神仙。
一朝卧病无相识，三春行乐在谁边。
宛转蛾眉能几时，须臾鹤发乱如丝。
但看古来歌舞地，惟有黄昏鸟雀悲。

（《全唐诗》，第 885~886 页）

① 傅璇琮：《唐才子传校笺》（一），北京：中华书局，1987年5月，第98页。

② 傅璇琮：《唐才子传校笺》（一），北京：中华书局，1987年5月，第97页。

诗的开头描写洛阳城东的暮春景色。洛阳作为繁华热闹的东都，无论是文化地位还是经济地位，都是不亚于当时的都城长安的。城里城外生机盎然，满目春色，令人怡情悦性沉醉其间。可是暮春时节又意味着春天马上就要结束了，百花凋零，桃李纷飞，对于那些容易伤感的人来说，他们在此时往往会想到时光易逝，青春不在，这也就引出了“好颜色”的“洛阳女儿”，她在干吗呢？“坐见落花长叹息”，看到满天飞舞的落花，她“叹息”美的转瞬即逝和生命的短暂无常。“今年花落颜色改，明年花开复谁在”，花易落，人易老，这就是时间的无情，你越不把时间当回事儿，你越发现自己在时间面前不是个事儿。“已见松柏摧为薪，更闻桑田变成海”，高大的松柏腐朽了，桑田变成汪洋大海，变化是自然的永恒规律。“古人无复洛城东，今人还对落花风。年年岁岁花相似，岁岁年年人不同”，这几句哲理性十足，道出了人在自然面前的无助，最终只能顺其自然。

从“寄言全盛红颜子”开始到“三春行乐在谁边”，为我们讲述了一个白头翁的人生经历。这个老先生曾经是个美少年，每天过着穷人想象不到的生活，“公子王孙芳树下，清歌妙舞落花前”，整天和有权有势的公子王孙一起赏清歌妙舞，一起醉生梦死。不仅如此，还“光禄池台开锦绣，将军楼阁画神仙”，像光禄勋马防那样用锦绣装饰池台；像梁冀那样在楼阁中涂画神仙，过着奢靡的生活，享受着优越的社会地位带来的锦衣玉食。但是，作为理智的人，需意识到“一朝卧病无相识，三春行乐在谁边”，一旦卧病在床或者衰老，马上就会无人搭理，三春行乐也就换了主人公了。这些话说得虽然直白，但却具有警示意义。结尾几句再次感叹时光的流逝，美少女须臾之间就变成了白发苍苍的老太太，当年繁华热闹的贵族游乐场地不也只剩下悲吟的鸟雀了吗？这些话让人感慨引人沉思，充满了艺术震撼力。

一语成谶逢恶人

据文献记载，刘希夷创作这首诗时，已经感觉到不是太吉利了。当他写到“今年花落颜色改，明年花开复谁在”两句话时，叹息说：“此谶语也。石崇谓‘白首同所归’复何以异。”[①]刘希夷觉得这是谶语，和当年石崇所作的“白首同所归”没有什么区别。什么是谶语呢？相当于预言一类的话，但基本都是预示悲剧的。石崇有个天下第一园林金谷园，潘岳经常去那里游玩并写诗，大家组成了“金谷二十四友”。潘岳曾经在他的《金谷集》中说：“投分寄石友，白首同所归。”没想到这两句话竟然成了石崇和潘岳命运的预言。原来，当时的宠臣孙秀一直暗恋石崇的宠妾绿珠，想据为已有，向石崇索要，石崇不给，所以孙秀便对石崇怀恨在心，同时孙秀对潘岳不够尊敬自己也恨得牙根痒痒。后来，石崇因为得罪僭位称帝的赵王司马伦，被孙秀给收拾了。抓住石崇后，孙秀又派兵去抓潘岳。石崇先被推到刑场上，过了一会儿潘岳也被押了过来，石崇问潘岳：“安仁啊，你怎么也被抓了？”潘岳回答说：“可谓‘白首同所归’。”[②]白首同归本来是形容朋友之间一直到老都依然志趣相投、友谊长久的，可是这里却成了两个好友同一天死去的贴切描绘。

看来，刘希夷已经意识到什么了，于是他画掉这两句并继续往下写。当写到“年年岁岁花相似，岁岁年年人不同”时，刘希夷再次停下笔感叹：“这和前边那两句诗谶有什么区别呢？哎，算了，死生有命，怎么能被这些事给吓唬住呢？”想到这里，刘希夷反而不当回事儿了，于是把原来打算废掉的两句也再次用进了诗中。由他的两次感叹，我们能感受到一个诗人的敏感；从他后来不把诗谶当回事儿，我们又感

① 傅璇琮：《唐才子传校笺》（一），北京：中华书局，1987年5月，第98页。

② 杨勇：《世说新语校笺》，北京：中华书局，2006年6月，第829页。

到刘希夷活得洒脱。

可是谶语成真了！真的出事了！刘希夷被杀！两句诗酿成了血案！凶手是宋之问！刘希夷的舅舅！因为舅舅宋之问是当时的文坛领袖，所以刘希夷拿着《代悲白头翁》去请教舅舅。宋之问看后特别喜欢“年年岁岁花相似，岁岁年年人不同”，知道刘希夷这首诗还没有公开“发表”，于是就想让刘希夷把这两句诗让给他。刘希夷答应后又后悔了，于是就没有兑现诺言。《唐才子传》中说刘希夷“好谈笑”，原来不仅是指他擅长与人交谈，风趣幽默，还有一层意思，就是他爱“逗你玩儿”。这让宋之问很生气，当然后果极其严重，《唐才子传》中是这样说的：“之问怒其诳已，使奴以土囊压杀于别舍”[①]。宋之问恨刘希夷骗了自己，于是对刘希夷施刑，让家奴往刘希夷身上放装满土的大口袋。每放一袋问一次刘希夷：“能不能把那两句诗送给我？”刘希夷只要回答“不能”，就再添一袋，就这样刘希夷被生生压死了。据说，刘希夷被压死的时候是第二年初春，这不就是“年年岁岁花相似，岁岁年年人不同”吗？

当时没有法律保护知识产权，刘希夷为了保住自己这两句诗献出了宝贵的生命，但是我觉得不是太值。俗话说“留得青山在，不怕没柴烧”，只要命还在，以后照样能写出光彩夺目的好句子。命都没了，纵然让后世之人记住了这两句话，也只能评价个“才高命短”。可是如果留着命在，以刘希夷不为当时所重的情况来看，根据“不平则鸣”的创作规律，正处于创作辉煌时期的他肯定还会有更好的句子写出来。《唐才子传》的编撰者辛文房慨叹说：“希夷天赋俊爽，才情如此，想其事业勋名，何所不至，孰谓奇蹇之运，遭逢恶人，寸禄不沾，长怀顿挫，斯才高而见忌者也。”[②]

---

① 傅璇琮：《唐才子传校笺》（一），北京：中华书局，1987年5月，第98页。

② 傅璇琮：《唐才子传校笺》（一），北京：中华书局，1987年5月，第100页。

剥茧抽丝辨假真

刘希夷被舅舅宋之问用土口袋压死是真的吗？这是一个聚讼纷纭的历史问题。不少人认为这个故事是可信的，现当代一些名家著作乃至一些文学史、辞典等，也采用此说。如闻一多的《宫体诗的自赎》，刘大杰的《中国文学发展史》，《辞海》《中国文学家大辞典》。但是学术大家傅璇琮先生认为这个观点是有问题的，首先他引用了宋朝人魏泰在《临汉隐居诗话》中的看法："吾观之问集中尽有好句，而希夷之句殊无可采，不知何至压杀乃夺之，直狂死也。"[①]在魏泰看来，宋之问的水平比刘希夷要高很多，宋之问完全没有理由去做这件傻事，也就是说宋之问没有作案动机。傅璇琮先生更是从根上对这件事提出了怀疑："按宋之问诗中未有涉及希夷处，之问是否为其舅父，亦甚可疑。"[②]的确，这是一个根本问题，如果没有直接材料证明宋之问是刘希夷的舅舅，这个案子就只能是一个悬案。

中国文学网上有一篇题为《刘希夷死因质疑》的文章，我觉得非常好。作者认为，关于宋之问和刘希夷的生卒时间，正史中都没有明确记载，只能从比较隐微的材料中进行推测。如果真的像《唐才子传》中说的那样，刘希夷上元二年（675）中进士，二十五岁，那么他应该出生于高宗永徽二年（651）；他死的时候不到三十岁，应该死于仪凤、调露间，最晚超不过高宗永隆元年（680）。

宋之问在《秋莲赋》一文自序中说："天授元年，敕学士杨炯与之问分直于洛城西"[③]，又据《新唐书·宋之问传》中记载"甫冠，武后召与杨炯分直习艺馆"[④]，"甫"是刚刚，"冠"是弱冠，也就是

① 傅璇琮：《唐才子传校笺》（一），北京：中华书局，1987年5月，第99页。

② 傅璇琮：《唐才子传校笺》（一），北京：中华书局，1987年5月，第100页。

③ 陶敏等：《沈佺期宋之问集校注》，北京：中华书局，2001年11月，第631页。

④ 欧阳修等：《新唐书》，北京：中华书局，1975年2月，第5750页。

二十岁。这么说来宋之问在武则天天授元年（690）才刚刚二十岁，他应该出生于高宗咸亨二年（671）。这样算起来宋之问比刘希夷小了整整二十岁，那么，刘希夷死的时候，宋之问还是个不到十岁的小朋友，他哪里来的“以土囊压杀于别舍”的勇气和能力呢？

我们不妨再顺着这个思路往前推一步，假定刘希夷真的是被宋之问压杀的，两个人也真的是甥舅关系吗？刘希夷比宋之问大了整整二十岁，那又会存在什么问题？宋之问的妈妈究竟是多大生下了宋之问？唐朝的女孩子结婚普遍早，十五岁就可以结婚，比如王茂元的女儿嫁给李商隐时是十七岁。我们就按宋之问的姐姐十五岁嫁给刘希夷的爸爸，十六岁有的刘希夷，那么宋之问的妈妈又是多大生的刘希夷的妈妈呢？也按照十五岁结婚十六岁生下吧。等到刘希夷二十岁时，宋之问的妈妈将近四十岁了，那个时候再去生宋之问，放在今天没问题，可是在唐朝，绝对算得上高龄产妇了！

这个案子疑点重重，为什么《大唐新语》《刘宾客嘉话录》《本事诗》三本书的作者还非要把这个罪名安到宋之问头上啊？是因为宋之问人品有问题！我看《全唐诗》里宋之问有一首《有所思》，题后括号里有小注称“一作刘希夷诗，题云《代悲白头翁》”（《全唐诗》，第630页），这两首诗除了个别字句有差异外，如“幽闺女儿惜颜色”“光禄池台交锦绣”，其他都一样，这是为大家留下黑宋之问的重要把柄。但是，宋之问和刘希夷为什么会有如此高度重复的诗作，恐怕现在没有人能够说得清楚了。

在这里我想强调的是：如果没有触及民族大义和原则问题，或许“舍”会带来更辉煌的“得”。

遭贬流落最伤情

在唐代，文人经常会遇到被贬谪的情况，比如我们熟悉的宋之问、柳宗元、刘禹锡、韩愈、元稹、白居易都被贬谪过。这些文人大部分是一片忠心为帝王的，只是因为一些事情办得不合适，就被降职外放到遥远的他乡，他们心里自然会很委屈，这对于他们的健康来说确实是很不利的，柳宗元和元稹就是死在被贬的岗位上的。我们下面来讲两个被贬的历史人物，看看他们的经历和诗歌能带给我们什么样的启示。

遭贬逃归的宋之问

宋之问是初唐时期一位著名的诗人，深得女皇武则天的喜欢。据说有一回宋之问陪武则天到洛阳龙门游玩，武则天看龙门景色很美，就让随行的官员作诗，并说谁先完成奖一件锦袍。当时左史东方虬先写好了，武则天就把锦袍赐给了东方虬。东方虬很高兴，披在身上回到自己的座位上。但还没有坐稳当呢，宋之问也写好了，武则天看宋之问的诗“文理俱美”，无论形式还是内容都要甩东方虬好几条街，于是武则天又从东方虬那里把锦袍要了回来送给了宋之问。从这个故事里不难看出宋之问诗歌创作水平还是很高的，要不人家也不可能开宗立派成为“沈宋体”的领军人物。我非常喜欢宋之问的那首《渡汉江》，诗是这样的：

岭外音书断，经冬复历春。
近乡情更怯，不敢问来人。

（《全唐诗》，第 655 页）

这首诗表达了对家乡的思恋和对亲人的挂念。宋之问为什么会背井离乡呢？这和他的选择有关系。宋之问很热衷于当官，甚至开口向武则天表达过想当什么官，武则天嫌他有口臭，最终没有答应。为了当官，宋之问又开始一心一意巴结张易之，不仅替他写文章，还为他“奉溺器”，就是为张易之提夜壶。简直斯文扫地！张易之为什么能够让宋之问心甘情愿地付出呢？因为张易之是武则天的男宠，是武则天身边的红人，宋之问觉得傍上张易之有很多问题就好解决了。

神龙元年（705）正月二十日，宰相张柬之等人趁着武则天病重发动政变，率领羽林军迎太子李显至玄武门，斩关而入，在迎仙院把张易之、张昌宗兄弟的脑袋给砍了，这其实就是逼武则天退位。树倒猢狲散，张易之被杀了，当年那些和张易之眉来眼去的人就摊上事了，其中就包括宋之问。宋之问被远贬泷州即现在的广东罗定县，在当时交通不发达的情况下，这个地方相当于天涯海角！再者来说，当时那里的环境很恶劣，瘴气横行，搞不好小命可能就没了；文化不发达，跟洛阳的灯红酒绿相比简直是两个世界。惩罚一个人怎会把他安置在幸福指数高的地方？手里捧着窝窝头，菜里没有一滴油，这应该是受惩罚者的生活常态，能活着就是幸福。

宋之问在贬地待着，受着身体上和精神上双重的折磨。广东湿气大，一年四季不分明，对于北方人宋之问来说，这一点是很难忍受的。我曾去那里讲课，待个一天两天还勉强能忍，时间再长了就受不了了，身上有种说不出来的不舒服，还会影响情绪，心里急躁。为什么还有精神折磨呢？因为当时通信不发达，没有网络，他想了解洛阳的情况做不到，他想了解亲人的现状也做不到，他几乎是被屏蔽到另一个世界了。这不就是宋之问所说的“岭外音书断”吗？和亲人、朋友失去了联系，自己一个人待在遥远的岭外异乡，这里是连大雁都飞不到的地方，想给家人、朋友鸿雁传书都难。想象一下，你的手机找不到了，一下子丢失了所有亲友的联系方式，心里会是什么样子？你大概只能体会到当时宋之问的万分之一。

所以他才会说“经冬复历春”，这句话揭示了诗人的孤独、苦闷。这句话还给我们一个错觉，宋之问在广东生活了很久。其实啊，宋之问在那里只待了很短的时间，他是在神龙元年（705）被贬的，从洛阳到罗定县一路颠簸几个月，然后神龙二年他又逃回来了，算年头是两年时间，实际上他在罗定县只待了一年。那为什么还这样写？宋之问被贬的时候极不愿意离开作为文化中心和政治中心的洛阳，他在《途中寒食题黄梅临江驿寄崔融》中说“可怜江浦望，不见洛阳人。北极怀明主，南溟作逐臣”（《全唐诗》，第640页），又在《度大庾岭》中说“度岭方辞国，停轺一望家。魂随南翥鸟，泪尽北枝花”（《全唐诗》，第641页），几乎是一步三回头，真是“黯然销魂者，唯别而已矣”[①]。所以宋之问在罗定县的日子可谓度日如年。

宋之问实在受不了了，决定冒险逃回洛阳。当他好不容易来到汉水边时，心情却变得越来越复杂。“近乡情更怯”，离家越近心里越不安。担心什么呢？自己这么长时间与亲友没有任何联系，他们现在是什么情况？会因为自己的事受到牵连吗？自己一点也不知道。他之所以冒着生命危险逃回来，不就是急于想知道结果吗？但又怕知道。万一听到的结果不是自己所期待的，那不更糟糕吗？那样自己渴望与家人团聚的愿望就被这无情的现实打得粉碎了。宋之问站在汉江边上，

---

① 李善等：《六臣注文选》，杭州：浙江古籍出版社，1999年3月，第287页。

思绪万千，矛盾重重。一句非常真实的“不敢问来人”就不难理解了：问了，怕不是自己渴望的结果；不问，还能给自己留下一丝希望和幻想，使心灵暂时不受到无情的打击。另外，宋之问的身份是被贬谪的罪人，如果贸然去问，有可能会暴露逃跑的事情，那他将会遭受加重处罚，甚至会有生命危险，所以“不敢问”。

宋之问逃到洛阳之后，藏在好朋友张仲之的家中。张仲之能把他当成两肋插刀的朋友，他却把张仲之给害了，给张仲之带来了灭门之灾。当时武三思执政，他骄横用事，残害忠良，张仲之与驸马都尉王同皎等人商量谋杀武三思以安王室，结果被宋之问告了密。还没等张仲之等人动手，武三思就先下手了，张仲之一家惨死。因为告密有功，宋之问被提拔为鸿胪主簿；后来他又媚附太平公主和安乐公主，多次倒戈，完全是有奶便是娘，让人们觉得没有一点气节。就是因为这个品性和以前所作所为，宋之问后来又被流放，而且最终被赐死。

因谏被贬的韩昌黎

韩愈是中唐“韩孟诗派”的领袖，被苏轼称为“文起八代之衰”，曾经提出了“不平则鸣”和“笔补造化”的诗歌理论。因为其郡望是昌黎，所以人称韩昌黎。韩愈是著名的儒家学者，在官场上属于敢说话敢担当的人。但也正是他的这个品质为他带来了被贬谪的痛苦生活，而且韩愈也曾经被贬到广东，当然这种经历对于他的养生起不到什么好作用。在韩愈的诗歌中，最能彰显他儒家人文品格的是那首被贬广东潮州时写的《左迁至蓝关示侄孙湘》：

一封朝奏九重天，夕贬潮州路八千。
欲为圣朝除弊事，肯将衰朽惜残年。
云横秦岭家何在，雪拥蓝关马不前。

知汝远来应有意，好收吾骨瘴江边。

（《全唐诗》，第 3860 页）

我们从字里行间能感受到韩愈被贬的委屈，大有英雄末路的感觉。作者创作这首诗的背景如何呢？我们简单了解一下。

唐宪宗佞佛，上有所好下必甚之，社会上的各类人士信佛近乎达到一种癫狂的状态。这样就影响了社会生产和社会安定。元和十四年（819），唐宪宗搞了一次规模超前的迎佛骨活动——在凤翔法门寺有一块释迦牟尼佛的手指骨，唐宪宗要迎到宫中供养，而且规定凡是佛骨经过的地方不仅要修建寺庙，各阶层的人还要捐钱捐物。这就出现了《旧唐书·韩愈传》中所记载的“王公士庶，奔走舍施，唯恐在后。百姓有废业破产，烧顶灼臂而求供养者”[①]。韩愈觉得这是非常愚昧的行为，不仅劳民伤财，而且会产生极其可怕的文化导向，会严重影响人们的正常生活。为了阻止这种局面的蔓延，在“群臣不言其非，御史不举其失”[②]的情况下，韩愈经过一番激烈的思想斗争，写下了传诵千古的《谏迎佛骨表》。

韩愈在文章中说，在三皇五帝夏商周时代，没有人信佛，那些君主都很长寿。可是自从汉明帝把佛教文化引入中国后，皇帝没有几个长寿的，就连汉明帝在位也不过十八年，信佛求福的结果是什么？不是短命就是被人所杀。只有梁武帝在位时间较长，有四十八年，他心很诚，不仅自己当了三次和尚，而且祭祀都只用瓜果。可是他的结局怎么样呢？“为侯景所逼，饿死台城，国亦寻灭”，弄得国破人亡。照这么看来，“佛不足事，亦可知矣”。陛下您供奉的那块佛骨不就是一块脏兮兮的枯骨吗？现在京城上下如此痴狂，大臣们明明知道荒唐却闭口不说，本来要闻风奏事的御史们更是装聋作哑，这简直是“伤

① 刘昫等：《旧唐书》，北京：中华书局，1975年5月，第4198页。

② 刘真伦等：《韩愈文集汇校笺注》，北京：中华书局，2010年8月，第 329页。

风败俗，传笑四方”啊！我认为应该把那块佛骨“付之有司，投诸水火，永绝根本”，交给相关部门，把它销毁。如果佛骨真的有灵，“凡有殃咎，宜加臣身”，不管什么样的灾难，都冲我来吧，我替您扛着。

这篇文章义正词严，字里行间满是韩愈的拳拳之心。可是宪宗皇帝看了却勃然大怒，要用极刑，夺韩愈的命。亏得裴度等人力谏，韩愈才保住性命，不过被贬到潮州去了。这就是诗中第一联所说的“一封朝奏九重天，夕贬潮州路八千”。韩愈也知道仗义执言会给自己带来什么，但他还是要说，因为他心里想的是国家的命运。如果死一个韩愈能让皇帝迷途知返，他觉得那是值得的，所以第二联说“欲为圣朝除弊事，肯将衰朽惜残年”。韩愈用自己的行为诠释了“主过不谏，非忠也”的儒家品格，也让我们看到了他忧乱宁民的仁心、敢言强谏的忠勇。

韩愈在被贬途中心里除了委屈还是委屈，自己一心为君，也就是王永宽先生说的“怀仁辅义安黎庶，尽智竭忠报圣朝”，宁肯牺牲自己，也要为国为民，可结果却是被远贬他乡。韩愈被押送出长安不久，老婆孩子也被赶出了京城，年仅十二岁的小女儿染恶疾惨死在驿道旁。“云横秦岭家何在，雪拥蓝关马不前”，可见当时韩愈的情绪有多么低落！所以，当他的侄孙韩湘来给他送行时，他跟韩湘说“知汝远来应有意，好收吾骨瘴江边”，韩愈甚至觉得这次被贬到潮州，有可能就回不来了，所以让韩湘“好收吾骨瘴江边”。

韩愈曾经在《祭十二郎文》中说过自己的健康状况：“吾年未四十，而视茫茫，而发苍苍，而齿牙动摇。念诸父与诸兄皆康强而早世。如吾之衰者，其能久存乎？”[①] 韩愈不到四十岁，眼花了，头发白了，牙齿也松动了。他的叔伯和哥哥们，都是在健康强壮的盛年早早就死了，自己这个身体状况，不知道能活多长时间。我们只知道韩愈的爸爸韩

① 刘真伦等：《韩愈文集汇校笺注》，北京：中华书局，2010年8月，第1470页。

仲卿死于大历五年（770），不知道活了多大岁数，但从“康强而早世”来看，应该死得挺早的，毕竟当时韩愈才三岁。韩愈说自己“上有三兄，皆不幸早世”，通过查阅资料可知，其长兄韩会因为受到元载案的牵连，四十二岁时死在了韶州刺史任上，二哥韩介死的时候大约三十岁。韩愈的侄子韩老成也就是十二郎死的时候也是三十多岁。当韩愈写《左迁至蓝关示侄孙湘》时，已经是五十一岁了，加上潮州当时恶劣的生活环境，所以，他觉得自己有可能会死在潮州，这种心情是完全可以理解的。韩愈被贬虽然心情很糟糕，但他没有自暴自弃，而是在潮州积极为百姓谋福利，不仅治理水灾，而且办学兴教，深受当地百姓爱戴。直到今天，潮州人民谈起韩愈，依旧念念不忘。

病从口入话易失

养生需要管住嘴。一是话到嘴边需三思，不能什么话都说，话说不对了可能会有麻烦；二是东西再好要注意度，食物入口要小心，吃多容易积食，吃错容易得病，甚至可能会有生命危险。孟浩然这一辈子吃亏就是吃在嘴上了：说话出了问题，得罪了唐玄宗；后来又吃错了东西，直接丢了性命。

孟浩然就是写“春眠不觉晓，处处闻啼鸟”（《春晓》，《全唐诗》，第 1667 页）的大诗人，他还是李白的偶像。李白是一个不轻易服人的人，但他就服孟浩然，还写过一首《赠孟浩然》，其中说“吾爱孟夫子，风流天下闻”（《全唐诗》，第 1731 页）。

孟浩然早上睡醒就写诗，如同宿构，给人的感觉生活很惬意，可是他只活了五十一岁。按说整天流连山水的人应该长寿啊，他怎么会是个例外呢？且听我慢慢讲来。

不才明主弃

开元十六年（728），已经快四十岁的孟浩然来到京城参加进士科考试。“朝为田舍郎，暮登天子堂”，参加科举考试是当时读书人一辈子的大事，考上就能光耀门楣当上吃皇粮的官员。孟浩然博学多才，对自己的能力很有信心，当然他也渴望考上，他曾经在考试前写了一首《长安早春》“鸿渐看无数，莺歌听欲频。何当桂枝擢，归及柳条新”（《全唐诗》，第 1658 页），从诗中的措辞“鸿渐”“桂枝擢”等不难感觉到他渴望一战功成蟾宫折桂的心情！

但现实就是这么残酷，他考试失败了，这是孟浩然没想到的，也让很多人感到意外。因为就在考试前，孟浩然的才能已被大家认可——他做了一件让很多人点赞的事。他在秘书省参加一个联句活动，就是几个人一起完成一首诗，每人两句往后续，大家各展才能，不甘落后。当轮到孟浩然时，孟浩然不假思索挥毫写了两句“微云淡河汉，疏雨滴梧桐”，在场的人没有不竖大拇指的，纷纷鼓掌叫好。其他还没有写的人也不敢写了，自知和孟浩然不在同一档次上，即便是勉强写两句也会被人说成是狗尾续貂，干脆别自己打脸了。这就叫艺压群雄！

有的时候真是世事无常，这么厉害的孟浩然竟然挂科了，栽在了考场上。《旧唐书·孟浩然传》中说得很明白：“应进士不第”[①]，“不第”就是没有考上的意思。失败的心情是很糟糕的，他把这种心情写成了一首诗《岁暮归南山》：

北阙休上书，南山归敝庐。
不才明主弃，多病故人疏。
白发催年老，青阳逼岁除。
永怀愁不寐，松月夜窗虚。

（《全唐诗》，第 1651 页）

全诗就是在发牢骚：我考试失败，不是我没有本事，是皇帝“弃”我，不要我。算了，以后也别想着什么家国大事了，还是到南山归隐，好好当自己的平头老百姓吧。一般人遇到这种情况都容易这样，按说很正常，可是就是这首发牢骚的诗给孟浩然带来了麻烦。

---

① 刘昫等：《旧唐书》，北京：中华书局，1975年5月，第5050页。

孟浩然这次虽然没考上，却和大诗人王维成了好朋友。有一天，值夜班，王维就把孟浩然带到了翰林院。带到宫廷里去干吗呢？孟浩然马上要离开京城，王维想和他再聊会儿天。当时交通不方便，没有飞机没有高铁，再见一面不知要等到猴年马月了。俩人正聊得起劲儿呢，就听到外边有人喊“万岁驾到”——玄宗皇帝来了。玄宗皇帝是艺术家，王维也是个多面手，俩人有共同语言，玄宗皇帝闲着没事，也来找王维聊天了。

王维和孟浩然听到皇帝来了，吓傻了。毕竟孟浩然是个布衣不能随便进翰林院，王维这么做是违反纪律的。所以一听皇帝来了，惊慌失措，这可怎么办啊？王维急中生智，让孟浩然钻床底下躲着去了，先藏起来再说，毕竟不能吓着皇帝。

王维是个老实人，把皇帝接进来之后，俩人就聊天，可是他老紧张——床下边藏着人呢。王维最担心的是俩人聊天时间长了，孟浩然在下边憋不住，闹出点动静再吓着皇上，那就是惊驾之罪！于是不敢隐瞒，对皇帝说：“陛下，我把孟浩然给带进来了。”那意思是，我错了，您看着处置吧。王维本来想着皇帝会批评他，但是没想到，玄宗皇帝不仅没生气，反而非常高兴。玄宗说：“我听说过这个人啊，就是没见过，他来了，来了出来呗，在哪儿呢？”王维一指床底下说：“床底下藏着呢。”玄宗笑了：“你把他藏床底下干吗呢？我有那么可怕吗？出来吧。”

孟浩然从床底下爬出来，满面通红地拜见皇帝。玄宗皇帝很和蔼地问孟浩然：“孟先生，我早闻你的大名，今天终于见着了，你带诗歌了吗？”多好的机会啊！别人见皇帝见不着，现在皇帝亲自跟你要诗，这就相当于一次特殊的考试机会。旁边还有王维帮着敲敲边鼓，说不定增加个指标录取了也不是没有可能。可是孟浩然是来向王维辞行的，打死也想不到能遇到皇帝啊，他带诗歌干什么！孟浩然很老实，实话实说，没带。玄宗皇帝知道孟浩然的诗写得好，虽然没带，可是他脑子里面总会记几首吧？于是玄宗皇帝就说：“你能不能把你最近写的那些诗歌给我背几首啊？”还是在给孟浩然机会。孟浩然最近写的就是那首《岁暮归南山》，记忆是最清晰的，于是他就开始背给皇帝听。

这一首诗本是单纯的发牢骚，表达的是孟浩然的愤懑之气，特别是“不才明主弃，多病故人疏”：因为我没有才能，皇帝不要我；因为我生病了，所以朋友们都不理我，疏远我。孟浩然其实就是借这个诗歌抒发自己当时那种郁闷的心情。可是，他哪里知道，玄宗皇帝认真了。当他刚背到这两句的时候，玄宗的脸就沉下来了：“行了行了，别再往下背了。”玄宗皇帝说什么？《新唐书·孟浩然传》记载：“卿不求仕，而朕未尝弃卿，奈何诬我？”[①]是你自己不求上进，怎么说是我不要你呢？你这不是睁着眼睛说瞎话吗？这是孟浩然没想到的结果啊。

孟浩然也是的，你当着皇帝的面不溜须拍马也就算了，怎么能说这样的话呢？这就叫没眼色，不会临机应变，没有把握住机会。其实，只要改一个字就搞定了。“不才明主弃，多病故人疏”，把抛弃的“弃”改成器重的“器”：我虽然没有才能，但是皇帝依旧非常看得起我，一再给我机会，让我展示自己的才艺，这不是器重我吗？那“疏”字怎么解释呢？虽然我生病了，可是朋友们都来疏导我。这不就成了吗？充满了人情味。孟浩然当时被吓蒙了，就原话背出来了。诗倒是背出来了，可是，皇帝也得罪了，那你还能进入官场吗？所以话到嘴边需三思。

故人不可见

后来采访使韩朝宗有意向朝廷推荐孟浩然，韩朝宗之所以敢这样做，是得到玄宗默许的，可以说玄宗对孟浩然的封杀基本解禁了，孟浩然可以复出了，否则再给韩朝宗几个胆他也不敢。应该说这是一次

① 欧阳修等：《新唐书》，北京：中华书局，1975年2月，第5779页。

好机会，可是又出事了。到了约定好进京朝见皇帝这一天，孟浩然朋友来了，老友重逢两个人喝了个不亦乐乎。旁边有人催促：您不是和采访使韩朝宗韩大人定好一块儿进京吗？没想到孟浩然说："吃饭喝酒的时候，不谈其他事。"就这样，机会又失去了。从此以后，孟浩然就再也没有心思进入官场了。不过说实话，有心思也进不了啊，第一回是说错话失去了机会，第二次是因为吃饭喝酒错过了机会。自己把握不住，怨不得别人。

好在孟浩然人缘好，经常应邀到朋友家里去坐坐，去体验一下生活的幸福。比如那首大家熟悉的《过故人庄》，里面就是满满的幸福：

故人具鸡黍，邀我至田家。
绿树村边合，青山郭外斜。
开轩面场圃，把酒话桑麻。
待到重阳日，还来就菊花。

（《全唐诗》，第 1651 页）

这首诗歌用平淡的语言描述了农村淳朴的风情，形式挺像记叙文。前两句就像诗人写的日记一样，非常平淡地向人们叙述着一件事情：一位农民朋友邀请自己到家中做客。一个"具"字，一个"邀"字，用语非常随便，但在这种随便的背后反映的却是毫无俗套的至交情谊。不像我们今天请客要提前几天准备，在很多人看来，三天为请，两天为叫，当天请客叫提溜，请得越急对人越不尊重。如果这样来看的话，孟浩然是被提溜过去的，但这也说明了主客之间关系不赖。主人准备的饭菜是什么呢？"鸡黍"，杀了只鸡，蒸的米饭，而不是杯盘罗列，玉盘珍馐，超规格的浪费。这样不仅使人觉得有一股特别的田家气息，而且简单的饭菜又一次表现了主客之间的亲近，开头两句使整首诗歌充满了和谐友好的气氛。

接到朋友的邀请，作者欣然前往。接下来的第二联便是作者赴宴途中所看到的景色：近处是葱茏的绿树环抱着村庄，远处是青翠的山峰斜枕着郊野，原来，这位朋友生活在一个幽静、秀美、充满诗意的地方。第三联写主客在酒席间的情景。由于作者不是什么贵人，主人也仅是村野农夫，所以彼此之间不需要社会上那种客套寒暄。既在田家做客，自然离不开谈论农事的话题，无非是种多少地，种的都是什么作物，今年年景如何，二人酒酣耳热之际，站起身来走到窗前，推开窗户，场圃上的所有情景都映入眼帘，令人心旷神怡！酒足饭饱，知心的话也说了不少，但是作者仍然意犹未尽，于是告诉主人说："等到重阳节那天，我再来和你一同饮酒赏菊。"看来，孟浩然还是挺喜欢通过饮食寻找幸福感的。

不过我们不得不说，孟浩然也是因为在饮食上没有管住自己的嘴才丢了性命。开元二十八年（740），大诗人王昌龄被贬经过孟浩然的家乡襄阳，于是前去拜访。"有朋自远方来不亦乐乎"，二人都是圈内的大家，连吃带喝说不完的话。可是，孟浩然背上长了毒疮，这个病是开元二十六年（738）得的。这种病的病因是"外感风湿火毒，或过食膏粱厚味"，"膏粱厚味"就是大鱼大肉，肥腻的食物，所以治这个病得忌口。孟浩然治了两三年了，马上要痊愈了，为了接待王昌龄，孟浩然大意了，纵情宴饮后毒疮复发逝世。王维后来因为公务经过襄阳，想起了好朋友孟浩然，心里不是滋味，于是写了一首《哭孟浩然》：

故人不可见，汉水日东流。
借问襄阳老，江山空蔡州。

（《全唐诗》，第1305页）

所以，从孟浩然身上我们看出，要想养生一定要管住嘴。第一个管住嘴是不要轻易发牢骚，一定要学会看场合看人说话，话到嘴边需三思，否则一言不慎可能会带来一辈子的郁闷；第二个管住嘴是不要总觉得大口吃肉大碗喝酒就是幸福，膏粱厚味，暴饮暴食往往有害健康，不要为了痛快一时而带来一辈子的遗憾。

晚岁难为邻舍翁

唐朝大诗人刘禹锡和柳宗元是关系非常要好的朋友，他们同一年考上进士，同一年参加“永贞革新”运动，失败之后同时被贬，其中一位还写诗说：“二十年来万事同，今朝岐路忽西东。皇恩若许归田去，晚岁当为邻舍翁。”（柳宗元《重别梦得》，《全唐诗》，第3934页）刘禹锡活到七十一岁，柳宗元只活到四十六岁，两个人差别怎么那么大呢？如果读两个人的诗你会发现，心胸是关键。刘禹锡很豁达，所以人们送他“诗豪”的雅号，经常不把事儿当事儿，拿得起放得下；柳宗元则不一样，心思重，放不下，总是很纠结，看到个小土丘小水坑都能联想到自己的命运，所以四十多岁便死在了工作岗位上。也正是因为这样，柳宗元“晚岁当为邻舍翁”的愿望便成了镜花水月。

前度刘郎今又来

先说刘禹锡吧。“永贞革新”运动失败之后，他先被贬为连州刺史，还没走到地方，又降为朗州司马。十年之后也就是元和九年（814），刘禹锡被朝廷召回京城，当时正赶上春暖花开。玄都观里有很多桃树，桃花开得正热闹呢，所以去那里游玩的人很多，于是刘禹锡就写了一首诗，题作《戏赠看花诸君子》：

紫陌红尘拂面来，无人不道看花回。

玄都观里桃千树，尽是刘郎去后栽。

（《全唐诗》，第 4116 页）

据这首诗的续篇《再游玄都观》的“引子”可知，当年他还在京城当屯田员外郎的时候，玄都观里并没有什么花木，桃树都是被贬谪这十年期间栽种的。烂漫的桃花很吸引人，达官显贵们争相过来游赏。

这首诗乍一看是刘禹锡到玄都观游春的感受，但一咂摸却发现，其中暗带讽刺。玄都观里的桃树是在自己远离京城这十年新栽的，那些去观里看桃花的新贵们不也是自己被排挤之后提拔起来的吗？这么由此及彼一联想，有人就心里不舒服，认为刘禹锡对被召回京不仅不知道感恩，还讽刺朝中新贵！这下坏了，刘禹锡得罪人了，而且还不是得罪某一个人，是得罪以权相武元衡为首的一批人。就这样，“当路不喜，又谪守播州”。后来柳宗元和裴度极力求情，并说刘禹锡的母亲年纪大了，不能跟随儿子一起去任上，就只能与儿子做死别，这样影响朝廷孝治。柳宗元还提出愿和刘禹锡交换被贬的地方。宪宗也算通情达理，就把刘禹锡改贬到连州了。

这回离开京城时间长点，在连州五年后改贬到夔州，长庆四年（824）又贬到和州，过了四年到大和二年（828）刘禹锡才被召回京城。从第一次被贬到这时已经是二十多个年头了，他把生命中最好的时光留在了鸟不拉屎的贬地，这就是他在《酬乐天扬州初逢席上见赠》中所说的“巴山楚水凄凉地，二十三年弃置身”（《全唐诗》，第 4061 页）。时间一去不复返了，这句话里情绪很是复杂。

大和二年刘禹锡回到京城时又是春季，他想起了那个当年给自己带来麻烦的玄都观，想起因诗歌被贬心生郁闷。他再次来到玄都观，竟然发现，原来的桃树全没了，院子里长满了野草，看上去很荒凉。刘禹锡又写了一首《再游玄都观》：

百亩庭中半是苔，桃花净尽菜花开。

种桃道士归何处？前度刘郎今又来。

（《全唐诗》，第 4116 页）

前两句写道观内繁华之后的荒凉，后两句写自己又回来了，可是种桃的道士却找不到了，诗人就是看到什么写什么，但让人感觉多少有点幸灾乐祸的成分。上回写玄都观是因为惹住了权相武元衡被撵出了京城，就在武元衡把刘禹锡贬出京城那年，他自己被地方反动势力刺杀了。这回又写玄都观，这么一联系，刘禹锡的《再游玄都观》就有点庆幸武元衡死得活该的味道了。如果把种桃道士比作打击革新派的当权者的话，这二十多年来的确发生了巨大变化，有的死了，有的失势被新贵取代了。刘禹锡来这么一句“种桃道士归何处？前度刘郎今又来”，又让那些善于联想的多心之人抓住了把柄，这次虽然没有再次被远贬他乡，但最后导致所任官职不是太理想。刘禹锡啊，你咋就不长点儿心呢？上回你写玄都观挨收拾了，怎么还挨收拾上瘾了？在《再游玄都观》的“引子”中，我发现两句话“因再题二十八字，以俟后游”，怎么感觉这是刘禹锡为写“续集”埋下的伏笔呢！

好在刘禹锡心态好，换一般人被贬到那么远的地方，早就崩溃了，但刘禹锡能够随遇而安。他第一回被贬到朗州，很快便和当地的老百姓打成一片。当地巫风盛行，祭祀的时候人们盛装打扮，连跳带唱，有点像今天的化装舞会。刘禹锡也经常参与其中，他发现大家唱的歌词有些俗也有些凄凉，于是就帮助修改完善。这就形成了我们熟悉的“竹枝词”。经他一改，古巴蜀民歌格调明朗了，更适合传唱了。比如我们耳熟能详的那一首“杨柳青青江水平，闻郎江上唱歌声。东边日出西边雨，道是无晴却有晴”（《竹枝词二首》其一，《全唐诗》，第 4110 页），丝毫看不出来是用来祭祀的。这件事往小处说促进了刘禹锡的诗歌创作，往大处说促进了文化传播，是功德无量的一件事情。

不一样的心胸就会看到不一样的世界，刘禹锡豁达、开朗，所以他看到的世界很少哀哀怨怨，“沉舟侧畔千帆过，病树前头万木春”，总是充满了生命力。文人自古以来就有悲秋的情结，这是从宋玉留下来的毛病，动不动就“悲哉，秋之为气也，萧瑟兮草木摇落而变衰”（先秦宋玉，《九辩》），那位总是漂泊江湖的杜甫不也说“无边落木萧萧下”（《登高》，《全唐诗》，第 2467 页）吗？秋天在刘禹锡笔下是什么样子呢？看他在《秋词》中是怎么说的：

自古逢秋悲寂寥，我言秋日胜春朝。

晴空一鹤排云上，便引诗情到碧霄。

（《全唐诗》，第 4111 页）

在刘禹锡看来，秋天比春天还要美好，完全不用像古人那样悲悲切切、哀哀怨怨，你看那凌空而上的白鹤，正在为我们唱着昂扬的励志高歌。这就是刘禹锡生命的张力。所以，我们从刘禹锡的诗歌里读到了一个不屈不挠的斗士形象，有点像关汉卿那颗“蒸不烂、煮不熟、捶不扁、炒不爆、响当当一粒铜豌豆”。

一篇江雪万千愁

再来说柳宗元。“二十年来万事同”，“永贞革新”失败后柳宗元也被贬了，他不像刘禹锡那样斗志昂扬，而是情绪一落千丈。柳宗元先被贬为邵州刺史，没到地方又被贬为永州司马。那首我们熟悉的《江雪》就是柳宗元在永州时写的，充分体现了柳宗元被贬的糟糕心情：

千山鸟飞绝，万径人踪灭。

孤舟蓑笠翁，独钓寒江雪。

（《全唐诗》，第 3948 页）

寥寥二十个字，一幅格调苍凉低沉的画面就勾勒出来了：大雪漫天飞舞，山被覆盖了，路被遮掩了，人的踪迹没了，鸟的身影也没了，让人感觉这世界忽然没有了生命的气息，干净得让人压抑。诗人忽然将镜头一转，对准了江上，一个身披蓑衣头戴斗笠的渔翁正坐在船头垂钓。这是很不可思议的一件事，天寒地冻，就算手能顶着刺骨北风握住渔竿，那鱼会不怕冻感冒离开温暖的深水区吗？清人王尧衢在《古唐诗合解》中这样评价说："江寒而鱼伏，岂钓之可得？彼老翁独何为稳坐孤舟风雪中乎？世态寒凉，宦情孤冷，如钓寒江之鱼，终无所得。子厚以自寓也。"[①]这话说到柳宗元心里去了，我们的诗人与其说是在钓鱼，不如说是在借垂钓表达当时的心境。这首诗很妙，不仅字面意思让读者感觉到了凄冷，它还是一首很好的藏头诗，如果我们把这首诗每一句话的第一个字连起来读就是"千万孤独"，而这四个字也正揭示了这首诗所表现的作者的心情：哥钓的不是鱼，是寂寞。我们联系一下《小石潭记》中的"寂寥无人，凄神寒骨，悄怆幽邃"[②]，就更明白了。

到了永州，柳宗元感到很委屈，难道圣贤们说的"在其位必谋其政"错了吗？难道我错了吗？我这么做并非为了我自己，而是为了李唐王朝，为什么就会受到打击呢？心气儿不顺了，自然看什么都不顺，柳宗元在永州这段时间，没少通过文字表达自己糟糕的心情，最出名的就是《永州八记》。看到个小水坑想到了自己的政治遭遇；看到个小土丘想到了自己被贬谪不用……不管看到什么他总能和自身联系起来，总能把自己的遭遇转移到自己看到的景物身上。说得好听这是移情的艺术手法，说得不好听就是抑郁。他整天和自己的内心对话，是因为现实中不能也不敢随意说话，他怕言多必失，另外也没人愿意听他说话，这让他感到了前所未有的孤独寂寞。

柳宗元在永州还写了一首《渔翁》，这首诗里面的情绪也不太积

① 袁行霈等：《中国文学作品选注》第二卷，北京：中华书局，2007年6月，第489页。

② 柳宗元：《柳宗元集》，北京：中华书局，1979年9月，第767页。

极向上：

渔翁夜傍西岩宿，晓汲清湘燃楚竹。

烟销日出不见人，欸乃一声山水绿。

回看天际下中流，岩上无心云相逐。

（《全唐诗》，第 3957 页）

这首诗和《江雪》的创作背景一样，都是作者在经受政治打击之后创作的，通过山水画的淡逸来表现自己的内心世界。这首诗写得富有画面感，却又总让人感觉有些错乱。就形式来说，六句，算近体诗还是算古体诗呢？通常诗歌要么四句要么八句，六句介于二者之间，是要闹哪样？第一句写主人公渔翁夜晚没有回家，就住在船上，这里的“西岩”就是《始得西山宴游记》里的西山。第二句是渔翁第二天早上的生活直播——渔翁从江中打了水上来，然后以竹为器煮水做早饭。前两句话让我们感受到渔翁与大自然的紧密关系。

中间两句则让我们感觉到了逻辑的错乱，“烟消日出”有些难解了，正常顺序应该是“日出烟消”呀！既然是太阳出来云雾散去能见度高了，应该能看见人了，可为什么“不见人”呢？原来是我们的渔翁“夜傍西岩宿”，有西岩挡着呢。看不到人总能看到山水吧？可是山水又被作者安排到了下一句“欸乃一声”的后面，“欸乃”是当地人划船时所唱的歌。随着云雾的散去我们发现这里山清水秀，伴着《欸乃歌》的响起我们知道山水间有一位渔翁。且慢，渔歌都听到了，怎么渔翁还看不到呢？难道是“犹抱琵琶半遮面”吗？等到我们凝眸注视时，才发现渔船已经到了中流，离我们渐行渐远了，最后山上只留下了片片白云。这生活够自在，这渔翁够飘逸，这画面够恬淡。

有时候想想，诗歌这种东西是很个性化的，人家写的是自己的心情，写个什么样咱去阅读理解就行了，没必要指手画脚。可是读到了，又总忍不住想穿越时空和作者说道说道：“河东先生，你写前四句挺好的，为什么非要再弄两句缀在后面呢？感觉不伦不类的！”不仅我这样想，恐怕很多人也这么想，读完后两句总感觉还没完，再去找后面的吧，没了。这种感觉很别扭！宋代大文豪苏轼就认为最后两句“虽不必亦可”。

我偶尔也写点东西，当自己的文字被别人提出类似的质疑时，我会想，那是你没有完全懂我。是啊，别人没懂我，我就懂柳宗元了吗？未必！柳宗元写的是他落笔那一刻的心境，这么写自有他的道理。这首诗既然作于被贬期间，我们就不能脱离这个大背景。柳宗元的理想抱负与冰冷的现实形成了强烈的冲突，丰满的理想没有打败骨感的现实，在悲愤的心境下，他产生远离朝廷像诗中渔翁一样隐遁山水间的想法也是很正常的。

如果说《江雪》中诗人在寻找思想出路的话，那么《渔翁》中的诗人则似乎找到了出路，就是像白云一样无心，像渔翁一样逍遥于山水烟波之中。但是柳宗元做不到像白云一样无心，后来他又被贬到了柳州，也许是抑郁的心情影响了他的身体，最终柳宗元病死在了柳州任上。

通过刘禹锡、柳宗元二人的对比，我们发现，刘禹锡是粗放型的，柳宗元是婉约型的。所以刘禹锡写出了《秋词》的辽阔气象，柳宗元写出了《江雪》的孤独寂寞。在养生方面，有时候没心没肺未必是一件坏事：刘禹锡心胸豁达，在波澜起伏中活了七十一岁；柳宗元内心细腻，却只活了四十六岁。您觉得应该向谁学习呢？

良心诚心作初心

不管干什么事，心里不能有亏欠。一旦背上了良心债，就麻烦了，你会被压得喘不过气来，经常被噩梦惊醒，活在谴责之中。如果真是这样，想养生恐怕就成问题了。我们下面要讲的主人公就背负了良心债，他叫元稹。元稹和白居易是好朋友，两个人同年考取功名，被分配到一个单位，经常形影不离，诗歌唱和，还一起领导“新乐府运动”，他们是唐朝诗人中一对难得的好友。可是，与白居易的高寿比起来，元稹只活了五十三岁，从养生的角度分析，是因为元稹背负的良心债有些多了。

贫贱夫妻百事哀

元稹的夫人叫韦丛，是太子少保韦夏卿的女儿。韦丛是韦夏卿最小的女儿，是爹娘的心头肉，掌上明珠。韦丛刚嫁给元稹时，元稹还是一个穷光蛋，并不出名。韦丛二十岁时嫁给元稹为妻，二十七岁便撒手人寰，这让元稹很是悲痛。让他更受不了的是，韦丛营葬之时，元稹因公务在外，没有办法亲自前往，便写了一篇祭文，托人在韦丛柩前替自己读。爱妻死后，元稹常常夜不能寐，心痛难遣，写下了《遣悲怀》三首，以表达对亡妻的悼念，其中第一首说：

谢公最小偏怜女，嫁与黔娄百事乖。
顾我无衣搜荩箧，泥他沽酒拔金钗。
野蔬充膳甘长藿，落叶添薪仰古槐。
今日俸钱过十万，与君营奠复营斋。

（《全唐诗》，第 4509 页）

元稹上来就用谢道韫的典故说自己的妻子是岳父的掌上明珠。谢道韫是谢安的侄女，一天，谢安把子侄们集中到一起聊天学习，外面大雪纷飞，谢安就让大家形容一下雪花的样子。谢朗说：“撒盐空中差可拟。”就像从空中撒盐。谢道韫说：“未若柳絮因风起。”不如说成是柳絮迎风飞舞。谢安对此比喻大为赞赏。后来，人们将“咏絮才”作为谢道韫的别称，再后来人们干脆把有才华的女子都称为“咏絮才”。这么有才的姑娘却下嫁给了一个穷光蛋。

第二句元稹把自己比作黔娄。黔娄是战国时期齐国人，虽然饱读诗书，但家徒四壁，下葬的时候甚至连个能盖全身体的衣服都没有。过日子很现实的，就是柴米油盐，总不能系着脖子不吃饭吧。一分钱难倒英雄汉，元稹当年家无余财，夫妻二人是典型的“贫贱夫妻”。虽说穷日子穷过，富日子富过，但穷困的日子是很难过的，这就是作者所说的“百事乖”，“百事乖”就是事事都不顺。

第一件不顺的事情是没穿的，元稹是家里的男主人，经常在外面有应酬，需要打扮得体面一点，可实际上他连件像样的衣服都没有。妻子翻箱倒柜地找，这里准确地说是翻箱子找，因为元稹家里的家具很简陋，根本没有衣柜，衣服都装在“荩箧”中。“荩”是一种野草，很柔软，细长，“荩箧”是用荩草编织的箱子。

第二件不顺的事是买酒没钱。当时讲究诗酒风流，文人聚到一起小酌一杯是常有的事，总不能一直蹭人家酒场吧？轮到元稹请客了，可是囊中羞涩，总是给人家酒馆打白条，时间长了也不好意思。元稹一看老婆发髻上有金钗，于是就软磨硬泡地想用来换酒。“泥”就是缠的意思，从这个字我们可以看出元稹夫妻二人关系很融洽，要换一般人，早就闹离婚了。

第三件不顺的事是没吃的。别说玉盘珍馐了，家常饭能填饱肚子也行啊，可是这也没有。两个人只好从地里拔野菜吃。“藿”是豆科植物，吃它的叶子也就是吃豆叶，豆叶子纤维很粗，拔点嫩的虽然不伤喉咙，但那得拔多少才够吃一顿啊？野菜虽然难以下咽，但对于元稹家来说能填饱肚子已经很不错了。我们常说“饿时吃糠甜似蜜”，所以元稹用了一个“甘”字，可见这个家庭时刻被饥饿笼罩着。

第四件不顺的事是没有柴烧，那个时候没有燃气，没钱买柴就无法生火做饭。门口有棵古槐树，就用槐叶吧，“仰”就是依靠、依赖的意思。可是问题来了，野菜能吃的时候，槐叶也还嫩着呢，哪来的可以作柴的枯叶和枯枝呢？所以我们也可以把这个“仰”字理解为很无助地仰望！这四句话，把元稹和妻子生活处境的艰难很传神地表现了出来。嫁汉嫁汉穿衣吃饭，这过的是什么日子啊？所以我说元稹亏欠着夫人韦丛。

老天爷好像故意在和元稹开玩笑，让那么贤惠的妻子早早地离开了他。虽然元稹后来当了大官，工资也高了，但是妻子却已与他阴阳相隔无福享受了。诗人只能用祭奠和请僧道超度亡灵的办法来寄托自己的哀思。元稹无时无刻不在深切思念着亡妻，“针线犹存未忍开”（《全唐诗》，第4509页），他将妻子做过的针线活原封不动地保存起来，不忍打开。诗人想用这种办法封存起对往事的记忆，所以元稹才会“悼亡诗满旧屏风”（《答友封见赠》，《全唐诗》，第4513页），这无疑是作者的无奈之举，饱含着元稹无法弥补的歉疚与伤痛。

别后相思隔烟水

元稹对妻子的感情我们还可以从《离思》中感受到一点：

曾经沧海难为水，除却巫山不是云。

取次花丛懒回顾，半缘修道半缘君。

（《全唐诗》，第4643页）

这首诗很出名，基本算是元稹爱的宣言：见过大海就不会为小溪驻足，见过巫山的云就知道什么叫美，经历过真爱的人就再也不会为情所动了，哪怕是从美女群中走过，我连头都懒得回，原因是不能辜负你对我的那份真情。其中前两句成了很多人表达对爱情忠诚的誓言。但是，也正是元稹在诗中表达了自己对妻子如此深挚思恋和对其的忠贞，才让人背后指责他心口不一，说一套做一套。因为元稹不仅很快背叛了对亡妻的誓言，而且又欠下一份良心债。

这一份良心债的主角是薛涛。薛涛是唐代著名女诗人，才情堪比卓文君，被人们称为“女校书”，大凡见到她的男子，都会被她的姿色与才艺所吸引。她曾经是剑南节度使韦皋的帐下红人，甚至前来四川的官员为了求见韦皋，还得通过薛涛通融一下。真没想到，元稹会和薛涛一见钟情。元稹和薛涛的爱情故事是中唐文艺界最出名的爱情故事之一，但这场爱情最后没有大团圆的结局。

元和四年（809）三月，也就是元稹的夫人韦丛去世当年，元稹任监察御史，奉命到两川处理公务，见到了久负盛名的薛涛。薛涛的才情与美貌深深地吸引了鳏夫元稹，薛涛也被元稹俊朗的外貌和出色的才情吸引，两个人一见如故。尽管她比元稹大11岁，但那种前所未有的震撼与激情告诉她，这个男人就是她梦寐以求的人，于是薛涛便不顾一切，如同飞蛾扑火般将自己投身于爱的烈焰中。迟来的爱情让薛涛感受到了从未有过的幸福，二人相互赋诗唱和，锦江流连，山水相伴，元稹也很快忘了自己曾经说过的“取次花丛懒回顾”。那段时光，是薛涛一生中最快活的日子。

薛涛已人过中年，厌倦了周旋于男人之间的日子，她有意对元稹以身相许，为此还写了一首诗，题目叫《池上双凫》：

双栖绿池上，朝暮共飞还。

更忆将雏日，同心莲叶间。

（《全唐诗》，第 9036 页）

薛涛在诗中表达了她渴望与元稹双栖双飞的心意，完全是一个柔情万种的小女子姿态。但她哪里知道自己只是元稹生命中一个过客，公务结束之后，元稹就返回了京城。虽然元稹临分手的时候承诺，等公务处理完之后再到成都与薛涛相会，但后来因为仕途等原因，一去难返，薛涛只能望穿秋水，正像她在《赠远二首》其二中说的那样“月照千门掩袖啼”（《全唐诗》，第 9043 页）了。这就是元稹，违背了对亡妻的誓言，又辜负了对薛涛的承诺。

才子多情也花心，但薛涛对元稹的思念依然刻骨铭心。她朝思暮想，满怀的幽怨与渴盼，汇聚成了流传千古的名诗《春望词》。因二人远隔，只有用书信寄托相思，所以薛涛迷上了写诗的信笺，嫌平时写诗的纸幅太大，于是她对当地造纸的工艺加以改造，将纸染成桃红色，裁成精巧窄笺，特别适合书写情书，人称“薛涛笺”。

元稹最终没有回来，只是寄来了《寄赠薛涛》：

锦江滑腻蛾眉秀，幻出文君与薛涛。

言语巧偷鹦鹉舌，文章分得凤凰毛。

纷纷辞客多停笔，个个公卿欲梦刀。

别后相思隔烟水，菖蒲花发五云高。

（《全唐诗》，第 4651 页）

除了别后相思，元稹并没能给薛涛名分。元稹这么做，肯定有他的理由，年龄相差悬殊倒还不是大问题，关键是薛涛风尘女子乐籍出身不利于元稹的仕途发展。对于这些，薛涛心里是明白的，所以她没有千里追寻，更没有寻死觅活，而是很坦然地接受。只不过，她从此脱下了红裙，换上了道袍，她想换一种活法，从以往的喧嚣走向了淡然，想要守住内心的一方净土。最后，薛涛在碧鸡坊吟诗楼度过了自己的人生暮年，在大和六年（832）夏，安详地离开了人世。不知道在人生的最后时刻，元稹会不会又出现在薛涛的脑海！

其实，元稹可能还欠着另一段情债。很多人觉得元稹是《西厢记》中张生的原型，包括鲁迅先生都说“元稹以张生自寓，述其亲历之境”。据说，元稹在和韦丛结婚之前，曾经和母亲远亲的一个崔姓女子关系很好。崔小姐才貌双全，家里也很富有，就是没权没势，这与元稹的心理期待是有距离的。所以等他后来得到韦夏卿赏识的时候，考虑到以后的升迁问题，马上决定娶韦丛为妻，这样等于找到一个靠山。也许是受良心的谴责，也许是对初恋情人崔小姐的难以忘怀，所以很多年以后，元稹创作了传奇小说《莺莺传》，后来经过董解元和王实甫改编，才有了我们今天看到的《西厢记》。

最恨当年贪酷吏

如果说亏欠别人还能找些理由骗骗自己的话，亏欠自己就没有办法自欺欺人了。元稹一个劲儿地说怎么对不起亡妻韦丛，怎么忘不了她，可是新丧连一年都守不了就和薛涛好上了。然后又甜言蜜语和人家薛涛说如何如何，哄得人家幸福感爆棚，结果呢？一去不回。这些看着是元稹亏欠韦丛和薛涛，其实他亏欠的是自己的良心。

元稹不仅在感情上有亏欠，在坚守品质上也因为变化太大被别人指责。元稹小时候很刚直，看到贪官酷吏欺负老百姓就气得浑身哆嗦，这是他早期在政治上和权奸斗争并创作新乐府的生活基础。他还写出来过揭露官军暴横、同情农民痛苦的《田家词》，“一日官军收海服，驱牛驾车食牛肉。归来攸得牛两角，重铸锄犁作斤劚”（《全唐诗》，第 4607 页）；他甚至面对统治者的无底欲壑，看着蜘蛛发出这样的慨叹，“檐前袅袅游丝上，上有蜘蛛巧来往。羡他虫豸解缘天，能向虚空织罗网。”（《全唐诗》，第 4607 页）。这些都是一个封建官员良心的体现。

但是，元稹后来变了。元和五年（810），元稹途经华州敷水驿，就住在驿馆上房。正好遇到宦官仇士良、刘士元等人也到这里，也要住在上房。元稹据理力争，却遭到仇士良的谩骂，刘士元更是上前用马鞭抽打元稹，打得他牙齿脱落，鲜血直流，而且硬是被赶出上房。朝廷不仅没有处理那两个宦官，还以“元稹轻树威，失宪臣体”为由，把元稹贬到江陵。从此元稹开始向宦官妥协，因为他觉得宦官势力大，没人敢惹，甚至还在宦官的帮助下做到了宰相。只是他的这一做法，被很多人看不起，觉得他做人没有原则，不能坚守初心。

所以，元稹这一辈子没少欠下良心债。周围人对他的评价他能不知道？周围人看他的眼光他能感觉不出来？总是生活在谴责之中，能长寿吗？所以我说：良心诚心作初心，养生别背良心债！

眼内有尘三界窄

健康和心胸大小是有关系的，心胸大的人比较乐观，没有那么多难受事儿。心胸小的人则不然，眼里尽是不顺心的事，整天活得憋屈。这些人基本都是满脸愁容，病恹恹的，比如下面要讲的李贺。

李贺少年天才，江湖人送外号“诗鬼”。但是，李贺有个毛病，心胸狭窄，眼光又高，不是看不上这个就是看不起那个，好好的一把牌被他打得稀烂，最后还弄了个英年早逝，二十多岁就死了。我们看看从他的诗歌里能得到什么样的养生启示。先来看他的《赠陈商》：

长安有男儿，二十心已朽。
楞伽堆案前，楚辞系肘后。
人生有穷拙，日暮聊饮酒。
只今道已塞，何必须白首。

（《全唐诗》，第 4416 页）

我们常说“哀莫大于心死”，从李贺这首诗里读出来的就是这种感觉。一个人二十岁的时候应该是朝气蓬勃，李贺就“心已朽”了，平时最爱读《楚辞》和《楞伽经》，他把《楞伽经》放在眼前说明已经把屈原那种求索精神淡忘了。政治前途一片黯淡，虽然年纪轻轻，但只图享受眼前的生活，而不想再皓首穷经。可见李贺内心有多么悲凉。李贺怎么会这样呢？应该说，和他心胸狭窄有关系。

大名曾记动京城

其实李贺早年是很牛的，据文献记载，李贺天分很高，七岁就会写诗了，名动京师。而且，李贺的名声还传到了当时的大文豪韩愈和皇甫湜的耳朵里。《唐才子传》中记载这两个人觉得，“若是古人，吾曹或不知，是今人，岂有不识之理”[①]。如果这个人是古人，我们不认识也就罢了，如果是今人，有必要认识啊。七岁的小孩能写出这么好的文章？不可能，除非是神童！这两个人不太相信，想过去看看这个小娃娃是不是真的有才能，验证一下。李晋肃说，人们口中的神童是自己的儿子李贺，这两个人更不相信了，于是决定找时间过去拜访一下，看看李晋肃说的是真是假。

这俩人还真把小小的李贺当回事，一块儿来到李晋肃的家里拜访。当爸爸的肯定早早就把这个好消息告诉儿子了。李贺很快迎了出来，小神童什么样子呢？“总角荷衣”。什么是总角？古时候，小男孩把头发绑起来，一边绑一个小发髻，跟小哪吒差不多，很可爱。什么是荷衣？绿荷色的衣服，蹦蹦跳跳，从家里跑出来了。俩人一看，呵，这小朋友太可爱了，跟个小青蛙似的。不可能啊，这么小，会写文章？还写得那么好？于是两个人向李贺说明来意：我们俩来看看你，顺便考考你。李贺一听，没当回事。《唐才子传》里说：“欣然承命，旁若无人，援笔题曰《高轩过》，二公大惊。”李贺一点也不胆怯，很快当着俩人的面写了一篇《高轩过》。这首诗歌太厉害了，一韵到底。这首诗不仅夸韩愈和皇甫湜是“东京才子，文章巨公”，而且说两个人的气度是“入门下马气如虹”，文才是“二十八宿罗心胸，九精照耀贯当中。殿前作赋声摩空，笔补造化天无功”（《全唐诗》，第 4430 页），把两个人夸得晕乎乎的！李贺最后说“我今垂翅附冥鸿，他日不羞蛇

---

① 傅璇琮：《唐才子传校笺》（二），北京：中华书局，1989年3月，第285页。

作龙”，我现在是条小蛇，将来腾空而起，就变成一条巨龙了。

这首诗分寸拿捏得很好，既拍了马屁还让人觉得很有道理。耳听为虚，眼见为实，每一句都用韵，小朋友果然有才能。韩愈和皇甫湜见李贺诗中所展现出来的那种谦虚和恭敬，自信和渊博，是他们从没有见到过的，觉得这个小朋友真的像传说中的一样有才。于是既佩服又喜爱。佩服的是小朋友早年成才，喜欢的是他太可爱了，俩人把小朋友抱到马背上，一个牵着马，一个扶着小朋友出去玩儿了。他俩没事就带着李贺出去玩，还给他梳头发、扎辫子。

元稹登门竟被拒

从此以后，李贺就和这两个伟大的文人成了忘年交。这俩人经常给李贺做宣传，“于缙绅之间，每加延誉，由此声华藉甚”，李贺更加出名了。但是人没名的时候想出名，一旦有了点小小的名声就会为名所累，古往今来莫不如此。不管你认识不认识，不管有关系没关系，总会有一些人要拿你的名字做自己的面子，李贺就遇到了这样的情况。

李贺的名气传来传去，就传到了元稹的耳朵里。元稹在他母亲的教育之下十五岁明经及第，也算非常有才了。元稹是诗人，李贺也是诗人，那二人能不能切磋一下诗歌创作的技艺呢？

这一天，元稹带上礼物来到李贺家拜访，进门后对仆人说明来意：我来拜访你家小主人。仆人把元稹的拜帖递到李贺的面前，李贺一看上边写着明经元稹，看不起。因为古人讲，“三十老明经，五十少进士”，五十岁考上进士算是年轻人，说明进士科难考。三十岁考上明经已算是大年龄了。明经及第的元稹你找我能有啥事？所以，李贺表现得很不屑，房门都没出，就让仆人把拜帖给退回去了。在李贺这儿吃了个闭门羹让元稹有点受不了了。元稹既惭愧，又愤怒。惭愧是因为自己不是进士登第，所以被人给撅回来了。愤怒的是，李贺你再有才，不就是个小孩吗？怎么这么狂！可又能怎么办呢？又不能硬闯。好吧，你既然不见我，咱们骑驴看唱本——走着瞧。李贺这次做得有点过分，把元稹给得罪了。

无奈科考遇挫折

我们经常说冲动是魔鬼、愤怒是魔鬼。可是有的时候冲动和愤怒也是一种动力。元稹就把愤怒当成动力了：李贺，你不是不见我吗？因为我不是进士科，因为我不是显科。那我考俩显科给你看看。从此以后，元稹就加倍努力，贞元十九年（803），参加了吏部的书判拔萃科考试。书判拔萃科是吏部的科目选，只要考上马上就有非常好的岗位。元稹考上了第四等。又过了两年，元和元年（806），元稹又参加了才识兼茂明于体用科考试，考了个第一名。原来明经科及第，现在又考俩制科，皇帝非常重视元稹，他从此官运亨通。

元稹渐渐官升高位，李贺也长大了，要参加科举考试。这时，元稹站出来说，不行。为啥？"贺祖祢讳晋，不合应进士举"（《剧谈录》）。古代讲究避讳，避先人讳、圣人讳、尊者讳，儿子不能和父亲同名，李贺爸爸叫李晋肃，进士的"进"和山西的简称"晋"读音是一样的，李贺要考进士就等于对父亲不尊敬。因此，不让考。李贺这下着急了，他这一着急不要紧，就把韩愈也给折腾起来了，韩愈也着急了，坐不住了，他要帮李贺。

韩愈为此写了一篇《讳辩》，为李贺辩白。韩愈在文章中非常气愤地批评，这是有人在故意刁难李贺。韩愈指出来，避讳是一种礼法，是有原则的：第一个原则是二名不偏讳，如果需要避讳的名字除姓之外有两个字，重一个字不算。第二个原则是不讳嫌名，如果音同字不同也不算。根据这两条原则，韩愈向刁难的人质问："今贺父名晋肃，贺举进士，为犯二名律乎？为犯嫌名律乎？"到底符合避讳原则的哪一条呢？明明一条都不符合嘛！写到这里，韩愈越加气愤，于是又说："父名晋肃，子不得举进士，若父名仁，子不得为人乎？"[①]李贺的爸爸名字里有个"晋"字李贺就不能考进士，如果李贺的爸爸名字里有个仁义的"仁"字，李贺是不是还得自杀不能当人了呢？韩愈当时简直成了怒目金刚！

接下来，韩愈从避讳的目的和历史上的名人案例入手，极力为李贺辩驳，但最终也没有能够成就李贺的夙愿。一时的傲慢带来了终生的遗憾，真是不值啊！不过，关于这个故事中的从中作梗之人到底是不是元稹，也有人提出了异议，比如傅璇琮先生在《唐才子传校笺》中就有详细的考证。韩愈在他的《讳辩》中也说"贺举进士有名，与贺争名者毁之，曰贺父名晋肃，贺不举进士为是"，在韩愈看来，这是考场上的一种恶性竞争，是当年一块参加考试的人做的手脚。

长安男儿心已朽

这件事对李贺打击很大，从当年《南园》中"男儿何不带吴钩，收取关山五十州。请君暂上凌烟阁，若个书生万户侯"（《全唐诗》，第4401页）这样的豪气变成了《赠陈商》中的样子，完全失去了斗志，再也不是当年"他日不羞蛇作龙"的李贺了。

不仅如此，李商隐为李贺作的《小传》中说，李贺还经常骑一头驴，背一个口袋出去写诗，路上遇到什么值得写的，就记录下来放进口袋中。等晚上回到家，他的母亲从口袋里发现很多记录诗歌题材的纸条，很伤心，感叹说："是儿要当呕出心乃已耳！"这孩子非要累死啊！

① 刘真伦等：《韩愈文集汇校笺注》，北京：中华书局，2010年8月，第243页。

李贺与其说是呕心为了诗歌，不如说是自己在折磨自己。

因为科举考试的打击，李贺变得哀愤孤激，从《赠陈商》这首诗中我们是能感觉出来的。后来李贺忧郁成疾，总渴望能够健康长寿，他曾经写过一首《苦昼短》，其中说："天东有若木，下置衔烛龙。吾将斩龙足，嚼龙肉。使之朝不得回，夜不得伏。自然老者不死，少者不哭。"（《全唐诗》，第 4421 页）李贺要把拉太阳车的龙给杀死吃掉，好变态的想象啊！李商隐写的《李贺小传》讲，李贺临死之前，看见一个穿红色衣服的人骑着一条赤龙，手里拿着笏板对李贺说："玉帝新修一座白玉楼，需要马上召你去写一篇文章，那里生活要比人间幸福多了。"李贺流下了眼泪，不大会儿，就断气了。

据笔记文献记载，李贺去世多年后，宰相李藩准备将李贺的诗集整理一下。李藩听说李贺有一位同学（也有的说是李贺的大舅哥）手里有不少李贺的诗歌，于是把他找来说明自己的想法，此人答应得很好，说回去后马上送过来，可是他这一走就几年没有消息。后来李藩终于见着他了，一问才知道，原来李贺读书的时候老看不起他，此人一直在找机会报复李贺，所以回去之后就把那些诗稿丢厕所里了。可见，心胸性格和命运确实有一定的关系。

李贺这一辈子很短暂，我们可以说是天妒英才吧。如果当初他能够广结善缘，应该也不会因为避讳问题被拒于考场之外，也就不会由原来昂扬向上变得孤愤郁积，以至于英年早逝了。

修身切忌学温李

在养生方面，有人值得学，比如白居易，他的诗里有很多养生智慧；有人不值得学，比如李商隐和温庭筠。李商隐很有才，诗歌写得好，属于朦胧派。喜欢在诗歌里用典故，而且他用典故时会逐一推敲选择使用，有点竭泽而渔的味道，人们送他外号“獭祭鱼”。但崔珏在《哭李商隐》中却说他“虚负凌云万丈才，一生襟抱未曾开。鸟啼花落人何在，竹死桐枯凤不来”（《全唐诗》，第 6858 页）。

温庭筠也是个大才子，精通音律，工诗善词，与李商隐齐名。可是这个温庭筠恃才傲物，放荡不羁，还喜欢讽刺权贵，因此当时很多人不喜欢他，以至于“流落而死”。在两个人的一生中，有一些做法是不利于修身养生的，下面我们就结合两个人的诗歌一起看看。

良辰未必有佳期

李商隐才华横溢，获得了前辈大伽白居易的肯定。白居易非常喜欢李商隐，甚至开玩笑说，自己死后如果能够托生成李商隐的儿子就好了。可是李商隐好像过得并不幸福，让我们来看一首他写满痛苦的诗歌吧，《流莺》：

流莺漂荡复参差，渡陌临流不自持。

巧啭岂能无本意，良辰未必有佳期。

风朝露夜阴晴里，万户千门开闭时。

曾苦伤春不忍听，凤城何处有花枝。

（《全唐诗》，第 6196 页）

什么是流莺？就是漂泊不定的黄莺。这是作者的一种自喻，黄莺本来因为善于鸣唱受到人们喜欢，可是作者写的这只黄莺却被冷落了，纵然它“风朝露夜阴晴里，万户千门开闭时”地鸣唱，但依旧没人愿意听它“巧啭”的歌声。它只能“漂荡复参差”地“渡陌临流”，自己把控不了自己的命运，究竟要飞到哪里，究竟要漂泊到何时，连它自己也不知道。这样漂泊流离无依无靠的生活不要说养生了，能好好活着已是不易。

李商隐为什么会过上这样的生活呢？都是因为一个不小心的选择，让自己处于“牛李党争”的夹缝之中。李商隐在求学时代，曾经跟着令狐楚学习。虽然李商隐在《上崔华州书》中说“居五年间，未曾衣袖文章，谒人求知。必待其恐不得识其面，恐不得读其书，然后乃出”①，从来不主动拿着文章求教人，但他也有佩服的人，那就是令狐楚。令狐楚是个大才子，担任河东节度使幕府掌书记的时候，他写的奏章每一次都会受到德宗皇帝的称赞。令狐楚很喜欢李商隐，毕竟李商隐的基础很扎实：爸爸在世的时候有很好的家教，“五年读经书，七年弄笔砚”，爸爸死后他仍能坚持发奋苦读，“引锥刺股，虽谢于昔时；用瓜镇心，不惭于前辈”（《上汉南卢尚书状》）②。正因为李商隐有头悬梁锥刺股的精神学习，所以能入令狐楚的法眼。《唐才子传》中是这样写的，令狐楚“使游门下，授以文法，遇之甚厚”，不仅让他成了自己的弟子，而且经常让他跟自己的儿子令狐绹等人一块儿游玩儿，

① 刘学锴等：《李商隐文编年校注》，北京：中华书局，2002年3月，第108页。

② 刘学锴等：《李商隐文编年校注》，北京：中华书局，2002年3月，第1252页。

一块儿学习，还教他如何写文章。

但是，李商隐的科举道路一直不顺，连着考了几次，用他自己的话说就是“凡为进士者五年，始为故贾相国所憎；明年，病不试；又明年，复为今崔宣州所不取”（《上崔华州书》）[①]，不是被小心眼的贾悚压制，就是不被崔郸录取，要么就是自己身体原因上不了考场，总之就是不顺。

后来到了开成二年（837），李商隐总算时来运转考上了。这一年的主考官叫高锴，他曾经得到过令狐楚的帮助，所以高锴想还人情。在上班的路上，高锴问令狐绹：您有需要关照的考生吗？令狐绹也不说有，也不说没有，但是在聊天的过程中，不停地说李商隐的名字，这就是李商隐在《与陶进士书》中说的“三道而道，亦不为荐托之辞”[②]。高锴很聪明，一听就明白了，于是李商隐这一年就考上了。

李商隐想趁热打铁，取得更大的成绩，于是又参加了博学宏词科考试，但这次他又不顺了。原来，他考上进士之后，应泾原节度使王茂元的聘请在其幕府里工作，结果被王茂元相中了，于是出现了《旧唐书》中“茂元爱其才，以女妻之”的情况。王茂元把他刚刚十七岁的姑娘许给了已经二十七岁的李商隐为妻。李商隐觉得自己捡着便宜了，左右逢源，不仅金榜题名，而且又抱得美人归，好事全让自己赶上了。

可是他高兴得有点早了。令狐楚是“牛党”人物，王茂元是“李党”人物。大凡有点历史常识的人都知道，“牛李党争”是晚唐重要的政治事件，这两派一向水火难容。李商隐考上进士是“牛党”帮的忙，所以“牛党”就会理所当然把他当成自己阵营里的人；现在他又成了“李党”的女婿，这不是背恩吗？这不是脚踩两只船吗？所以《唐才子传》

---

① 刘学锴等：《李商隐文编年校注》，北京：中华书局，2002年3月，第108页。

② 刘学锴等：《李商隐文编年校注》，北京：中华书局，2002年3月，第434页。

中说“士流嗤谪商隐，以为诡薄无行，共排摈之”[①]。李商隐和王茂元的女儿结婚是进士科考试成功之后第二年，也就是开成三年（838）。结完婚之后，他去参加博学宏词科考试，原来是被录取了的，因为考官是“李党”人物，但到了中书省，被卡住了，因为中书省由“牛党”把持着，处理这件事的人说“此人不堪”，意思是李商隐品行有问题，不能任用。

就这样，李商隐算是没有好日子过了，开始了命如流莺的漂泊生涯。李商隐大中元年（847）应郑亚邀请随他一起赴桂林在桂管观察使幕府里工作，可是大中二年（848）的二月，郑亚被贬官，在桂林不到一年李商隐没活儿干了。后来他通过考试得到盩厔县尉的小职务，干了不到一年又被调走了。然后他到徐州武宁节度使那儿，跟着卢弘正干，没想到大中三年（849）前往任职，大中五年（851）卢弘正去世，又没工作了。之后，东川节度使柳仲郢请他入幕工作，这次从大中五年七月干到了大中九年（855）十一月，柳仲郢升官进京之后，李商隐又失业了。这个时候的李商隐，已经到了人生暮年，所以他这一辈子是漂泊的一生，这样的命运完全是因为李商隐自己的选择造成的，我们不能说他错了，毕竟我们不是李商隐，不知道他当时如此选择的真正原因，但做出选择就要负责。所以，人在重大选择面前，一定要慎之又慎！

鹦鹉才高却累身

接下来说说温庭筠，《唐才子传》中说他“少敏悟，天才雄赡，能走笔成万言”[②]。温庭筠的才能我们可以通过一个故事来了解一下。《北梦琐言》记载，温庭筠在考场上写赋“凡八叉手而八韵成”[③]，什

① 傅璇琮：《唐才子传校笺》（三），北京：中华书局，1990年5月，第270页。

② 傅璇琮：《唐才子传校笺》（三），北京：中华书局，1990年5月，第435页。

③ 孙光宪：《北梦琐言》，北京：中华书局，2002年6月，第89页。

么意思呢？当时考试的时候天冷，需要袖手取暖，温庭筠暖八次手就能把一篇文章写好，就是这么有才。赋“铺采摛文，体物写志”，既要求文采，又讲究韵律，当时很多人考试就栽在赋上了。可是，温庭筠这个人很不守考场规矩，爱当考场上的“及时雨”，用传小字条的方式把自己写好的文章送给别人，这就是《唐才子传》中说的“多为邻铺假手”④，一场下来救了好多人。

大中九年（855），沈询当主考官。他知道温庭筠的毛病，喜欢在科场上当“及时雨”，于是把温庭筠的座位安排到自己眼皮底下，《唐才子传》里说“特召庭筠试于帘下，恐其潜救”⑤。这回温庭筠没办法扔纸条了吧？等交完卷子，一问他这回帮忙了吗？帮了。咋帮的？耳语。通过耳语温庭筠已经帮了八个人了。就这样，最后别人考上了，他自己挂了，不是交白卷就是字写不够，搞得自己屡战屡败，所以《新唐书·温庭筠传》中说他“数举进士不中第”⑥。

这么有才的人过着什么样的生活呢？温庭筠在《商山早行》诗中是这样说的：

晨起动征铎，客行悲故乡。
鸡声茅店月，人迹板桥霜。

（《全唐诗》，第6741页）

当别人还在梦乡的时候，作者就需要早早起床赶路了。温庭筠本来应该可以有更好的生活的，但他却把一手好牌打烂了。

温庭筠是温彦博的后代，温彦博曾经作过宰相，可见温庭筠的基因是不错的。温庭筠跟着庄恪太子干过，后来太子被杨贤妃害死了，温庭筠也受到了影响。温庭筠确实很有才，读书多，懂得多，所以他

---

④ 傅璇琮：《唐才子传校笺》（三），北京：中华书局，1990年5月，第435页。

⑤ 傅璇琮：《唐才子传校笺》（三），北京：中华书局，1990年5月，第441页。

⑥ 欧阳修等：《新唐书》，北京：中华书局，1975年2月，第3787页。

老看不起那些不读书的人，他曾经让宰相令狐绹下不来台。

有一回，唐宣宗作了一首诗，其中上句用到了“金步摇”一词，一时找不到合适的词来对下句，就让温庭筠帮忙润色。温庭筠说用“玉条脱”，宣宗很欣赏。“步摇”是古代妇女用的一种首饰，随着走动而颤抖动摇，所以叫“步摇”。“金步摇”就是以金为材质做的步摇。“条脱”是古代的一种臂饰，类似今天臂环一类的东西。“玉条脱”自然就是以玉为材质做的条脱。“金步摇”和“玉条脱”都属于人身上的饰物，“金”“玉”相对，“步摇”与“条脱”相对，非常工整。但令狐绹不知道“玉条脱”是什么东西，出自什么典籍，于是就向温庭筠请教。温庭筠说出自《南华经》，也就是《庄子》，因为唐玄宗追封庄子为南华真人，所以所著《庄子》为《南华经》。其实温庭筠说到这里就可以了，可是他又说：“《南华经》并不是什么冷僻的书，宰相在处理公事之余，也应该翻翻看看。”堂堂宰相被一介书生如此教训，可想而知有多么难堪。

唐宣宗是一位文艺爱好者，喜欢唱《菩萨蛮》。当时的词都是用来唱的，因为是“依声填词”，所以都合乐，有些像我们现在的歌词。宰相令狐绹想投其所好，借机巴结宣宗：您不是喜欢唱歌啊？那我就给您找最有水准的歌词。但是，令狐绹自己不会写《菩萨蛮》，他知道这是温庭筠的强项，就找到温庭筠说明情况，让温庭筠替他写。温庭筠写好之后交给令狐绹，令狐绹一再提醒温庭筠要做好保密工作，千万别让别人知道皇帝唱的《菩萨蛮》是他写的。温庭筠答应得好好的，可是一转身就对别人说“皇帝唱的《菩萨蛮》是我写的”。就因为这事儿，宰相令狐绹更难堪了，当然对温庭筠意见就更大。温庭筠还对外人说：“中书省内坐将军。”意思是令狐绹虽贵为宰相，却不读书没学问。以上种种使令狐绹对温庭筠越来越冷淡。

温庭筠的傲慢还曾经在唐宣宗面前表现得淋漓尽致。一次，宣宗皇帝微服私访，在旅店遇见了温庭筠，温庭筠当时并不认识皇上，就很傲慢地问："公非司马、长史流乎？"[①] 你是司马、长史一类的官吧？宣宗皇帝说"不是"。温庭筠又问："那你是六参簿尉一类的官了？"皇帝说"也不是"。你把官阶往大处说啊，不，他越说越小，把皇帝气得受不了。

温庭筠混得不好，还和一次挨打有关系。年轻的时候，他去游维扬。他姐夫的朋友姚勖很欣赏他，就出重金资助温庭筠读书，希望他将来能有个好的前途。可是这个温庭筠是个艺术家，"有弦即弹，有孔即吹"，喜欢出入风尘场所，所写诗词也多以闺情为主。没想姚勖知道后，气坏了，恨铁不成钢，逮着温庭筠打了一顿。这一打让温庭筠上了"头条"，不过是负面新闻，这就在一定程度上影响了他的前程。

弟弟被打，温庭筠的姐姐不愿意了。一次，姚勖到温庭筠他姐夫家做客，被温庭筠的姐姐知道了。温大姐从后堂风一样跑出来，拉着姚勖的胳膊就不撒手了，一边号啕大哭，一边嘴里嘟囔着："我弟弟年轻，喜欢到风月场所去逛逛，那也是人之常情，你怎么能打他呢？你打完他之后，他再也考不上了，这个结果难道跟你没关系吗？"姚勖很郁闷：我不是为了你弟弟好吗？你不领情也就算了，怎么还整这么一出呢！姚勖好不容易摆脱温庭筠姐姐的纠缠，回到家里是又惊又气，竟因为这件事坐下病了，一命呜呼。大家见帮温庭筠还有生命危险，谁还愿意帮他呢？

纪唐夫曾经评价温庭筠"凤凰诏下虽沾命，鹦鹉才高却累身"[②]，我觉得很恰当。才高本来是好事，但不能成为进步的障碍，得先学会做人。李商隐和温庭筠才能都很高，但这一辈子过得都挺艰难，听了他们的故事，可以想想自己，他们的那些毛病若自己有，应尽可能改掉，这自然就是修行了。

---

① 傅璇琮：《唐才子传校笺》（三），北京：中华书局，1990年5月，第441页。

② 傅璇琮：《唐才子传校笺》（三），北京：中华书局，1990年5月，第442页。

养生切莫贪女色

您可能听过这么一句话“色是刮骨钢刀”，这句话告诫人们不能过分贪恋美色。汉代大文学家枚乘在他的《七发》里曾经说过“皓齿蛾眉，命曰伐性之斧”[1]，“皓齿蛾眉”就是美女，“伐性之斧”指戕害生命的斧头，也指出了沉溺美色的危害。《金瓶梅》中的西门庆就是实实在在挨了一“钢刀”，他用生命验证了“皓齿蛾眉，命曰伐性之斧”的正确性。

下面我们要讲的主人公是杜牧，他活了五十多岁。杜牧在这方面对自己的要求就不太严格，给我们留下了很多有趣的故事，当然也是留给我们的启示。

《唐才子传》中说杜牧是典型的“高富帅”，原话是“美姿容，好歌舞”[2]，不仅长得帅，还是个典型的文艺青年，放在今天就是偶像级人物，活脱脱一个“少女杀手”。杜牧的爷爷杜佑是三朝元老，因此杜牧是高官子弟，不敢说家财万贯吧，至少家里不穷。杜牧就仗着这些资本，“风情颇张，不能自遏”，简直就像一只在花丛中飞舞的蝴蝶。

---

① 袁行霈等：《中国历代文学作品选注》（第一卷），北京：中华书局，2007年6月，第232页。

② 傅璇琮：《唐才子传校笺》（三），北京：中华书局，1990年5月，第202页。

十年一觉扬州梦

杜牧曾经在扬州工作过，当时牛僧孺作扬州一把手，杜牧是牛僧孺的掌书记，就是机要秘书。辛文房在《唐才子传》中说当时的扬州："时淮南称繁盛，不减京华，且多名姬绝色。"[①] 扬州不仅经济发达，而且美女如云，不比京城长安差多少。扬州宴游之风盛行，《太平广记》中说："扬州，胜地也。每重城向夕，倡楼之上，常有绛纱灯万数，辉罗耀烈空中，九里三十步街中，珠翠填咽，邈若仙境。"[②] 每到晚上，娼楼妓馆，灯红酒绿，那场景简直就是人间仙境。这段文字描写出了扬州繁盛的文化特色，让那些多情的骚客文人充满了向往之情。

有如此美妙的人间仙境，近水楼台先得月，"牧供职之外，唯以宴游为事"，生活很有规律，就是办公室、青楼酒场和寝室，三点一线，以至于"常出没驰逐其间，无虚夕"，几乎没有一个晚上不过夜生活的。所以杜牧在扬州过了一段潇洒的日子，从他的诗里就能发现，如《遣怀》：

落魄江南载酒行，楚腰纤细掌中轻。

十年一觉扬州梦，赢得青楼薄幸名。

（《全唐诗》，第5998页）

诗的前两句是回忆曾经在扬州的生活：潦倒江湖，以酒为伴；秦楼楚馆，美女娇娃，过着放浪形骸的浪漫生活。"楚腰纤细掌中轻"，运用了"楚灵王好细腰"与"赵飞燕掌上舞"两个典故。历史记载，楚灵王喜欢细腰，宫中女子就忍饥以求腰细，"楚腰"就成了细腰的代称；汉成帝的皇后赵飞燕身体轻盈，能在将军的手掌上翩翩起舞。从字面看，这两个典故都是夸赞扬州歌女体态苗条。十年一梦，虽然有如梦如幻、

① 傅璇琮：《唐才子传校笺》（三），北京：中华书局，1990年5月，第202页。

② 傅璇琮：《唐才子传校笺》（三），北京：中华书局，1990年5月，第202页。

一事无成的慨叹，但毕竟杜牧沉浸在温柔乡之中了。“十年”这个说法有点夸张了，杜牧在扬州工作只有三年时间，所以也有一种版本第三句话是“三年一觉扬州梦”。

当官的毕竟还是要注意影响的，不能随意出入风尘场所，特别是杜牧知名度高，也算是个公众人物。所以杜牧总是谨小慎微，经常乔装改扮偷偷地出去，每次都玩得很嗨。吃饱喝足了，天聊得也差不多了，来点才艺展示——给陪自己的歌女留首诗歌吧，于是《赠别》出现了：

娉娉袅袅十三余，豆蔻梢头二月初。
春风十里扬州路，卷上珠帘总不如。

（《全唐诗》，第 5988 页）

这首诗是作者赠别一位红颜知己的，他同这位姑娘感情相当深挚，因为他还有一首同题诗，其中说“多情却似总无情，唯觉尊前笑不成。蜡烛有心还惜别，替人垂泪到天明”（《全唐诗》，第 5988 页），如果就是逢场作戏，不至于如此伤感到“垂泪到天明”吧。眼前的姑娘很漂亮，姿态美好举止轻盈，就像二月初含苞待放的一朵豆蔻花，两句话就把这个姑娘描绘得倩影如在目前。把姑娘比成豆蔻，简直绝了。豆蔻是南方的一种花，人们把含苞待放的豆蔻称为“含胎花”，经常用来比喻处女。接下来一句，渲染出了大都会的豪华富丽，车水马龙。最后一句说珠帘翠幕中的佳人们花枝招展。但在作者看来那些都是胭脂俗粉，都比不上自己心爱的姑娘。杜牧那意思是，我的心里只有你，你是我眼里的唯一。大有元稹在《离思》中所说的“曾经沧海难为水，除却巫山不是云”（《全唐诗》，第 4643 页）的感觉。从这首诗里，我们不仅看到了杜牧的才情，也看到了他的风流，而那些无知少女们最容易被杜牧这样的风流才子吸引。

在这样的柔情蜜意中，杜牧在扬州待了三年。几年下来倒也没有出现什么意外，所以杜牧一直为自己的保密工作偷偷点赞。大和九年

（835），杜牧被朝廷升任为侍御史，牛僧孺为他张罗饯行。酒席间，牛僧孺语重心长地对杜牧说：“就你的才能来说，应该是前途无量的，我唯一担心的是你感情生活有点不检点。”告诫他以后在男女关系上适当收敛一些。牛僧孺也是用心良苦，希望杜牧能改掉一些毛病，让自己变得更完美，将来有更好的政治前途。

可是杜牧没有承认错误，因为他觉得自己做事很谨慎，保密性很好，别人不知道，所以赶紧辩解说：“某幸常自检守，不至贻尊忧耳。”好在我这几年自我要求很严，没有让您替我担心啊。有种只要你不抓住我的把柄，打死不承认的劲儿。牛僧孺一听，你可真有意思，我要没点证据能说这个话吗？于是也不说话，微笑着让侍从拿过来一个小箱子，推到了杜牧的面前。杜牧打开箱子一看，里面放着许多纸条。

牛僧孺示意杜牧打开纸条看看，杜牧随手取出几个一看，当时就惊呆了，上面写的全是某月某日杜牧在哪里与何人约会。这下杜牧没话说了，羞得面红耳赤，眼泪都下来了，他自以为神不知鬼不觉，闹了半天牛僧孺对他的行踪门儿清啊！可能大家也觉得奇怪，牛僧孺是怎么知道的呢？原来牛僧孺对杜牧老操心了。他派了三十个士兵，专门负责暗中保护杜牧，等杜牧安全到达约会地点，那些士兵再把结果以文字的形式报告给牛僧孺。所以，杜牧的一举一动都逃不过牛僧孺的眼睛，只是杜牧被蒙在鼓里罢了。

偶发狂言惊满坐

杜牧在洛阳作监察御史时，也曾经办过一件让大家很不好意思的事。当时司徒李愿已经赋闲在家，李司徒家里有一批家妓很出名，在洛阳数一数二，所以洛阳的名士们经常去拜访李司徒。这天，李司徒在家里大摆筵席，宴请朝中的朋友，广邀洛阳的名士作陪，唯独没有邀请杜牧。原因是李司徒觉得杜牧是监察御史，负责监督百官，把他请来大家都觉得不合适，吃不敢吃，玩不敢玩的，放不开。可是，杜牧已经听说这件事了，就让接到邀请的朋友带话给李司徒，表达自己也想参加的想法，看看李愿能不能补一张邀请函。

这下李愿没有办法了，只好派人快马加鞭去请，杜牧正在家里翘首期盼呢。杜牧一看请柬到了，骑上马一溜烟儿就去赴宴了。杜牧来到席间，见侍立在周围的姑娘一个比一个长得漂亮，这下可饱了眼福了。杜牧先连喝三杯，问："李大人，我听说有位姑娘叫紫云，是哪位？"李司徒指了指。杜牧盯着紫云姑娘看了半天，说："太漂亮了，果然名不虚传，把她送给我吧。"李愿笑得都直不起腰来了，找不到合适的话来回答，心说这监察御史当的，你自己这个样子，怎么去监督别人啊？

姑娘们听杜牧说话这么直率，也都忍俊不禁，扭着头偷笑。杜牧又喝了三杯酒，站起身来到紫云姑娘的身边，朗声说道：

> 华堂今日绮筵开，谁唤分司御史来？
> 偶发狂言惊满坐，三重粉面一时回。

（《全唐诗》，第 6018 页）

这首即兴诗的题目是《兵部尚书席上作》，杜牧作诗的时候"意气闲逸，旁若无人"，在场的小伙伴儿们却都惊呆了。这首诗很简单，就是我们前面讲的内容。第一句用"华堂""绮筵"形容宴会的盛大和奢华。第二句"谁唤分司御史来"，明着说是谁请我来的呢？我们前面说了，开始李愿没有请他，是后来在杜牧的要求下才补发的请柬，知道了这个背景就明白了杜牧的高明，这句话蕴含了杜牧的不满和最终接到邀请的喜悦，表现出了杜牧风流俊爽的率真形象。杜牧在席间突然提出来要认识一下紫云姑娘，并想让李愿把紫云送给他，这让在场的人感到莫名惊诧，所以他说"偶发狂言惊满坐"。这个"惊"内涵就丰富了，你怎么能夺人所爱呢？杜牧你可真敢说！光听说杜牧在情感生活方面比较开放，这也太开放了吧！杜牧你是监察御史，对自己的要求竟然如此宽松？那你怎么监督别人呢？最后一句话，进一步表现了杜牧“狂言”的效果——惊得大家一同回头看他。

自恨寻芳去较迟

像这么不靠谱的事儿杜牧还不止办了一次。大和末年，杜牧在湖州看到一个漂亮姑娘，可是这个姑娘当时年龄小，刚十来岁，但杜牧一见钟情，喜欢上人家了。于是和姑娘的家人约定，十年之后自己到湖州来当官，到那个时候姑娘也长大成人，再娶她为妻。商量好，交下定金杜牧就走了。

结果这一走就是十四年，朝廷任命官员，不是谁想去哪里就去哪里的。再者杜牧在官场上混得也不是很顺，直到周墀当宰相主持了朝政，杜牧才成功申请到了任职湖州的机会。到了湖州，杜牧第一件事就是直奔“未婚妻”家。敲了半天门，那姑娘倒是出来了，可是杜牧看了心里不是滋味。当年的小姑娘已经“两抱雏矣”，已经是两个孩子的妈妈了，很显然，人家早已经结过婚了！

姑娘为什么没等杜牧呢？当时说好的十年，谁让你十四年才来呢？你要一直不来姑娘还得一直等下去吗？是杜牧违约在先，怨不得人家姑娘不信守承诺。所以，原来交下的订金就自然变成违约金了。杜牧除了伤心还是伤心，也没有别的办法，于是写了一首《怅诗》表达自己郁闷的情绪：

自恨寻芳去较迟，不须惆怅怨芳时。
如今风摆花狼藉，绿叶成阴子满枝。[①]

① 傅璇琮：《唐才子传校笺》（三），北京：中华书局，1990年5月，第205页。

为什么受伤的总是我？多情之人早晚有一天会为情所伤，谁让杜牧没事处处留情惹事呢！只能怪他自己没事找事，安安稳稳守着自己媳妇会有这事？

不管什么事情都有个度，恰如其分叫怡情，左右逢源叫风情，肆意妄为叫滥情，不能太过喽。就是因为这个毛病，杜牧当年考进士的时候就被人在主考官面前上了眼药，说杜牧这个人在男女问题上表现得很随意，影响了仕途。这样的问题多了，肯定会整天哀哀怨怨的，心里不干不净，去哪里养生啊！

口舌精神

谨言慎行自多福

长寿的人普遍比较随和，遇到问题能够听进不同意见。而那些个性太强，动不动就火冒三丈，还不听劝的人，肯定是经常一肚子气，他们是最需要养生而又最不善于养生的。下面就给大家讲一个这样的历史人物，他的名字叫李昂。文献里没有说他活了多少岁，但是您听了他做的事儿后，估计自己就能判断出他是否长寿。

新官上任三把火

李昂不是个一般人，开元二年（714），他是进士科考试的第一名，状元及第。这个人非常耿直，眼里揉不下沙子，最讨厌的事就是徇私舞弊，所以朝廷任命他为开元二十四年（736）的主考官，当时叫考功员外郎。人们常说新官上任三把火，李昂还真就烧起了他的“三把火”。第一把火他把考生们集中到一起，义正词严地告诉大家：“各位，你们文章是好是坏，我已经心里有底儿了，我录取会公开、公平、公正的。我不希望你们有人找门子、托人情、打招呼。谁敢违反我的规定，对不起，我是不会录取你的。”那意思是希望大家有点眼色，别没事找不痛快，成不成就看你们的文章水平，其他招数都不好使。

李昂之所以对考生们这么说，一是为了证明自己公正无私，二是因为当时托人情、找关系的情况很严重。比如大诗人王维就是通过岐王找到了玉真公主，最后在两个人的帮助下考上状元的。这种情况的存在，经常会影响到考试和录取工作的正常进行。李昂觉得，丑话说到前头，有可能就会减少一些不必要的麻烦。

可有的时候就是那么奇怪，你越是不想碰到什么事，越是不期待出现什么事，偏偏就出现什么事。李昂刚说过不允许打招呼，回家就遇见有人向他打招呼，而且，这个人还是他老丈人!

这一年有个考生叫李权，李权和李昂的老丈人是邻居。老先生一看，自己姑爷是主考官，觉得脸上特有面子，一下子虚荣心就爆棚了，想帮帮自己的邻居，这样在邻居面前不是有面子嘛。可是他哪里知道，姑爷已经和各位考生约法三章了！李昂一回家，老先生就说："我有个邻居叫李权，今年参加考试了。你看能不能帮帮忙？把他给录取了吧！"可能在老先生看来很简单，这不就是姑爷一句话的事嘛。

李昂心里不是滋味啊，老爷子你怎么这样啊？我刚约法三章，到家凳子还没有暖热呢，你就给我来这么一出。我一直担心的问题是外边有人说情，没想到，这堡垒怎么从家里被攻破了呢？李权也是的，挺会托关系嘛，竟然找到我家里来了！怎么办呢？不能答应，你是老丈人也不行！再说了，如果我答应了这件事，你以后背不住还有什么别的事呢。所以，李昂权衡再三，决定冒着引起家庭矛盾的危险，牺牲老丈人的面子，兑现自己曾经在考生们面前许下的诺言。

二李展开口水战

李昂又一次把考生们集中到一起，当着大家的面训斥李权："你不应该找我岳父为你说情。"李权赶紧解释："非常对不起，我曾经聊天的时候和您的岳父说过，我要考进士。但真不是在求他帮忙，因为那个时候您并不是主考官。”李权其实说得很在理，可是李昂却觉得，李权不承认找我岳父帮忙也就算了，怎么还把责任全推给我岳父了？你这个人不地道啊，人品有问题。李昂决定，绝不轻易放过李权。

想到这儿，李昂话锋一转，说：“观众君子之文，信美矣。然古人有言，瑜不掩瑕，忠也。其有词或不安，将与众详之，若何？”[1]大家的文章写得挺不错的，但是，再好的文章也多多少少会有点小毛病，毕竟是在规定题目规定时间内创作的，这都是很正常的事情。有一些用词不当的地方，我能指出来吗？主考官都这么说了，当考生的有几个敢说不行的。大家你看看我，我看看你，心都悬起来了。从会场出来之后，李权安慰大家说：“大家不用着急，刚刚主考官说的那些话就是针对我的，我文章不管写得好坏，今年肯定是考不上了。”李权觉得，李昂既然说出了这番话，必然会从自己的文章里边找毛病、挑刺儿。怎么办呢？李权开始紧锣密鼓采取应对措施，到书店里买了一本李昂的文集，也从里边挑刺，他要以牙还牙，以其人之道还治其人之身。这样一来，两个人就剑拔弩张开战了。

没过几天，李昂就从李权的文章里边找出一些瑕疵，不仅用红笔标出来，而且“榜于通衢以辱之”（《大唐新语·厘革》），把李权这篇文章粘到大路边上。我让你丢人！还没事找我岳父说人情，看你文章都写成什么样了，自己还觍着脸好意思！他这么一处理，让两个人的矛盾骤然升级。

李权见李昂如此对待自己，根本就没有给自己留后路，也不客气了，站出来说：“来而不往非礼也。我的文章写得不好，主考官您已经给我指出来了，非常感谢您。您的文章写得相当好，全国人都在学习，我想跟您切磋一下。行吗？”李昂一听这话，就知道李权是有备而来，但他正在气头上，没有多想，就非常自信地说：“可以，尽管放马过来。”

① 刘肃：《大唐新语》，丛书集成初编本，北京：中华书局，1985年，第109页。

到这份上，李权也不客气了，他问李昂：“‘耳临清渭洗，心向白云闲。’岂执事辞乎？”（《大唐新语·厘革》）两句话是您写的吗？李昂说：“是的。”李权心中暗自高兴，你只要承认就好办，就怕你不承认。可是没想到，就是这两句话，出事了。

李权说：“当年尧帝年纪大了，就想把帝位让给许由。可是许由不想干，跑到河边用河水把自己的耳朵给洗洗，那意思是怕尧帝的话弄脏了自己的耳朵。”这话没毛病，可是下边的话让李昂受不了了。李权接着说：“今天子春秋鼎盛，不揖让于足下，而洗耳，何哉？”（《大唐新语·厘革》）咱们的皇帝现在正当年，我好像没听说他要把皇位让给你啊？你没事跑到河边洗耳朵干吗呢？这句话太要命了，李昂当初写诗句的时候，是表现自己向往田园生活，不留恋官场，那是一种很高远的志趣。可是在封建时代只要牵涉皇帝，那都是大事。所以李权这么解读，诗句意思变成什么了呢？是你故作清高，连皇位都看不上？还是你惦记着让皇帝说出禅让给你，好让你拒绝，以显示自己的清高呢？这种解读，如果传到玄宗耳朵里，不要说李昂主考官的官位不保了，恐怕他们家都得被株连九族。

问题白热化了！真的能让李权把这问题给捅到皇帝那儿去，把我的脑袋给砍掉？那肯定不行！李昂害怕了，于是他把事情反映给宰相，说李权不仅科场舞弊，而且还肆意诬蔑朝廷大臣，这个人品行有问题。为维护官员的面子，李权被扔进了监狱。可是这不过是一个无聊的笔墨官司，没有办法深究。于是李权在监狱里边被关了一段时间，又被放了。

从此之后朝廷作了一个规定，考功员外郎不再主持进士科考试，以后由礼部侍郎负责这项工作。李昂因为宰相帮他把事情摆平了，欠宰相一个大人情，所以从此以后再也刚正不起来了。看了这个故事大家觉得李昂会长寿吗？性子太急，不问青红皂白，把一手好牌打得稀烂，在人们心目中的形象也变了，并从此被人抓住小辫子，仅心里天天憋屈这一项就不可能活多大岁数。

扪心细想旁观清

我们回头来看看这件事，应该说还是很好解决的，就算是个难题，解决问题的办法也永远比问题本身多。这样的心态才是养心所需要的。如果李昂当时换一种处理方法，那么危机可能就不会出现，结果便不会如此。主考官李昂和考生们约法三章，他一点儿都不错，做得很对，很有意义，很有价值。那他错在哪儿呢？错在当岳父开口向他打招呼让他帮忙录取李权的时候，他没有把这个问题解决在家里头，公事私事搅和到一块儿了。

姑爷当了全国的主考官，当岳父的觉得有面子，想在邻居面前显摆一下，现实生活里边不也有很多类似的事吗？我儿子是什么什么，有事找我。其实他啥事都办不成，但是他说了这个话就觉得自己特有面子，这是很正常的心理。当你岳父说出这个话的时候，你为什么不跟你岳父说清楚呢？对不起，我真的不能帮您这个忙。再说了，我现在处理的是国家大事，不能因为您老人家一句话，我去触犯国家的律法！岳父再糊涂，也能分清远近，他不可能为了邻居毁了姑爷的前途。李昂并没有把这个问题解决在家里，而是带到了工作之中。

再者来说，为朝廷选才是李昂的本职工作，岳父虽然是在说人情，可是李权要是个人才呢？如果因为岳父这一句话把一个人才拒之门外，你这个主考官是不是不称职啊？对于李权，无非改卷的时候把他的卷子审得仔细一点，他真是人才，就把他给录取了，还能给你岳父赢得个推荐人才的美名。假如阅卷时发现李权根本够不上人才，回到家里跟岳父一是一、二是二说清楚就行了。李昂本来完全可以做到录取有理，不录有据，却只是为那点刚直的名声，不仅驳了岳父的面子，还给自己惹了一身的麻烦，给自己带来了心理阴影，什么时候想起来什么时候不舒服。

还有，李昂不该激化矛盾，这更不利于养心。当众侮辱李权，特别是把李权文章中那点毛病粘在人多的地方侮辱人家，这一点做得可真是有点不厚道。如果不是李昂侮辱李权在先，李权也不会拿着李昂的文章到处挑错，借着李昂那两句诗大做文章。李昂是主考官，李权是考生，李昂不应因职位和地位的差距，如此盛气凌人。当然我们要说，李权的回应也有失涵养。所以个性太强的人尤其需要谨言慎行。

以德报怨是修行

生活中人们难免会遇到让人心里不痛快的事，特别是因为对方并非故意找事，所以我们一定要学会以德报怨，要时刻提醒自己，尽可能把即将发生的矛盾消除。这样可能心里会一时憋屈，但你的态度会慢慢形成你的品质，让你的世界越来越和谐，让你的生活越来越幸福。如果遇到事情总是怀恨在心，睚眦必报，纵然你社会地位很高，也会成为别人口中的笑谈。我们下面讲的主人公就是别人笑谈中的角色，他的名字叫王播。他留存下来的诗歌不多，其中有两首《题木兰院》，让王播显得有些小肚鸡肠了。

惭愧阇黎饭后钟

王播小时候家里特别穷，他寄宿在扬州惠昭寺的木兰院。因为这个寺院财物来自十方用于十方，在这里他能有口饭吃，不至于饥一顿饱一顿。王播每天跟和尚们一块儿吃饭，一块儿睡觉。和尚们发现，一吃饭这个王播就来了，吃完饭一抹嘴他就走了，合着把寺院当成自己家了。刚开始倒是相安无事，毕竟是出家人嘛。可是时间长了，和尚们有意见了，不能光吃饭不干活啊，但佛教又讲究戒嗔，不能有怒气。于是，几个和尚就动脑子和王播玩起了心眼。

在寺院里边有一个规定，每次吃饭之前都要先撞钟召集大家，王播听到钟声就来吃饭了。为了躲开王播，几个和尚一商量，吃完饭再撞钟，所以就此改了规矩。王播听到钟声，以为开饭了，可是到斋堂一看，大家正洗碗呢——已经吃过了。王播以为是自己学习太专心误了时间，可是接下来几次又是这样，王播心里明白了，这是和尚们有意针对他的，很生气，很伤心。谁让自己寄人篱下呢？就这样饥一顿饱一顿，忍着吧。王播虽然穷困，但是爱读书，和尚们的做法反而更激起了王播奋发苦读的意志。后来王播不仅在贞元十年（794）考上了进士，还在同一年考上了贤良方正、能直言极谏科。这一下子王播牛起来了，改变了过去被人看不起的日子。

经过三十年的拼搏积累，王播当上了扬州的最高长官，这也算是衣锦还乡了。可是故地重游，他心里也很不是滋味，想当年在惠昭寺木兰院为了能吃口饭竟然那么被人嫌弃，现在终于到扬眉吐气的时候了，王播决定到木兰院找回当年丢掉的面子。于是他先让工作人员传下话去，过几天去到木兰院视察，让他们提前做好接待工作。

和尚们听说王播要来视察工作，很多人就愣了，是不是当年在我们这里蹭饭吃的那个王播啊？一打听，果然是同一个人。大家就着急了，这哪里是来检查工作呀，这明显是来找事的！早知道这样，那个时候就不为难他了。你说当时是怎么想的，为什么要吃完饭再撞钟呢？但是，咱当年不是也不知道他命这么好吗？谁会想到他能有这么好的前程呢？说什么都晚了，想办法应对吧。

大和尚先张罗大家打扫卫生，把寺院整修一新。有几个和尚在擦墙壁的时候，发现墙壁上竟然写了几首诗，落款是王播。这是王播当年写的，还留在墙上没有擦掉。小和尚们赶紧告诉大和尚，大和尚一看，这可是救命的稻草啊，咱就拿这几首诗来做文章，能不能过关全靠这几首诗了。老和尚让小和尚到街上买来一丈青纱，又把院子里种的竹子砍倒一棵，做成一个罩子把这几首诗给罩起来了。

等到王播来寺庙参观的时候，老和尚专门带着王播来看这几首诗："王大人您看，您当年写的诗，我们一直保存到现在。"王播看了百感交集，当年想着办法不让我吃饭，今天竟然想着办法哄我高兴，人怎么能这样呢？王播心里不是滋味，就问老和尚："法师，为什么用青纱罩着呢？"法师一看，怎么还问上了，不就是为了给咱们都找个台阶下嘛，但是又不能这么说啊！于是老和尚灵机一动说："大人，我曾经做过一个梦，梦见到了一个地方，金碧辉煌的，好像是仙界，走廊里挂着您的画像，画像外面用青纱罩着呢。我就打听，有人解释说，凡是在人间能作到宰相的人，在这里都用青纱罩着。"

虽然大和尚是被逼得没办法来了几句方便妄语，但王播听了心里很受用。王播指着墙上的诗说："法师，当年年少不懂事，写的诗过于稚嫩，我就再写两首吧。"于是挥毫写道：

三十年前此院游，木兰花发院新修。

如今再到经行处，树老无花僧白头。

（《全唐诗》，第 5033 页）

三十年前我曾经在这里生活过，当年这里一切都是新的，繁花满院。三十年转瞬过去了，当我故地重游的时候，一切都变了，树上花落了，和尚们头发也白了，物是人非啊。写到这里，王播想起来自己当年受的委屈了，忍不住又写了一首：

上堂已了各西东，惭愧阇黎饭后钟。

三十年来尘扑面，如今始得碧纱笼。

（《全唐诗》，第 5033 页）

当年在这里吃饭的时候你们竟然那样对我，吃完饭才敲钟，害得我饥一顿饱一顿的。如今我有了社会地位了，当了大官了，你们把我当年写的诗都保护起来了。哎，这就是人情冷暖世态炎凉啊。其实王播不该写第二首诗歌，单写第一首大家都能理解，故地重游感慨万千是很多人会遇到的，可是一写第二首就显得心胸狭窄气量小了。可能在一些人看来王播办的没错，但仔细想想这和自己的身份地位可不相配啊！官大心胸小，必然是非多！

应念路傍憔悴翼

王播不仅在这件事上显得气量小了，当年考试的时候也遇到一件事，让人觉得王播喜欢记仇。他曾把同榜进士陈通方折腾得苦不堪言，这也怪陈通方开玩笑没深浅，先把王播给得罪了。王播是贞元十年（794）考上进士的，他在这届考生里边算是大龄考生。《全唐诗》卷三百六十八“陈通方”条下称“通方登第，与王播同年，播年五十六”，而那一年考中的人里陈通方年龄最小，只有二十五岁。可是这个人有个毛病，有点自负轻薄，说话不知道深浅。

张榜公布录取名单之后，朝廷请考上的人一起吃饭以示庆贺，陈通方用手拍着王播的后背说：“王老王老，奉赠一第。”陈通方称王播“王老”，虽说有点开玩笑吧，但也说得过去，毕竟两个人相差那么大呢！陈通方那意思是说，你这么大年龄考上进士不容易，是主考官和皇帝同情你送你一个名额，不是说你自己真有什么才能。陈通方这个话说得确实有些过分了，王播当时就生气了，年老怎么了？姜子牙八十岁还在渭水边钓鱼呢，我总比他年轻吧？我怎么就一定没出息了？我告诉你，我还要“拟应三篇”。三篇是什么？叫博学宏词科。这在当时可是显科，考上就会有好工作。王播的意思是，陈通方你不是说我年老没出息吗？我再考个博学宏词科给你看看。

陈通方也真够没眼色的，他就没发现王播已经生气了，又接过话来说：“王老一之谓甚，其可再乎！”王老，考一次就行了，这么大年龄别折腾了。有这么开玩笑的吗？王播一看，这饭没法吃了，拂袖而去，决定背水一战，我非考上不行。就这样，王播把陈通方对自己的刺激当成了动力，经过刻苦学习，他还真考上了贤良方正、能直言极谏科。也该着出事，陈通方家里有老人去世，只能回到家里给老人守孝。等到陈通方再回到京城时，王播在官场已经是顺风顺水了，而他自己则还没有一个稳定的工作。

陈通方想着和王播是同年进士，就去找王播寻求帮助，他把自己当年开人家王播玩笑的事忘了。《全唐诗》中有陈通方两句“应念路傍憔悴翼，昔年乔木幸同迁”，就是这次央求王播帮忙时写的。王播真不赖，就给陈通方安排了一个江西院官的职位。陈通方很高兴，虽然职位不高，但是有工作、有工资就能养家糊口先吃饭，得先活着啊。陈通方高高兴兴去上任了，可是还没走到江西任上，王播又把陈通方改派为浙东院官。于是，只能改道到浙东。又走了不到一半路，又换地方了，把他派到南陵去了。陈通方老在路上折腾了，从这儿到那儿，从那儿到这儿，就是走不到地方。这下子陈通方明白了，闹了半天是王播记恨我当年拿他开玩笑啊，是在报复我呢。后来，陈通方给孩子们说：“吾偶戏谑，不知王生乃为深憾！”我当年就是随便开个玩笑，不知道王播这么心眼小，一直记恨我。孩子们，以后说话要小心啊！

大家是不是觉得王播在这件事上表现得更加过分呢？我总觉得，王播的成功和陈通方的刺激有不可分的关系，如果没有陈通方刺激他，他可能连再次考试的想法都不会有。虽然后来王播真给了陈通方一个官职，陈通方为此也一直感念不忘，但后来也一直见不着王播，不能当面感谢，最后是“追谢无地，怅望病终”。你看都是这句玩笑惹的祸，一句玩笑话导致陈通方一辈子困苦不堪，要早知道是这么个结果，陈通方打死也不会说。而对于王播来说，他解气了，可是当他折腾陈通方的时候，真的就那么心安理得吗？我想，他多多少少心里也会有些不舒服吧。

我经常想，一个人一定要学会以德报怨，感谢那些曾经让你不舒服的人，因为就是他们让你知道招儿该咋出，事儿该咋办，能提高你应对社会的能力。说起以德报怨，我想起两首唐诗，一首是韩偓的《息兵》，其中结尾说“暂时胯下何须耻，自有苍苍鉴赤诚”（《全唐诗》，第 7794 页），一首是李绅的《却过淮阴吊韩信庙》，其中有“贱能忍耻卑狂少”（《全唐诗》，第 5488 页），写的都是韩信胯下受辱那件事。《史记·淮阴侯列传》里面有这么几句话：“方辱我时，我宁不能杀之邪？杀之无名，故忍而就于此。”[①] 当年，韩信被几个地痞无赖羞辱，被迫钻了人家的裤裆，这在一般人看来会是一辈子的耻辱，但是韩信则认为，自己当年想杀他们也就是宝剑一挥的事，可是如果那样做了，就不可能有之后的成就。所以，韩信把这几个人当成了自己生命中的贵人，当上楚王之后，马上“召辱己之少年令出胯下者以为楚中尉”，把这些人找到还给他们一定的官职，这就是以德报怨。韩信的这一做法是值得后人学习的。

韩信的故事让我明白了这段话：“君子有容，其德乃大，不责人小过，不发人阴私，不念人旧恶，三者可以养德，也可以远害。”这就是以德报怨，明白了这个道理，心里更加敞亮了。

① 司马迁：《史记》，北京：中华书局，1959年9月，第2626页。

方外多有修身法

自从 2009 年接触河南省宗教界爱国人士研修班以来，我发现自己有了很大的改变，遇到事情不再那么急躁了，很多原本较真的事情能想明白了，很少再为一些事情郁结。心情好了，身体也好了，我把这些方外高友教给我的方法介绍给身边的朋友，他们也觉得豁然开朗了。下面我就把唐诗中有关方外的方法介绍给大家，希望对大家的健康延寿有所帮助。

息虑忘机合自然

吕岩又叫吕洞宾，是位著名道士，为民间神话故事八仙中的一位神仙。吕洞宾曾经写过一首《沁园春》："不在劳神，不须苦行，息虑忘机合自然。长生事，待明公放下，方可相传。"（《全唐诗》，第 10169 页）这句话有两个关键词"息虑""放下"，能做到这两点就基本可以长寿。

有一个黄帝访道广成子的故事。一次，黄帝率领群臣去拜访广成子并顺便到崆峒山游玩。广成子住在临汝西南崆峒山的一个石洞里，就在今天汝州境内。黄帝因为沉迷于崆峒山的美景，结果迷失了方向。这时，他看到一个放牧的童子，驱赶着牛羊，短笛横吹烟雨中，"日出唱歌去，月明抚掌归”（栖蟾《牧童》，《全唐诗》，第 9610 页），显得逍遥自在，就向他打听广成子，结果牧童无所不知。黄帝觉得眼前的小牧童一定是个奇人，于是很恭敬地向他请教修道养生的方法，童子说：“我不知道怎么修道养生，像我这样整天在原野上遨游，无拘无束，不也挺好吗？”黄帝越发佩服眼前这个牧童，牧童的话看似简单，却蕴含着修道养生的道理，让我遨游原野不就是让我放下尘事吗？

黄帝等人在牧童的指引下，见到了广成子。杨炯在《少室山少姨庙碑铭》中说“轩辕之访大隗，先求牧马之童”，说的就是这件事。这里的大隗真人指的就是广成子。广成子是元始天尊的第一位弟子，玉虚宫中第一位击金钟的仙人，是昆仑十二金仙之首。唐代的吴筠曾经写过一首诗《广成子》：

广成卧云岫，缅邈逾千龄。
轩辕来顺风，问道修神形。
至言发玄理，告以从杳冥。
三光入无穷，寂默返太宁。

（《全唐诗》，第 9652 页）

黄帝很恭敬地跪到广成子面前，请教养生之法。广成子说：“修道养生所达到的最高境界就是心中一片空漠，既看不见什么，也听不见什么。凝神静修，你的肉体必然就会十分洁净，你的心神也会非常清爽。不使你的身体劳顿，不使你的精神分散，你就可以长生。注重内心的修养，排除外界的干扰，我能牢牢地专注于养性，永远心境平和清净无为，所以活了一千二百岁。我的道将把你引向无穷之门，游于无极的原野，与日月同辉，与天地同寿。”黄帝听了这席话，深有体会，经过修炼，终于得到了飞升。《史记·封禅书》说他“采首山铜，铸鼎于荆山下。鼎既成，有龙垂胡髯下迎黄帝”。

2009 年国庆节后我第一次给宗教班上课，第二周也遇到了一个放下的事。我当时从新校区到老校区为宗教班上课，刚出校门，有朋友来电话想找我聊天，于是相约晚上见面。当时我们新校区还比较荒凉，周围没有饭店，于是我就到了南校区附近买了八个凉菜，四荤四素。刚一进校门，遇到两位法师，一个少林寺的延琳法师，一个白马寺的延武法师。二人双手合十向我打招呼，我习惯性地举起右手回礼，可是举起来我就后悔了——手里举着一袋子肉。我很尴尬地把肉放到身后，向两位法师道歉。延琳法师双手合十说："老师，放下吧！"我当时刚和大家接触，不理解放下的意思，于是就说："法师，在路上呢，没地方搁。"法师看我没有明白，再次双手合十说："老师，您放下吧。"我也提高了声音，更尴尬地回答："法师，真的没地方搁。"

延武法师笑着解释说："王老师，大和尚的意思是说，让您放下您那颗纠结的心，不是放下您手中的肉。您买肉不是为了侮辱我们，肯定有您的用处，如果您丢掉了，反而是罪过。我们都没有当成事，您又何必感觉自责呢？"我一下子明白了，原来"放下"是放下心中的纠结。从此之后，我尽可能不让一些烦心事纠缠我，让自己的心轻松起来，整天干什么事都有占便宜的感觉。

云在青霄水在瓶

唐朝诗人李翱曾经写过《赠药山高僧惟俨二首》，其中第一首是这样的：

练得身形似鹤形，千株松下两函经。

我来问道无余说，云在青霄水在瓶。

（《全唐诗》，第 4149 页）

李翱是中唐时期著名的政治家、文学家、哲学家。写这首诗的时候在朗州任刺史，在他管辖范围内有一位药山惟俨禅师很出名。李翱邀请惟俨禅师到府里谈话，他想着自己地位尊贵，禅师一定会应邀前来。可是惟俨禅师不觉得当官的有多尊贵，屡请不至，李翱只好亲自去拜访。让李翱更生气的是，到了药山道场，惟俨禅师正在念经，根本就没有搭理他。李翱的随从一看领导被冷落了，赶紧提醒惟俨禅师，结果禅师还是没有搭理李翱。

李翱是个急性子，看惟俨禅师如此怠慢自己，大声说："真是见面不如闻名啊。"说完甩袖子出去了。这时惟俨禅师回过头来说："大人为什么贵耳贱目呢？"那意思是，你为什么相信耳朵听到的而不相信眼睛看到的呢。这一句使李翱为之所动，转过身对惟俨禅师施礼，然后请教什么是道。惟俨禅师一言不发，用手指指天又指指瓶子。李翱不理解是什么意思，惟俨禅师说："云在青霄水在瓶。"李翱很聪明，马上豁然开朗了。云在天上水在瓶中，这都是事物的本来面目，只有领会事物的本质，悟见自己的本来面目，也就明白什么是道了。另外，瓶中的水好像人的心一样，只要保持清净不染，心就像水一样清澈，不论装在什么瓶中，都能随方就圆，有很强的适应能力，还能刚能柔，能大能小，就像青天上的白云一样，自由自在。明白了这个道理，自然就能"练得身形似鹤形"了。

春在枝头已十分

人们习惯了舍近求远，所以往往把握不住眼前的幸福，结果远的没得到，近的还丢掉了。唐朝有一位法藏比丘尼，写过一首《悟道诗》：

尽日寻春不见春，芒鞋踏破陇头云。

归来笑拈梅花嗅，春在枝头已十分。

这首诗的字面意思是到外面寻找春天，结果费了很大劲才发现，春天就在自己窗前的梅枝上，枝上的梅花开得正好。这首偈子可以有很多种理解，可以理解成对春天的感悟，可以理解成对幸福的感悟，可以理解成对成功的感悟……在这里，我想把它理解为对修身养生的感悟。

养生首先要守住眼前的幸福，珍惜眼前人。我的父亲今年身体明显弱了，不断住院，我们姊妹四个虽然都很孝顺，但毕竟都有自己的事情，所以主要是我妈妈照顾他。一天，父亲打电话给我，很委屈的样子说："管管你妈吧。"我赶到老人的住处，一问才知道，两个人总感觉对方有毛病。原来，我父亲身体不好，想吃点有味道的早餐，可是妈妈只会熬玉米粥、小米粥、大米粥，于是她决定到街上去买。原来楼下就有一家卖早餐的，不知道什么原因关门了，于是妈妈决定到远一点的地方去买。

我妈妈不认字，又刚到城里，人生地不熟的，为了不至于找不到回来的路，她想了个办法，每走几步就到树下抓一把土放在路边，这样她好顺着用土做的标志摸回来。可是等她买完早餐回来的时候，发现放在路边的土没有了，被环卫工人打扫干净了。我妈妈着急了，提溜着早饭不知道往哪里走了。这时住在同一个小区的邻居看见了我妈妈。我妈妈为人好，老家种了几棵柿子树，柿子成熟后带到郑州一些，用塑料袋子提着见人就送，整个小区大多数人都吃过她的柿子，所以大家基本都认识她。那人问明情况后把她送回了家。妈妈回到家，把这件事给父亲说了，父亲勃然大怒，打电话给我，让我管管我妈。我听到这里已经很感动了，两位老人互相替对方着想，这就是老来伴的幸福。

一天我在医院陪着父亲，我们聊天到深夜，我又提起来这件事，父亲依旧是很生气的样子。我对他说："爸，就你这个身体，如果没有我妈照顾，你觉得能熬到过年吗？"我父亲说："嗨，别说过年了，新麦子吃不了恐怕就下葬了！"我说："你再看看咱门口那几个老街坊，哪个有你幸福？你弯不下腰，我妈每天给你洗脚；你走不了路，我妈每顿饭给你盛好端到面前；你半夜饿了，她还给你削个苹果。我们姊妹四个就是能做到，能天天这个样子吗？所以，儿孙再好，不如一个好老伴儿。”这一下子打开了话匣子，我把我们村和他年龄差不多的数了一遍，谁谁谁死了多少年了，谁谁谁过得不如他。我笑着给他说：“所以你最应该感谢的人不是我，也不是我三个弟弟妹妹，你不要觉得你吃饭穿衣住院我没让你操心过钱，我们照顾你都是应该的，让你吃饭穿衣住院不用操心钱的事也是应该的。你最应该感谢的人是我妈，她也不是个没病没灾的人，也整天靠药养着呢，她也需要照顾。”

我父亲沉默了一会儿，声音平稳了很多，说：“可不是，要不是你妈，我早多少年就死了。在老家的时候，我经常给人家帮忙，有的时候喝口酒，半夜动不动就出不来气儿了。你妈赶紧往我嘴里塞速效救心丸，又是灌水又是摇晃，没敢给你们说过。你妈这个人是真不赖！”“那你还老埋怨她？”“哎，自己一身毛病自己不觉得，你这不说，还真想不到！”劝完我爸劝我妈，因为老被爸爸埋怨，妈妈也是很委屈：“妈，我爸是有时候说话不好听，可是你得想他的长处。你看，你不认字，药拿回来了，不知道怎么吃。我们不在身边，他能把你要吃的每一顿药给你包好，标记好，这不比什么强！”我妈说：“嗯，这一点他确实没说的，我这记忆力不好，动不动就忘了，你爸倒是总提醒我。”

2013 年去广东讲课，一个月去了四次，每次都是同一个姑娘接送，虽然不知道叫什么名字，但是活泼可爱善于交谈的样子给我留下了很深的印象。有时姑娘的影子还会在我脑海闪现，甚至还想着说不定会在江湖上有一个浪漫的邂逅。可是最后一次离开广州回到河南，河南已经下雪了，夫人却在站牌下面等我，双手放在嘴边哈气取暖，两只脚在雪地里跺着，那一刻我很惭愧，想一个不知名的姑娘有什么用？真正对自己好的还是自己的妻子。当时脑子里出现两句话“归来笑拈梅花嗅，春在枝头已十分”，从此之后，守住了眼前的幸福，也就守住了不安分的心。这就是养生！

且从乐舞养精神

乐舞是人与人、人与自然互相沟通的一种方式，不同的乐舞有着不同的文化内涵，能让欣赏者产生不同的联想。大乐与天地同和，因此孔子才会在齐国听到《韶乐》而发出“三月不知肉味”的赞叹。《礼记·乐记》专门讨论了音乐在人们生活中的重要性，它是人们内心感情的自然流露，即所谓“乐者乐也，人情之所不能免也”[①]，甚至“先王之制礼乐也，非以极口腹耳目之欲也，将以教民知好恶，而返人道之正也”[②]。也就是说，乐舞不仅有怡情悦性的功能，而且有治国安邦的用途。

乐可理心应不谬

唐朝诗人中最喜欢音乐的恐怕要数白居易了。他的《琵琶行》中有大段对琵琶的描写：

转轴拨弦三两声，未成曲调先有情。
弦弦掩抑声声思，似诉平生不得意。
低眉信手续续弹，说尽心中无限事。

---

① 孔颖达：《礼记注疏》，北京：中华书局，1998年11月，第447页。

② 孔颖达：《礼记注疏》，北京：中华书局，1998年11月，第425页。

轻拢慢捻抹复挑，初为霓裳后六幺。

大弦嘈嘈如急雨，小弦切切如私语。

嘈嘈切切错杂弹，大珠小珠落玉盘。

间关莺语花底滑，幽咽泉流水下滩。

水泉冷涩弦凝绝，凝绝不通声暂歇。

别有幽愁暗恨生，此时无声胜有声。

银瓶乍破水浆迸，铁骑突出刀枪鸣。

曲终收拨当心画，四弦一声如裂帛。

（《全唐诗》，第 4821 页）

不仅从视觉和听觉角度表现出琵琶女高超的弹奏技艺，而且突出了回肠荡气、惊心动魄的音乐魅力，难怪诗人会说“今夜闻君琵琶语，如听仙乐耳暂明”。

白居易有最喜欢的乐舞吗？听听他自己怎么说的，“千歌百舞不可数，就中最爱霓裳舞”（《霓裳羽衣舞歌》，《全唐诗》，第 4970 页），白居易又在《霓裳羽衣舞歌》中说：

我爱霓裳君合知，发于歌咏形于诗。

君不见我歌云，惊破霓裳羽衣曲。

又不见我诗云，曲爱霓裳未拍时。

白居易说自己爱霓裳已经到了痴迷的程度，不仅在《长恨歌》中写到“惊破霓裳羽衣曲”（《全唐诗》，第 4818 页），而且《重题别东楼》中有“曲爱霓裳未拍时”（《全唐诗》，第 5008 页）。白居易以“霓裳”为题就作有三首诗，分别是《霓裳羽衣舞歌》《卧听法曲霓裳》《嵩阳观夜奏霓裳》，可见白居易对“霓裳”确实情有独钟。

“霓裳羽衣”既是曲又是舞，而且它的来历还极富故事性。柳宗元在《龙城录》中讲了一个“明皇梦游广寒宫”的故事，说玄宗皇帝在开元六年（718）八月十五日夜里，在申天师的帮助下梦游广寒宫。

玄宗皇帝在广寒宫见到很多仙人，这些仙人在桂树下玩耍，而且有美妙的仙乐演奏。玄宗皇帝是个音乐天才，就开始留心把这个曲子记在脑子里。醒过来之后，玄宗皇帝凭着记忆把这个曲子给记录了下来，于是才有了霓裳羽衣曲。王建《霓裳词》十首其二中有“一声声向天头落，效得仙人夜唱经”（《全唐诗》，第3425页），说的就是玄宗皇帝从月宫中偷仙乐的事，这也是元稹在《与李校书新题乐府十二首法曲》中说的“霓裳羽衣号天落”（《全唐诗》，第4617页）。关于霓裳羽衣曲的来历，刘禹锡也有自己的看法，他在《三乡驿楼伏睹玄宗望女几山诗，小臣斐然有感》中说“开元天子万事足，唯惜当时光景促。三乡陌上望仙山，归作霓裳羽衣曲”（《全唐诗》，第3999页），意思是说，玄宗皇帝曾经在三乡驿望见传说中的仙山女几山触发灵感写出来的。这个说法虽然不同于柳宗元所说的，但也够荒诞离奇的。

事实上是不是这么玄幻呢？还是听听白居易怎么说吧，“由来能事皆有主，杨氏创声君造谱”（《霓裳羽衣舞歌》），这也是李肱在《霓裳羽衣曲诗》中所说的“梨园献旧曲，玉座流新制”（《全唐诗》，第6260页）。原来，这个曲子是河西节度使杨敬忠进献的，《新唐书·礼乐志》说得很明确，“河西节度使杨敬忠献《霓裳羽衣曲》十二遍”[①]，只不过是经玄宗皇帝之手又进一步润色，还给改了个曲名，所以王灼在《碧鸡漫志》中说“西凉创作，明皇润色，又为易美名”[②]。

“霓裳羽衣”带给人们的感受是什么呢？白居易在《霓裳羽衣舞歌》中说：

> 案前舞者颜如玉，不著人家俗衣服。
> 虹裳霞帔步摇冠，钿璎累累佩珊珊。

---

① 欧阳修等：《新唐书》，北京：中华书局，1975年2月，第476页。

② 王灼：《碧鸡漫志》，影印《四库全书》本，台北：台湾“商务印书馆”，1986年3月，第1494册，第511页。

“霓裳羽衣舞”对表演者要求很高，“君言此舞难得人，须是倾城可怜女”，需是“吴妖小玉”“越艳西施”一类的美女。所以，作者看到的乐舞，无论是演员的颜值还是大家表演时的着装、配饰都是极品，这种视觉享受有谁会不喜欢呢？表演过程中总是能给人留下难忘的审美感受，你看“飘然转旋回雪轻，嫣然纵送游龙惊。小垂手后柳无力，斜曳裾时云欲生”，动作轻柔，像飞雪，像柳枝，像白云，从视觉上渲染了气氛，更给人一种恍惚若仙的感觉。

“霓裳羽衣”多次被用于考场上，李肱因为写了一首《省试霓裳羽衣曲》考上了状元，在他的笔下，“霓裳羽衣”是这样的，“凤管递参差，霞衣竞摇曳”，这也是阙名在《霓裳羽衣舞》中所说的“霓裳绰约兮，羽衣蹁跹；高舞妙曲兮，似于群仙。长袖若缓而若急，雅音或断而或连。想奏禁城之里，如闻玉皇之前。迎拍动容，缥缈而罗衣曳雾；含霜吐曲，响亮而德音彻天”[①]。舞蹈刚开始的时候“逶迤而并进”，舞蹈要结束的时候“宛转以成行”，不疾不徐，进退有度，“退若游龙之乍婉，进如惊鸿之欲翔”。再加上长袖应节起舞，歌声婉转悠扬，难怪会让人产生“似到蓬莱之殿，见舞仙童；如升太一之宫，忽闻帝乐”的感受，给人一种身临其境的现场感。

仙乐不同凡世曲

唐代科举考试中还曾经出过和仙乐有关系的诗歌题目，比如《范成君击洞阴磬》《夜闻洛滨吹笙》《缑山月夜闻王子晋吹笙》。《范成君击洞阴磬》出自班固《汉武帝内传》，这与《史记》汉武帝好神仙的记载相一致。这个题目写的是汉武帝在七月七日与王母宴饮，王母让范成君和各位神仙演奏的事。汉武帝一直渴望长生，所以人们为

① 李昉等：《文苑英华》，北京：中华书局，1966年5月，第335页。

了迎合皇帝才会编出各种故事。范传正在诗中说汉武帝“历历闻金奏”，而这个“金奏”不是别的，正是“自畅九天情”的仙乐，所以汉武帝才能够实现“云霄如可托，借鹤向层城”（《全唐诗》，第6260页）的长生愿望。

《夜闻洛滨吹笙》《缑山月夜闻王子晋吹笙》出自刘向的《列仙传》，说的是王子晋的故事。王子晋本来是周灵王太子，喜欢吹笙，而且能吹出凤凰的叫声，曾经在伊水和洛水间得道士浮丘公的点化而升仙。家人以为太子丢了，派人到处寻找，一直没有结果。三十多年后，王子晋乘白鹤在缑氏山巅与家人相见，停留数日才离去。大和二年（828）进士科以《缑山月夜闻王子晋吹笙》为题考试。有一个叫厉玄的考生，在诗中说王子晋的仙乐美妙到“韵流多入洞，声度半和云。拂竹鸾惊侣，经松鹤舞群”（《全唐诗》，第6260页），极力描写仙乐之美妙，不仅使人闻之有飘飘若仙的审美感受，而且能感化禽类，使鸾鸟、仙鹤随之起舞，想象丰富奇特。

据元人伊士珍《琅嬛记》记载，厉玄考试之前遇到了一件很怪的事情。厉玄渡江的时候，遇见一个女尸，出于好心，厉玄就把尸体埋了。当天晚上做了个梦，梦见在一个深山中，月亮高挂，清风吹衣，远远听见有吹笙的乐音，而且音韵缥缈。厉玄静静地听着，忽然听到一个女性的声音说：“紫府参差曲，清宵次第闻。”刚听到这里，梦就醒了。等到了京城，进了考场，一看考试题是《缑山月夜闻王子晋吹笙》，厉玄马上想到了梦中的情景，跟这个题目太合拍了，于是就把梦中听到的那两句话作为自己诗歌的第三四句，没想到受到主考官赞赏，于是很顺利地考上了进士。

上面所举的诗歌故事要么是渴望长寿成仙，要么是已经成仙，要么是得到仙人的帮助，虽然很浪漫，但少了爱情的味道。接下来我们说一个和爱情、音乐、长寿有关的诗歌故事。萧史和弄玉是一对神仙夫妻，萧史长得帅气，才艺是吹箫，弄玉是秦穆公的女儿，才艺是吹笙。李白曾经为他们写过一首《凤台曲》：

尝闻秦帝女，传得凤凰声。
是日逢仙子，当时别有情。
人吹彩箫去，天借绿云迎。
曲在身不返，空余弄玉名。

（《全唐诗》，第 1710 页）

李白这首诗是以刘向《列仙传》中的一个故事为蓝本的。秦穆公有个女儿叫弄玉，长得很漂亮，在音乐方面特有造诣，尤其喜欢吹笙。弄玉是秦穆公的掌上明珠，秦穆公为爱女在宫内筑凤楼让她居住，楼前建个高台叫凤台。弄玉每天在上面吹奏，据说，弄玉吹笙就像凤凰啼鸣，所以李白说"传得凤凰声"。一天晚上她又在吹奏，隐隐约约感觉有人在与自己合奏，她以为是幻觉，可是接连几天总是如此。一天晚上，一个小伙子闯进了弄玉梦中，对她说："我是华山主人，咱两个是夫妻，你听到的乐声是我吹奏的。"小伙子开始吹出悠扬的箫声，弄玉被小伙子的才艺和真诚感动，芳心暗许，主动吹笙合奏。这就是李白所说的"是日逢仙子，当时别有情"了。

虽然仅仅是个梦，但弄玉还是告诉了父亲，秦穆公很当回事，马上派大臣孟明到华山寻访。孟明经过反复查访，总算找到了一位叫萧史的小伙子，带回宫中让弄玉一看，正是那个梦中人。秦穆公请萧史吹上一曲，萧史艺高人胆大，箫声响起，清风徐来，又过了一会儿，彩云飘浮。继续吹奏，奇迹出现了，白鹤成对起舞，百鸟和鸣。秦穆公便根据女儿的意愿，将她嫁给了萧史。二人琴瑟和谐，整天沉浸在自己的音乐世界。一天晚上，二人又在月下吹奏，凤台上竟飞来一龙一凤。于是，萧史乘龙，弄玉乘凤，飘然离去，这就是李白诗中说的"人吹彩箫去，天借绿云迎"。据说，就在这天夜晚，太华山听到了凤鸣的声音，原来是二人飞到了华山明星崖。

也有一个说法，萧史和弄玉就是凡世中人，一个是秦穆公的女儿，一个是秦穆公的女婿。因为二人整天吹奏，把周围的年轻男女感染得过于浪漫了，当时秦穆公正一心发展国力，所以这种过于浪漫不切实际的做法惹得那些劳心劳力的大臣很不满意。萧史和弄玉也察觉出来了，于是二人一商量，既然在国家建设这个问题上帮不上忙，不如离开，别给秦穆公找麻烦，到一个别人找不到的地方自由自在生活，何乐而不为呢？二人打定主意，不辞而别。秦穆公找不到姑娘和女婿了，这才编了一个美丽的故事。

音乐是动人心弦的，既能让人得到安静，也能让人心潮澎湃，常闻雅乐，自然能够怡情悦性，有利健康。

莫因佳酿醒复醉

在酒桌上，我们可能会听到一句话，“酒是粮食精，越喝越年轻”，这是爱喝酒的人常说的。古代流传下来很多和酒相关的故事，那种风流潇洒让人羡慕，阮籍喝酒大醉六十日，张旭喝醉后抓着头发当毛笔，李白大呼“百年三万六千日，一日须倾三百杯”（《襄阳歌》，《全唐诗》，第 421 页），杜甫也说“莫思身外无穷事，且尽生前有限杯”（《绝句漫兴九首》其四，《全唐诗》，第 2451 页），好像喝酒成了他们生命的唯一。可是喝酒真的很好吗？阮籍喝酒是因为心里难受，李白喝酒是因为怀才不遇。我们在检查身体的时候，医生会告诉我们“以后少喝点酒”，因为“要想长寿，先戒烟酒”。下面就结合着描写酒的唐诗和身边的故事来聊聊喝酒与养生那点事。

一诗三酒鬼

来看王绩的《醉后》诗吧：

阮籍醒时少，陶潜醉日多。
百年何足度，乘兴且长歌。

（《全唐诗》，第 484 页）

单说王绩可能大家比较陌生，但要告诉您他是《滕王阁序》作者王勃的爷爷，您可能就会肃然起敬了。王勃的亲爷爷叫王通，王绩是王通的弟弟，所以也是王勃的爷爷。王绩在这首诗里写到两个人，阮籍和陶渊明，这两个人都是出了名的酒鬼。

《晋书·阮籍传》记载，司马氏夺了曹魏的天下之后，因天下多故，人才凋零，司马氏为了拉拢名士阮籍，就想和阮籍结为亲家。阮籍的父亲阮瑀曾经是曹操的掌书记，阮籍是曹魏政权的嫡系。阮籍为了躲避这门亲事，每天拼命地喝酒，结果每天都是烂醉如泥，不省人事。就这样一连六十天，天天都是酩酊大醉，奉命前来提亲的人根本就没法向他开口。司马昭见此情形，只好无奈地说："唉，算了，这个醉鬼，由他去吧！"

陶渊明对酒的喜爱更是有过之而无不及，他在《五柳先生传》中说："性嗜酒，家贫不能常得。亲旧知其如此，或置酒而招之；造饮辄尽，期在必醉。既醉而退，曾不吝情去留。"[①] 重阳节这天，陶渊明没有酒喝，就在东篱采了一把菊花，又坐在东篱旁边赏菊。过了一会儿，陶渊明望见一个穿白衣的人走了过来，原来是江州刺史王弘给他送酒来了。陶渊明也不客气，喝了个酩酊大醉。颜延之和陶渊明交情很好，只要经过陶渊明住的地方，便去拜访。一日临走时，颜延之留下二万钱给陶渊明接济家用，一般人肯定是赶紧买米面等一家人生活的必需品，可是陶渊明把钱全部送到酒家，以便以后去拿酒方便。

所以我说阮籍和陶渊明都是酒鬼。不过，这两个人生活在动荡不安的年代里，他们喝酒不能说纯粹是为了酒，应该说很大程度上是无奈，是为了麻醉自己，是为了逃避社会。他们把酒喝下去，可能随着精神癫狂的那一刻，他们的内心也已经开始流泪了。这与其说是在颐养性情，不如说是自我折磨。实际上这首诗里有三个酒鬼，因为作者本身也对

① 袁行霈：《陶渊明集笺注》，北京：中华书局，2003年4月，第502页。

酒情有独钟。

武德八年（625），王绩准备出山当官。当时朝廷有规定，当官的每天饮酒不能超过三升。有人问王绩："什么事能让您高兴？"王绩说："美酒。"这个话就传到侍中陈仲达耳朵里了，因他的特殊照顾，王绩每天可以喝一斗酒，一斗是十升，为此王绩有了"斗酒学士"的雅称。王绩不仅酒瘾大，而且酒量大，《新唐书·王绩传》称"其饮至五斗不乱"，还"人有以酒邀者，无贵贱辄往，著《五斗先生传》"[①]，只要有酒喝，不问出身，这一点挺像陶渊明的，陶渊明著有《五柳先生传》，他有《五斗先生传》，他还写过《酒经》和《酒谱》。

饮中有八仙

说起来酒场上的侠客们，我们不能不提到现实主义大诗人杜甫的《饮中八仙歌》，诗是这样的：

> 知章骑马似乘船，眼花落井水底眠。
> 汝阳三斗始朝天，道逢曲车口流涎，恨不移封向酒泉。
> 左相日兴费万钱，饮如长鲸吸百川，衔杯乐圣称世贤。
> 宗之潇洒美少年，举觞白眼望青天，皎如玉树临风前。
> 苏晋长斋绣佛前，醉中往往爱逃禅。
> 李白一斗诗百篇，长安市上酒家眠。
> 天子呼来不上船，自称臣是酒中仙。
> 张旭三杯草圣传，脱帽露顶王公前，挥毫落纸如云烟。
> 焦遂五斗方卓然，高谈雄辨惊四筵。

（《全唐诗》，第2259页）

这八个人都是谁呢？《新唐书·李白传》中有记载，分别是李白、贺

① 欧阳修等：《新唐书》，北京：中华书局，1975年2月，第5595页。

知章、李适之、汝阳王李琎、崔宗之、苏晋、张旭、焦遂。贺知章是八仙中资格最老的，他曾经在长安为了李白有过“解金龟换酒”的经历。杜甫说他喝醉酒后，骑马就像乘船那样摇来晃去，醉眼蒙眬，眼花缭乱，跌进井里竟会在井里熟睡不醒。汝阳王李琎去觐见皇帝时还得饮三斗才动身，在路上看到酒车会馋到流口水，恨不得要把自己的封地迁到酒泉。李适之为饮酒日费万钱，豪饮的酒量有如鲸鱼吞吐百川之水。崔宗之是一个倜傥洒脱的风流人物，他豪饮时，睥睨一切旁若无人，喝醉后如玉树迎风摇曳不能自持。苏晋为了喝酒连修禅都耽误了，在他眼中佛门戒律锁不住美酒的诱惑。李白更加豪气纵横，狂放不羁，醉酒之后即使天子召见，也不去，自称酒中之仙。张旭善草书，每次喝醉酒之后，都会“号呼狂走，索笔挥洒，变化无穷，若有神助”。焦遂喝酒五斗后才会有醉意，高谈阔论，滔滔不绝，让在座的人都很震惊。

八仙各有特点，但是别忽略其中的一些描写，如贺知章的“骑马似乘船”，这肯定是有危险的，放在今天就是醉驾了；汝阳王李琎“道逢曲车口流涎”，谁敢说这不是酒精依赖症；有一种说法“诗仙”李白之死和喝酒有关，他在族叔李阳冰处醉酒乘船捉月，不小心坠入江中溺死。我们且不用去考证这些事情的真实性，至少有一点是可以肯定的，酒喝多了不利于健康。

杜甫也爱喝酒，“街头酒价常苦贵，方外酒徒稀醉眠。速宜相就饮一斗，恰有三百青铜钱”（《逼仄行赠毕曜》，《全唐诗》，第 2277 页），“且看欲尽花经眼，莫厌伤多酒入唇”（《曲江二首》其一，《全唐诗》，第 2409 页），这都是他嗜酒的证据。杜甫在四川时曾经因为喝醉酒，蹲在凳子上指着严武的鼻子骂，气得严武恨不得杀了他。杜甫晚年多病，他在《登高》诗中说“百年多病独登台”，又说“潦倒新停浊酒杯”（《全唐诗》，第 2467 页），病体也确实不适合多饮酒。有笔记说，杜甫从四川回河南途中，来到耒阳县界，耒阳县令仰慕杜甫的大名，热情地送上佳肴美酒。杜甫好久没有闻到酒味了，开怀畅饮，加上吃了不少牛肉，引发肠胃疾病，最后不幸去世。

嗜酒多伤身

我叔叔比我大十岁，但是已经去世快十七年了，他去世的原因就是因为爱喝酒得了肝癌，爱抽烟得了肺癌。我记得只要见到他，他几乎就没有清醒过，不吃饭可以，不抽烟不喝酒不行，整天东倒西歪的。在街里和人说话，几乎三句话离不开酒，以喝了什么酒、和谁喝的酒、又蹭了谁的酒为荣。一喝了酒爱说大话，动不动就和人打了起来，我父亲没少替他还酒钱。爱喝酒所以不愿意干体力活，可是当时农村没有别的进项，就是靠种地吃饭。后来经人介绍，出去打工，又是干一天喝一天，还动不动老借钱。每次出去打工时我妈妈给他做一床新被子，回来的时候空着手，一问“被子呢”，回答“丢了”。后来，一块儿打工的街坊说，卖了，换钱买酒了。为此，家里没少生气，爷爷唉声叹气，妈妈气得哭。

后来听说叔叔生病了，抱着肚子躺床上叫唤。我赶回家中，带他去检查身体，他满脸蜡黄蜡黄的，几乎走不动路了。到医院一化验，医生告诉我：“肝癌晚期，肺癌晚期，该吃点什么吃点什么吧。想多活两天就别再喝酒了。”我知道叔叔到了生命晚期，就问他，还喝酒吗？他咬着牙说：“喝半斤，还没一点事！”没过几天，人就不行了。

我原来也能喝几杯酒，因为闹出过笑话，所以决定戒酒。慢慢地，大家都知道我不喝酒了，这样我便少了很多应酬，反而多了不少喝茶养生的时间。

我有一个爱喝酒的老师，但是随着年龄的增长，我发现他的酒量也在减少。他说：“年轻的时候喝醉很快就清醒了，现在不行了，喝醉酒会难受，连着几天昏昏沉沉的。”因为体会到了醉酒带给身体的不舒服，他就自动减少了饮酒的量，只要量够了，再好的酒不再沾唇。这也是一种养生的方法，总比原本海量，突然滴酒不沾导致身体机能紊乱强。不贪杯中物，不是说一下子滴酒不沾，彻彻底底戒掉，而是根据自己的身体状况，适当减少饮酒量，这是一种养生意识和做法。

茶香润喉又养生

茶是一种非常好的饮品，郑愚在《茶诗》中称其“嫩芽香且灵，吾谓草中英”（《全唐诗》，第 6910 页），齐己在他的《咏茶》诗中也说“百草让为灵，功先百草成。甘传天下口，贵占火前名”（《全唐诗》，第 9523 页），茶叶简直就是仙草。喝茶的感觉是什么？温庭筠在《西陵道士茶歌》中回答说：“疏香皓齿有余味，更觉鹤心通杳冥。”（《全唐诗》，第 6715 页）茶不仅能“解渴消残酒，清神感夜眠”（徐铉《和门下殷侍郎新茶二十韵》，《全唐诗》，第 8594 页），而且是中国文化的一种重要载体。元稹在他的《茶》诗中说：“茶，香叶，嫩芽。慕诗客，爱僧家。碾雕白玉，罗织红纱。铫煎黄蕊色，碗转曲尘花。夜后邀陪明月，晨前命对朝霞。洗尽古今人不倦，将知醉后岂堪夸。”（《全唐诗》，第 4652 页）从以上几首诗里，我们不难感受到茶的养生功效。

原是茶香记忆深

我原本是不喝茶的，真正与茶结缘始于 2011 年，这还要感谢许昌佛教协会的会长、襄城县乾明寺住持释刚圆法师。2011 年冬，受刚圆法师邀请去乾明寺品茶。在方丈室里，大家围着茶台坐着，刚圆法师为大家冲泡着各色好茶。我很少像别人那样不停地端起来饮用，但是刚圆法师每次都照样给我添茶，茶水溢出杯子流到茶台上，我就说："法师不要再添了，都流出来了。"法师没有停手，边为我添茶边说："老师呀，杯子就那么大，你不能总让原来的茶占着。"我好像一下子悟到了什么，总停留在原有的东西上也就失去了进步的动力。只有让茶杯经常处于空的状态，才能添进去茶水，这不就是时下流行的清空原理吗？一杯小小的茶水竟然蕴含着人生的智慧。

从此，我开始品茶，而且每次到刚圆法师处都不会空手而还，法师把这叫作供养，也是佛门所说的种福田，是尊师重道的一种表现。一次，与刚圆法师品茶聊天，外面虫声唧唧，看着茶叶悬浮在壶中，脑子里突然冒出两句诗："碧水轻旋涵翠色，香津已向口中生。"法师手捻佛珠，呵呵一笑说："老师悟了。"其实我也不知道悟了什么，反正从那以后，我感觉自己的生活与以前有些不一样了，节奏变慢了。

我是一个喜欢课堂改革的人，特别是研究生课堂，人少，更好创新。为了让学生有更多的收获，我在研究生课堂上边讲课边和学生喝茶，三五个人围着桌子坐着，茶香四溢，那感觉要比正襟危坐的课堂温馨很多。有一回该下课了，学生让我聊聊茶道，说真的我不懂，但如果说不懂又会对不起同学们求知的积极性，只好硬着头皮讲一些自己粗浅的理解。我说："茶字的写法是草字头，木字底，人在中间，这是告诉我们人活草木间，人就是大自然的一个分子，比草木鸟兽高明不到哪里去，这就是庄子的齐物论，万物都是一样的。我们喝茶每一泡味道都是有变化的，就像人活一辈子，总会经历各种事情，品味到各种人生的滋味。喝茶要趁热，连吹带吸溜，俗话说性急吃不了热豆腐，性子急了也喝不了热茶，在那一吹一吸之间，慢下来一拍半拍的，可能狂心歇了一半，这大概就是韦应物说的'洁性不可污，为饮涤尘烦'吧。"一个学生说："老师，感觉您过的是神仙日子啊，一点都不急，您是把学习、研究和养生结合到一起了。"虽然知道学生有点拍马屁，但我听了依旧很受用。

且将香茶润喉吻

下面我结合“茶仙”卢仝的《七碗茶歌》聊聊我喝茶的感受。《七碗茶歌》原本不是独立的一首诗，而是《走笔谢孟谏议寄新茶》中的一部分，却是最精彩的一部分，歌词是这样的：

一碗喉吻润，两碗破孤闷。
三碗搜枯肠，唯有文字五千卷。
四碗发轻汗，平生不平事，尽向毛孔散。
五碗肌骨清，六碗通仙灵。
七碗吃不得也，唯觉两腋习习清风生。

（《全唐诗》，第 4379 页）

卢仝是“初唐四杰”之一卢照邻的嫡系子孙，他耿直孤僻，淡泊名利，隐居山野，常与大诗人韩愈往来。元和六年（811），卢仝收到好友谏议大夫孟简寄送来的茶叶，邀韩愈等人一起品尝，著名的《七碗茶歌》就此产生。卢仝在茶歌中表达了饮茶的感受，一壶清茶可以润喉、除烦，能让诗人泼墨挥毫。茶对他来说，不只是一种口腹之饮，茶似乎给他创造了一片广阔的精神世界，醒神益体，净化灵魂，激发文思，凝聚万象，他将喝茶提高到了一种非凡的境界，专心喝茶竟可以不记世俗，抛却名利，羽化登仙。

有时候喝茶真的能达到一种忘我的境界。记得有一次在一个朋友处喝茶，从下午四点喝到凌晨一两点，饿了就吃点茶点。就这样，也不知道喝了多少种茶。后来饿得有点受不了了，抬头看看外面已经满天星斗了，拿出手机一看，互相哈哈大笑。那天喝茶是最舒服的一次，完全忘记了所有的烦恼。这让我想起了钱起的《与赵莒茶宴》：

竹下忘言对紫茶，全胜羽客醉流霞。

尘心洗尽兴难尽，一树蝉声片影斜。

（《全唐诗》，第 2688 页）

我的生活相对比较规律，只要我在家，不管再忙，每天必须留出一两个小时与夫人喝茶。因为喝茶，我气色变得比以前好了，为此我还写了两句诗“每逢期末一身闲，茶在左边书右边”，不少朋友挺羡慕我这种生活方式。我夫人喝茶效果比较明显。一次一个研究生说我夫人看来很年轻，不敢相信竟和我同龄，于是问我夫人是怎样保养的，有什么秘方。我笑了笑，端起茶杯喝了一口说：“喝茶。”

有时候喝茶时朋友会东家长西家短地议论，我不是很喜欢。我家挂着一幅字：“我有吃茶意，何人同此心。常言是非者，不是懂茶人。”如果有人背后议论人，我总会盯着那幅字看。这首诗是一位朋友送给我的，我觉得很有道理，既有养生意义，又有养心价值，值得分享给大家。

参考书目

1. 司马迁：《史记》，北京：中华书局，1959 年 6 月版。

2. 彭定求等：《全唐诗》，北京：中华书局，1960 年 4 月版。

3. 王钦若等：《册府元龟》，北京：中华书局，1960 年 6 月版。

4. 郭庆藩：《庄子集释》，北京：中华书局，1961 年 7 月版。

5. 李昉等《太平广记》，北京：中华书局，1961 年 9 月版。

6. 华文轩：《古典文学研究资料汇编·杜甫卷》，北京：中华书局，1964 年 8 月版。

7. 范晔：《后汉书》，北京：中华书局，1965 年 5 月版。

8. 李昉等：《文苑英华》，北京：中华书局，1966 年 5 月版。

9. 欧阳修等：《新唐书》，北京：中华书局，1975 年 2 月版。

10. 刘昫等：《旧唐书》，北京：中华书局，1975 年 5 月版。

11. 仇兆鳌：《杜诗详注》，北京：中华书局，1979 年 10 月版。

12. 董诰：《全唐文》，北京：中华书局，1983 年 11 月版。

13. 陈鼓应：《老子译注及评介》，北京：中华书局，1984 年 5 月版。

14. 刘肃：《大唐新语》，丛书集成初编本，北京：中华书局，1985 年版。

15. 吴兆宜：《玉台新咏笺注》，北京：中华书局，1985 年 6 月版。

16. 王灼：《碧鸡漫志》，影印《四库全书》本，台北：台湾“商务印书馆”，1986年3月版。

17. 傅璇琮：《唐才子传校笺》（一），北京：中华书局，1987年5月版。

18. 傅璇琮：《唐才子传校笺》（二），北京：中华书局，1989年3月版。

19. 傅璇琮：《唐才子传校笺》（三），北京：中华书局，1990年5月版。

20. 王利器：《颜氏家训集解》，北京：中华书局，1993年12月版。

21. 蒋清翊：《王子安集注》，上海：上海古籍出版社，1995年11月版。

22. 史双元：《唐五代词纪事会评》，合肥：黄山书社，1995年12月版。

23. 杜甫：《杜甫全集》，上海：上海古籍出版社，1996年11月版。

24. 陈铁民：《王维集校注》，北京：中华书局，1997年8月版。

25. 孔颖达：《礼记注疏》，北京：中华书局，1998年11月版。

26. 邢昺：《论语注疏》，北京：中华书局，1998年11月版。

27. 唐圭璋：《全宋词》，北京：中华书局，1999年1月版。

28. 李善等：《六臣注文选》，杭州：浙江古籍出版社，1999年3月版。

29. 曾昭岷等：《全唐五代词》，北京：中华书局，1999年12月版。

30. 刘学锴等：《李商隐文编年校注》，北京：中华书局，2002年3月版。

31. 孙光宪：《北梦琐言》，北京：中华书局，2002年6月版。

32. 袁行霈：《陶渊明集笺注》，北京：中华书局，2003年4月版。

33. 袁行霈等：《中国历代文学作品选注》（第一卷），北京：

中华书局，2007 年 6 月版。

34. 袁行霈等：《中国历代文学作品选注》（第二卷），北京：中华书局，2007 年 6 月版。

35. 王仲镛：《唐诗纪事校笺》，北京：中华书局，2007 年 11 月版。

36. 刘真伦等：《韩愈文集汇校笺注》，北京：中华书局，2010 年 8 月版。

37. 谢思炜：《白居易文集校注》，北京：中华书局，2011 年 1 月版。

38. 杨伯峻：《论语译注》，北京：中华书局，2011 年 3 月版。

39. 王定保：《唐摭言》，上海：上海古籍出版社，2012 年 8 月版。

后记

这本书原本不在今年的写作计划之内，因为工作安排得已经够满了。之所以动手写，和樊登年轮学堂的邀请有关系，这是一个服务中老年人的文化平台，他们想让我给老人们讲点东西。

当时我父亲身体不好，一直在住院，陪老人的过程中发现他有不少怨气，这对他的身体很不好。我把自己读诗所得讲给老人听，有时还真的挺有效，老人的情绪好了，身体恢复得也快了。所以我便决定挖掘一些唐诗中有助于人修身养性的智慧讲给老人听。这也是我所主持郑州大学的重点教育教学项目“文学课堂的实践能力提升”的具体落实。

经过和樊登年轮学堂的交流，确定了选题，便开始了脚本写作。写作的过程应该说是很享受的，因为这不仅是我在尽自己所能服务社会，而且是一个与古人聊天学习的过程，是一个审视自我追求进步的过程。每写一讲，我都会对照自己，我看到了自己的改变，同时也发现了自己的不足。

原来，我有些急功近利，总是觉得这事儿离不开我，那事儿离不开我，勇于任事儿。但是经过这么多年的磨炼，我发现很多事儿没有我可能办得会更好，不是事儿离不开我，而是我在刷存在感。想明白了，也就不再去做柳宗元笔下的蝜蝂了，得学着慢慢放下。

由于经常应邀在外讲课，经历的多了，思考的也就多了，但“莽撞”

的可能性也多了。虽然总是提醒自己注意措辞，但总有话赶话不够严谨的地方，有时候不经意间的一句话可能会让人对号入座，让人难堪。虽然这并不是我的本意，但是使人不快终究不是一件值得称道的事。其实这对于我来说也不是一件好事，因为这代表着自己的不成熟。当写到类似的篇目时，我心里会充满不安和自责，会反思自己应该怎么完善。

我喜欢白乐天《咏怀》中的两句诗，“面上减除忧喜色，胸中消尽是非心”，并让一位擅长书法的老兄替我写下来，挂在书房，时刻提醒自己修养心性。改变不了周围的环境，就去改变自己，或许自己的心和谐了，看什么也就顺了。别人习惯把讲课的人称作专家，自己慢慢也习惯了这个满是光环的称呼，可是自己的水平只有自己知道。当我以专家的姿态去告诉别人应该这样不应该那样的时候，其实我心中挺忐忑的，有时会偷偷问自己：“你做到了吗？”我觉得这是我写作过程中最大的收获！

我结合唐诗从正面、反面、历史、现实切入，讲述我能理解到的唐诗中的智慧，想通过开阔视野、通达心胸、广博见闻，达到对读者道德、素质的修炼和提升，使学习者的生命具有广度、厚度、温度，让其身心获得一种和谐，从而实现修身养性的目的。但这个目的能不能达到，只能靠读者自己了，我只能说我努力了！

最后，感谢大象出版社的厚爱，因为各位编校老师的辛苦付出，使得这本书有机会与读者见面。

我自知书中有些诗歌理解可能会有些偏颇，但一千个人眼中有一千个哈姆雷特，这也正是诗歌的魅力之一。真诚地希望读者朋友能批评指正，以促进笔者对唐诗的理解以及对本书的修正！

王士祥
2019 年 9 月
书于知退斋